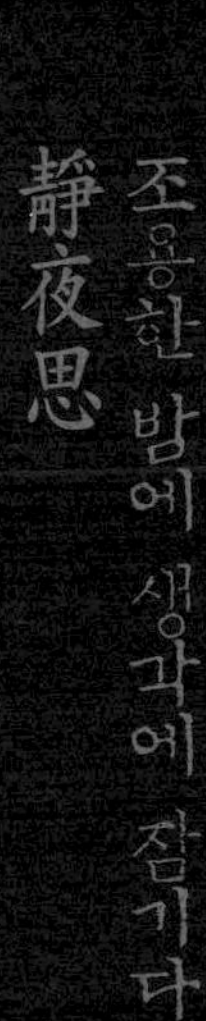

조용한 밤에 생각에 잠기다

靜夜思

침상 앞의 밝은 달빛은

아마도 땅에 내린 서리인가

머리 들어 산마루의 달 바라보다가

머리 떨구고 고향 생각하노라

牀前明月光
疑是地上霜
舉頭望山月
低頭思故鄉

FANTASTIC ORIENTAL HEROES
영웅탄생

영웅 탄생 3
이동휘 新무협 판타지소설

초판 1쇄 찍은 날 § 2004년 11월 10일
초판 1쇄 펴낸 날 § 2004년 11월 20일

지은이 § 이동휘
펴낸이 § 서경석

편집장 § 문혜영
편집책임 § 서지현
편집 § 장상수 · 한지윤
마케팅 § 정필 · 강양원 · 이선구 · 홍현경

펴낸곳 § 도서출판 청어람
등록번호 § 제1081-1-89호
등록일자 § 1999. 5. 31
어람번호 § 제2-0461호

주소 § 경기도 부천시 원미구 심곡1동 350-1 남성B/D 3F (우) 420-011
전화 § 032-656-4452 팩스 § 032-656-4453
http://www.chungeoram.com
E-mail § eoram99@chollian.net

ⓒ 이동휘, 2004

ISBN 89-5831-268-8 04810
ISBN 89-5831-265-3 (SET)

이동휘 新무협판타지소설

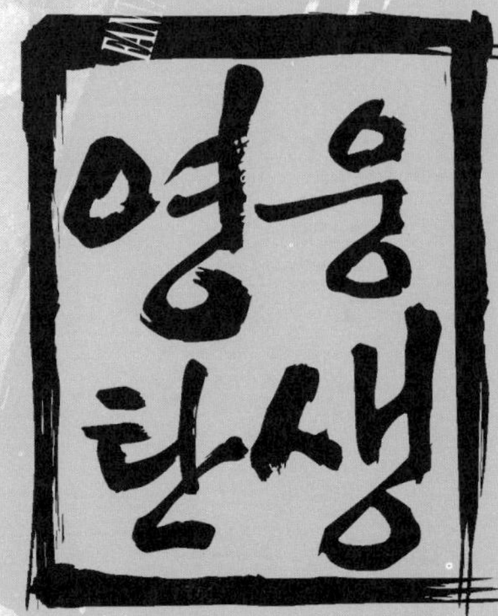

도서출판
청어람

■ 차례 ■

소소인은 병색이 완연한 친구의 얼굴을 애처로운 눈으로 바라보았
다.

강호의 최고수로서 이름을 드날리던 시절의 당당한 풍채는 온데간
데없이 지금 침상에 걸터앉아 엷은 미소로 자신을 응시하고 있는 이는,
천하오성의 위용을 간직한 대력신도란 별호보다는 그저 탁비란 이름만
이 어울리는, 천식 환자일 따름이었다.

"그래, 몸은 좀 어떤가."

안부를 묻자 탁비의 쉰 음성이 들려왔다.

"썩 좋지는 않네. 이제 죽을 날만 기다리고 있으니 말일세."

"예끼, 이 사람. 무슨 소릴 그렇게 하는가. 의원이 뭐라 하든 낫겠다
는 희망을 가진다면 이겨낼 수 있는 게 병일세."

친구의 위로에 탁비는 메마른 웃음을 지었다.

"후후, 고수라서 좋은 점은 자신의 몸 상태를 일반인보다는 확실히 깨달을 수 있다는 것이지. 폐에 구멍이 난 지 오래일세. 가망없다는 것은 예전에 깨달았어. 포기가 빠르면 외려 고통도 주는 법일세. 때로는 쓸데없는 희망이 고통을 더욱 가중시키거든."

소소인은 암담한 표정을 지었다. 이전부터 지병이 있다는 것은 알고 있었으나 자신이 찾지 않은 이 년 새에 이 정도로 악화될 줄은 꿈에도 몰랐었다. 이런 상태라면 정작 찾아온 용건은 밝히지도 못할 상황이 된 것이다.

"자네가 요 근래 연락이 없어 섭섭했던 차였는데 정말 잘 왔네. 죽기 전에 얼굴을 보니 다행이네만, 왜 그동안 그렇게 소식이 뜸했나?"

소소인은 친구의 물음에 정직하게 대답할 수 없었다. 그 대답은 오늘 찾아온 용건과 일맥상통하는 얘기였기 때문이다.

이 년간 친구를 찾지 않았던 까닭은 되도록 그에게 부탁하지 않고 홀로 해결하려 한 일이 있었기 때문이다. 불가항력이라는 것을 깨닫고 이제야 도움을 청하러 온 것이지만, 오랜만에 만난 친구는 도움을 줄 수 있는 상황이 아니었다.

"으응, 이런 저런 일로 좀 바빴네. 정말 미안하이."

"미안할 것까지야 없네. 앞으로 볼 날도 얼마 안 남았으니 이번에 온 김에 푹 쉬다 가게나."

소소인은 탁비가 행여 자신의 사정을 자세히 물어볼까 두려워 급히 화제를 돌렸다. 최근의 강호사 등 이런 저런 얘기를 하던 두 사람의 대화는 병장기 쪽에 대한 화제로 옮겨갔다. 그러다가 탁비는 불현듯 천신도를 가져다 달라고 했다.

집안을 돌보고 있는 시비가 병기고에 있던 천신도를 가져왔다.

탁비는 오랜만에 만져 보는 자신의 애병을 감회가 새로운 표정으로 쓰다듬었다.

한참을 쓰다듬던 탁비는 문득 고개를 들어 말했다.

"자네, 이 칼의 무서운 점이 뭔지 아나?"

소소인은 이 뜬금없는 질문의 답을 잠시 생각했다.

"글쎄… 자고로 칼이란 것이야 잘 쓰면 자신을 지키고 못 쓰면 자신을 해하게 되는 것이 아닌가? 천신도는 그 예리함이 비견할 것이 없어서 강호칠대기병으로 꼽히는 것이니 영웅의 손에 들어가면 많은 사람들의 피를 구할 것이요, 효웅의 손에 들어간다면 많은 사람들의 피를 흘리게 하겠지."

탁비는 피식 웃음을 흘렸다.

"너무 뻔한 대답 아닌가. 촌구석 무관의 노사부가 어린 제자들에게 읊어댈 만한 답이로군."

소소인은 얼굴을 붉혔다.

"몸은 쇠약해졌어도 자네 그 입은 여전히 날카롭구만. 멍청한 자네 친구는 답을 모르겠으니 똑똑한 자네가 말해 보게."

"이 친구 오랜만에 만나도 잘 삐치는 것은 여전하군. 재미있는 얘기라 꺼낸 것이니 잘 들어보라구. 사실 천하오성의 거창한 후광이 달린 대력신도 탁비란 고수는 이 칼이 만들어낸 작품일세."

소소인은 이 알 듯 모를 듯한 대답의 뜻이 뭔지 생각하느라 미간을 찌푸렸다.

"그게 무슨 소린가? 설마 하니 칼에 무슨 비급이라도 들어 있었단 말인가?"

탁비는 빙긋이 웃었다.

"이제야 자네의 재치가 살아나는 모양이로군. 비슷하게 맞추었네. 강호에 떠도는 얘기 있잖나, 삼류에 불과한 무사가 길을 가다 우연히 절세비급을 주워서 초고수로 탈바꿈하게 되는. 내 경우는 이 칼을 주움으로써 그렇게 된 것이지."

소소인은 말도 안 된다는 표정으로 대꾸했다.

"무슨 소릴 그렇게 하나? 자네는 그 천신도란 칼을 애병으로 쓰기 이전에 이미 강북의 최고수 중에 한 사람이지 않았나? 모산파(茅山派) 연홍 진인이 묏자리에서 벌떡 일어나실 소리 하지 말게."

연홍 진인은 탁비의 죽은 스승이었다.

탁비는 피식거리며 말했다.

"죽은 사부께서 다시 일어나서 꾸짖으신다 해도 할 수 없지. 사실은 사실이니까. 십일 년 전 형산을 유람하다 우연히 이 칼을 얻은 것이 내 인생의 전기(轉機)가 되고 말았네. 이 칼이 가르쳐 준 도법으로 인해 내 무공은 한계를 극복했고 천하오성의 과분한 한자리까지 꿰어 찰 수가 있었지."

소소인은 이 뜻밖의 얘기에 놀라움을 금치 못했다.

"자네의 절기는 강호출도 이후 지금껏 모산파의 개산도법(開山刀法) 을 자네 몸에 맞게 변형한 파산도법이 아니었나? 그런데 또 어떤 도법을 익혔단 말인가?"

"타인의 눈에는 파산도법으로 보였겠지. 그러나 칼에서 익힌 이름없는 도법[無名刀法]은 결정적인 순간에 나를 지배하며 위기를 극복하고, 기회를 완벽하게 살릴 수 있도록 도와주었다네. 그 결과가 지금의 나이지."

"그런 일이……."

이 뜻밖의 기사에 놀라움을 금치 못하던 소소인은 문득 떠오른 생각에 다시 입을 열었다.

"그런데 아까 칼의 무서운 점에 대해 이야기를 꺼내지 않았나? 그 얘기는 뭔가? 이런 기연을 선사해 준 칼이 무슨 문제가 있나?"

탁비는 눈을 빛내며 대답했다.

"문제가 있지. 어찌 보면 아까 자네가 처음 말했던 답이 내 질문에 부합하는 답일 수도 있겠다는 생각이 드는군. 이 칼의 무명도법은 몸을 못쓰게 된 작금에서야 깨닫게 된 것이네만 지극히 위험하네. 우선 그 위력이 너무 강하여 자네 말처럼 효웅의 손에 들어간다면 강호가 쑥대밭이 될 수도 있을 걸세. 내가 발휘한 무명도법의 위력은 고작해야 잠재된 힘의 십분지 일 정도일까?"

"뭐라?"

소소인은 다시금 입을 벌릴 수밖에 없었다. 천하오성으로 손꼽히며 강호의 도성이라 불리는 그의 친구가 발휘하는 도법이 고작 십분지 일의 힘이라니!

"내 경우는 모산파의 무공에 익숙한 상태에서 무명도법을 받아들였으니 그 효용성이 그리 뛰어나지 않았다고 봐야지. 그러나 그게 오히려 다행이었다는 생각이 들어. 만일 도법을 지속적으로 받아들였다면 영성(靈性)에 어떤 영향이 미쳤을지……."

"영성? 그게 무슨 뜻인가?"

소소인의 반문에 탁비는 무거운 표정으로 입을 열었다.

"지금부터 내가 하는 얘길 잘 듣게. 자네에게 이 비사를 꺼낸 까닭은 한 가지 부탁을 하기 위함일세. 쿨럭… 이런, 또다시 기침인가. 쿨럭… 천신도의 위험성은… 쿨럭! 쿨럭!"

탁비의 기침이 갑자기 심해지자 소소인은 그를 만류했다.

"천천히 들어도 되니 좀 진정하게."

"쿨럭! 아니… 중요한 얘기이니… 쿨럭… 이 칼은 폐기되어야만 하네. 쿨럭! 자네 말처럼 효웅이 아니라도 칼의… 쿨럭! 힘에 사로잡힌다면 어떤 위험이… 쿨럭! 쿨럭!"

기침이 점점 심해져 말을 잇지 못하던 탁비는 마침내 각혈까지 하고 말았다.

바깥에 대기하던 시비가 다급히 내의원을 불러왔다.

방으로 들어온 의원은 탁비에게 상시 준비하고 있던 탕약을 먹이며 소소인에게 말했다.

"오늘 말씀을 너무 많이 하신 것 같습니다. 밤이 늦었으니 내일 다시 대화하시는 것이……."

소소인도 고개를 끄덕였다.

"그게 좋을 듯하오. 마음 편히 푹 쉬게. 며칠은 있다 갈 참이니 뭔가 부탁할 것이 있으면 들어줄 시간은 충분히 있네."

침상에 누운 탁비는 힘없는 미소를 지으며 말했다.

"미안하이… 이거 못난 꼴을 보였군. 내일 마저 얘기하세나."

그렇게 두 친구는 잠시 떨어져서 각자의 잠을 청했다.

그러나 그날 밤, 병마가 심해진 강호의 다섯 별 중 하나는 결국 지고 말았고, 친구의 마지막 부탁을 마저 듣지 못한 소소인은 다음날 아침 땅을 쳐야 했다.

며칠 후, 탁비의 장례가 끝난 뒤 슬픔에 잠겨 있던 그의 가족은 소소인이 말없이 사라진 것을 알아차리고 의아해했다.

소소인의 방에는 편지가 한 통 남겨져 있었다. 탁비의 마지막 부탁에 따라 천신도를 폐기하기 위해 가져간다고.

　가족들은 탁비에게 그런 얘기를 들은 기억이 없기에 소소인의 이런 행동을 의아해했지만 그의 인품을 믿었기에 바깥으로 이 사실을 드러내진 않았다.

　그러나 탁비를 간병하던 시비를 해고한 것이 나중에 강호의 커다란 사건을 일으키는 발단이 되고 말았다. 강호사에 관심이 많던 이 시비는 밖에서 대기하던 중에 우연히 탁비와 소소인의 대화 내용을 듣고 말았던 것이다.

　한데 해고된 시비는 세상에 나와서 그 내용의 경중을 깨닫지 못하고 무심코 흘리게 되었다.

　그리하여 천신도에 간직된 무명도법이 탁비를 천하오성으로 만들어 주었고, 그 힘을 탁비가 고작 십분지 일밖에 쓰지 못했다는 둘의 대화 내용은 일파만파로 강호에 퍼져 나갔다.

　게다가 잠적한 소소인이 가문의 원수를 갚기 위해 오랜만에 탁비를 찾아갔었던 것이라는 사실이 밝혀지면서 그가 천신도에 내재된 무명도법의 힘을 얻기 위해 그것을 훔쳐 간 것이라는 소문이 정설이 되었고, 강호의 무인들은 그가 가져간 천신도를 찾기 위해 혈안이 되었다.

　그러나 홀연히 사라진 그의 종적은 도무지 알 수 없었고, 소문만 무성한 채 세월은 흘러갔다.

제1장

영웅은 도움을 필요로 하는 자를 좌시하지 않는다(2)

일행은 다시 철문 앞으로 모였다.

혜공이 헛기침을 몇 번하여 어수선한 분위기를 환기시킨 후, 입을 열었다.

"아까의 그 소란에도 불구하고 기척이 없는 것으로 보아 조금 과격한 방법으로 문을 열어보아도 괜찮을 듯합니다."

방구병이 물었다.

"열 방법이 있긴 한 겁니까?"

"사악한 주술이 깃든 문이라면, 불법의 기운이 실린 무공에 의해서 부술 수 있을 것입니다. 다만 문이 부서진다면 그 소음(騷音)으로 인해 적이 몰려올 것이 자명합니다. 일단 소음을 최소화해 보겠습니다만, 적의 공격에 대비해 주십시오. 최악의 경우, 수로를 통해 밖으로 도망치는 것까지 고려해야 할 것입니다."

일행은 고개를 끄덕였다.

혜공은 홀로 철문 앞에 섰다.

혜공은 마보 자세에서 왼손을 손바닥이 보이게 배꼽 앞에 놓고, 오른손을 역시 바닥이 보이게 왼손 앞에 대었다. 그런 다음 천천히 무릎을 구부려 상체를 더욱 낮추며 오른손을 땅바닥에 대었다. 선정인(禪定印)으로 사념(邪念)을 없앤 후 항마촉지인(降魔觸地印)의 자세로 연결하여 철문에 붙은 사술(邪術)을 없앨 준비를 마친 것이다.

쿵!

혜공의 왼손이 철문에 부딪쳤고, 연이어 오른손이 따라붙었다. 혜공은 마치 철문과 씨름하는 듯한 자세를 유지하며 양 손바닥으로 항마번천장의 기운을 뿜어내기 시작했다.

이윽고, 철문 내의 요사한 기운이 강하게 요동치는 것이 느껴졌다.

철문을 고정시키는 사술이 갑자기 들어온 항마의 기운으로 인해 불안정한 상태에 이른 지금이 기회였다.

"차아!"

낭랑한 기합성과 함께 혜공의 오른손이 철문에서 떨어져 나와 등 뒤로 휙 당겨졌다가 정권 자세로 변환되었다. 단단히 쥐어진 돌주먹은 빛살 같은 속도로 뻗어 나가 철문 모서리를 강타했다.

콰직!

아라한신권 제이식 탈어일체(脫於一切)의 공력이 가득 담긴 정권에 부딪친 철문은 종이 조각처럼 구겨졌고, 연이어 닥친 좌권으로 인해 문틀에서 튀어 나가 안쪽으로 날아가 버렸다.

와장창창창!

일행은 혜공의 주먹 위력에 놀라고, 철문이 나가떨어지면서 울린 굉음에 더욱 놀랐다. 이 정도의 굉음이 밀폐된 공간에 울려 퍼졌다면 일행의 본 목적인 잠입이란 취지는 이미 무색해진 상태일 것이다.

일행은 열린 문안으로 들어가지 않고 오히려 뒷공간 쪽으로 은신하여 적의 접근에 대비했다.

"일단 들어가 보는 게 좋을 듯한데?"

일각쯤 지난 뒤 방구병이 꺼낸 말이었다.

일행은 다시 일각이 흐른 뒤에야 행동을 개시했다. 이 정도 기다렸는데도 아무런 상황 변화가 없다면 움직여도 좋을 듯했다.

"내 말이 맞다니까? 사람이 안 나타나잖아? 여기는 분명 전대 기인의 비처라고."

방구병의 주장을 한 귀로 흘려들으며 일행은 어둡고 기다란 동굴 통로를 걸어갔다. 안쪽으로 들어갈수록 인공의 흔적이 서서히 나타나, 갈래길에 이르자 군데군데 횃불까지 꽂혀 있었다.

일행은 두 갈래의 갈래길 중에서 왼쪽 길로 방향을 꺾었다. 한 백여 장쯤 전진하자 다시 철문이 나왔다. 맹정우가 칼로 찔러보았지만 역시 앞의 철문처럼 흠집도 나지 않았다.

"일단 아까 갈래길에서 오른쪽으로 가보죠. 횃불까지 꽂혀 있는 걸로 보아 여기서까지 철문을 부수었다가는 무슨 사단이 일어날지 모르겠습니다."

혜공의 말에 따라 일행은 아까의 갈래길로 몸을 돌렸다.

일행은 오른쪽 길로 들어섰다. 동굴은 구불구불하게 이어져 있었고, 안쪽으로 들어갈수록 일행의 발걸음은 점점 조심스러워졌다. 갈래길에서 멀어지자 횃불도 더 이상 없어서 할 수 없이 화섭자를 켜야 했다.

짙은 어둠과 무거운 침묵으로 싸인 공간을 헤치며 한참을 전진한 후,
일행은 다시 횃불이 꽂혀 있는 갈래길에 다다랐다.

"이번에는 어느 쪽으로……."

"쉿!"

방구병의 말을 혜공이 가로막았다. 맹정우도 혜공과 같은 느낌을 받
은 듯, 방구병과 은소예를 끌고 갈래길 옆에 우뚝 서 있는 석주(石柱)
뒤로 몸을 숨겼다. 혜공도 반대편 벽 뒤로 자취를 감추었다.

쿵… 쿵… 쿵…….

은소예의 귀에도, 그리고 곧 이어 방구병의 귀에도 그 소리가 들리
기 시작했다.

뭔가가 지속적으로 바닥을 찧는 듯한 소리, 일행은 긴장한 채로 점
점 커지며 다가오는 그 소리에 정신을 집중했다.

석주 뒤에서 정면을 엿보던 맹정우의 눈에 뭔가가 들어왔다. 오른쪽
갈래길에서 희미한 그림자가 서서히 다가오고 있었다.

'사람 같은데…….'

좌우의 갈래길은 다가오는 그림자 쪽에서 보면 쭉 뻗은 일직선의 통
로였다. 통로 중간에 일행이 걸어온 길이 직각으로 꺾여져 있는 형태
였는데, 그림자가 직진하여 왼쪽 갈래길로 들어간다면 별문제가 없지
만 갑자기 일행이 숨어 있는 길로 꺾여져 들어온다면 발각될 우려가
있었다.

'들킬 경우를 대비하여 습격을 해야 할 수도……!'

맹정우가 긴장하며 팔성검을 움켜쥐는 찰나, 서서히 그림자가 갈래
길의 횃불에 비치며 제 모습을 드러내기 시작했다. 마침내 그의 눈에
기묘하게 전진하고 있는 한 사내의 모습이 들어왔을 때, 맹정우는 하마

터면 칼을 놓칠 뻔했다.

쿵! 쿵! 쿵!

사나이는 뛰고 있었다. 그것도 일반적인 달리기 형태가 아니라, 두 발을 모으고 몸을 꼿꼿이 편 채로 허리를 튕겨 양 발로 뜀을 뛰어오고 있었는데, 도약력이 뛰어나서 한 번 뛸 때마다 일 장 남짓한 거리를 전진하고 있었다.

맹정우는 어릴 적에 구병이네 어머니가 겨울에 해주던 옛날이야기가 생각났다. 그 얘기를 듣고 나면 무서워서 구병이와 함께 이불을 뒤집어쓰고 벌벌 떨기 일쑤였고, 구병이는 겁에 잔뜩 질려 밤중에 오줌 누러 나가지도 못할 정도였다.

사나이는 일행이 있는 갈림길을 한 번 도약으로 가볍게 지나쳐서 왼쪽 갈래길로 들어섰다. 그리고는 빠른 속도로 사라졌다.

그러나 맹정우는 똑똑히 보았다. 사내가 입고 있는 수의(壽衣)와 핏기가 하나도 없는 푸르뎅뎅한 얼굴과 쭉 뻗은 양팔과 심지어 이마에 붙어 있는 노란 종이까지.

맹정우는 갑자기 오른팔에 강한 통증을 느꼈다. 아니, 통증은 아까부터 지속되고 있었는데 이제야 인지한 것이다. 쳐다보니 은소예가 두 손으로 그의 오른팔을 으스러져라 쥐고 있었고, 그녀의 얼굴은 새파래져 있었다. 반대쪽으로 고개를 돌려보니 석주를 부둥켜안고 있는 구병이의 얼굴은 새파랗다 못해 꺼멓게 변해 있었다.

'애들 얼굴도 강시 같군.'

맹정우는 일단 은소예를 진정시켰다. 그가 왼손으로 오른팔을 잡고 있는 그녀의 손을 탁탁 치자 은소예는 그제야 자신의 행태를 깨달은 듯 얼굴을 붉히며 손을 뺐다. 그 와중에도 겁에 질린 모습을 보여준 게

분한 듯 그를 한 번 쏘아보는 것을 잊지 않았다.

맹정우는 이번에는 얼어붙은 방구병의 머리를 두들겼다.

"정신 차려."

방구병의 입에서 허탈한 웃음소리가 새어 나왔다.

"하… 하하하하……."

맹정우는 방구병이 겁에 질려 실성하지나 않았나 걱정이 되었다. 그는 방구병의 눈앞에 손을 대고 흔들며 말했다.

"구병아, 구병아, 괜찮냐?"

방구병은 고개를 세차게 저으며 말했다.

"아니, 안 괜찮아. 가자, 집에 가자."

"집에 가다니, 너 정말 안 괜찮나 보구나."

"다 필요없다. 천하제일무공도 좋고 마교 잔당 소탕도 좋다만 강시 부리는 놈들이랑 싸우긴 싫다."

반쯤 혼이 나간 듯한 방구병의 대답에 맹정우는 슬슬 웃음이 나오기 시작했다. 강호에 나온 뒤론 주제를 모르고 너무 깝죽대서 걱정이던 놈이 강시 하나 보더니 제정신을 찾기 시작한 듯하기 때문이다.

"어이, 왜 그래, 경천객? 새로 익힌 비홍도법으로 천하를 놀라게 할 때가 임박했는데. 강호 정의를 수호해야 할 이때에 죽음이 두려운 거냐?"

짐짓 떠보았지만 방구병의 반응은 한결같았다.

"죽는 건 별로 안 두려운데, 죽은 다음에 나도 마빡에 부적 붙이고 저 자세로 뛰어다니게 될까 봐 그게 겁나."

혜공이 다가왔다.

"저 강시 뒤를 쫓아가는 게 좋을 듯합니다. 죽은 놈이라 그런지 주변 반응에 그리 민감한 것 같지는 않으니 추격에 어려움은 없을 겁니다. 부적이 머리에 붙어 있는 것으로 보아 조종자가 분명히 있을 겁니다."

맹정우가 뭐라 하기도 전에 방구병이 손사래를 쳤다.

"난, 난 못 가요. 여기가 전대 기인의 비처도 아니고, 강시를 부리는 것으로 보아 마교의 잔당들이 있는 곳이 분명하니 일단 다 나갑시다. 그래서 내일 조사단을 끌고 다시 돌아오자구요."

혜공이 곤란한 표정으로 대꾸했다.

"일단 들어왔으니 조사는 좀 더 해야 합니다. 우리가 지금 나간다면 적들이 파괴한 철문의 흔적 등을 발견하고 침입자가 다시 들어올 것을 대비할 수도 있으니까요. 그러면 방 시주는 아까 들어온 연못에 가서 저희가 올 때까지 기다리시지요."

맹정우도 그 말에 동의했다.

"그래, 거기 가서 기다리는 게 좋겠다."

방구병이 부르짖었다.

"나, 나 혼자서? 안 돼! 그렇겐 못해!"

맹정우가 턱짓으로 파리한 안색의 은소예를 가리키며 말했다.

"저 여자랑 같이 가서 기다려. 둘이 서로를 위로하면서 우리가 오길 기다리라고."

말을 마치고 맹정우는 벌써 걸음을 떼고 있는 혜공의 뒤를 따라가기 시작했다.

방구병은 멀어져 가는 맹정우와 혜공을 바라보며 발을 동동 구르다가 은소예를 돌아보았다. 은소예는 입술을 덜덜 떨면서도 맹정우가 사라진 쪽을 뚫어지게 쏘아보고 있었다.

방구병이 어렵사리 입을 떼었다.

"저… 은 소저, 그러면 일단 우리 둘이서……."

"난 가겠어요!"

"예?"

"색마 자식이 감히 누구를 겁쟁이 취급 하는 거야?"

은소예는 말을 마치고 맹정우가 사라진 쪽으로 경신법을 시전하여 쏜살같이 달려갔다.

"은 소저, 같이 가요!"

혼자서는 죽어도 연못까지 가서 기다릴 자신이 없는 방구병이 열심히 그 뒤를 쫓았다.

*　　　　　*　　　　　*

쿵! 쿵! 쿵! 쿵!

혜공과 맹정우는 앞서 가는 강시를 발견하고는 놀라움을 금치 못했다. 강시는 어느새 세 구로 불어나 있었다. 오는 도중에 갈림길이 하나 더 있었는데 그곳에서 나온 모양이었다. 강시들이 앞쪽으로 향해 갈수록 지하 공간은 점점 커지고 있었다. 또한 갈림길인 듯한 곳에서 여지없이 강시들이 한두 구씩 튀어나와 혜공과 맹정우를 놀라게 했다.

"이 방울 소리가 강시를 부르는 모양이군요."

혜공의 전음이 들려왔다. 맹정우야 전음의 재주가 없으니 뭐라 대꾸할 수는 없었지만 그의 귀에도 동굴 저편에서 들려오는 딸랑딸랑 하는 소리가 감지되고 있었다. 둘은 더욱 발걸음을 조심하며 강시들의 뒤를 따랐다.

이제는 열두 구로 불어난 강시들이 도착한 곳은 널찍한 지하 공간이었다. 넓은 대청 정도 크기의 지하 공간의 중앙에는 암녹색의 인공 연못이 꾸며져 있었고, 의원에 들어선 듯한 착각이 들 정도로 약재 냄새가 풀풀 풍겨 나오고 있었다.

연못의 바로 옆에는 여러 개의 방울 묶음을 든 채 그중의 한 개를 흔들고 있는 괴인영이 서 있었다. 강시들은 계속 뛰어오다가 마침내 연못으로 몸을 던졌다.

첨벙, 첨벙, 첨벙!

열두 구의 강시가 모두 연못에 들어가자 방울 소리가 점차 잦아들었고, 강시들은 움직임을 멈추었다. 그러자 한쪽에 서 있던 긴 칼을 차고 있는 또 하나의 인영이 연못가를 돌며 강시들의 이마에 붙어 있는 부적을 떼기 시작했다.

맹정우와 혜공은 안력을 돋워 괴인영들을 살폈다. 그들은 회의 경장을 입고 있었고, 한눈에 무인임을 알아볼 수 있었다.

회의인들은 대화를 시작했다. 그리 크지 않게 얘기하고 있었지만 청력이 뛰어난 둘의 귀에는 똑똑히 들려왔다.

"이제 이틀만 지나면 대법이 완성인가?"

"자넨 매일매일 날짜 세는 게 아주 습관이 되었군 그래."

"이제 이틀 남았는데 손꼽아 기다릴 만도 하지 뭘. 어둠에 익숙한 나지만 이 귀신들과 이러고 있는 것은 정말 지긋지긋하군. 자넨 안 그런가?"

"휴우! 나도 그렇지 뭐. 다만 너무 드러내 놓고 표내면 제이영(第二靈)이 듣고 무슨 불호령을 내릴지 무서워서……."

"워낙 깐깐한 양반이니 할 수 없지 뭐. 이쯤에서 나도 입 다물어야겠네. 천강시(天殭屍)도 올 때가 되었으니 말일세."

"그나저나 그 천강시가 해치운 시체는 아직 못 찾았다지?"

"강물에 떠내려간 듯하다더군. 가뜩이나 조사단인가 뭔가 하는 놈들이 주변을 헤집고 다녀서 더 이상의 수색은 포기한 모양이야. 그것 때문에 일영(一靈)과 이영이 다툰 모양이던데?"

"곡주가 바뀌고 나니 역시 아랫것들도 잡음이 많아지는구먼."

방울 든 회의인의 말에 칼 찬 회의인은 낮은 웃음을 터뜨렸다.

"이 친구 말하는 품새가 태상곡주쯤 되는 것 같군 그래."

방울을 든 자는 동료의 웃음에 개의치 않고 말을 이었다.

"그러고 보면 아직 완성되지는 않았어도 우리 혈강시(血殭屍)들이 훨씬 나은 거지. 지가 알아서 시체 처리를 하니 말일세."

"그럼 뭐 하나, 혈강시 열 구로 천강시 하나를 못 당하는데……."

"이 친구가… 어디 대법 완성 후에도 그런 얘기 할 수 있나 한번 보자구. 천강시 열 구가 달려들어도 일수에 박살을 내버릴 정도가 될 테니."

갑자기 기이한 음향의 피리 소리가 들려오기 시작했다. 희미하던 피리 소리는 이쪽으로 시전자가 다가오는 듯 점점 또렷해졌다.

"이크, 호랑이도 제 말 하면 온다더니 오시는군!"

회의인의 말을 듣고 당황한 것은 맹정우와 혜공이었다. 피리 소리는 그들의 뒤쪽에서 들려오고 있었다. 둘은 급히 통로의 구석진 곳에 몸을 숨겼다.

'이상하군. 저들의 말에 의하면 천강시란 놈이 온다는 얘긴데, 강시가 뛰는 소리는 안 들리는데?

혜공의 의문은 곧 풀렸다.

둘이 걸어왔던 통로를 따라 세 인영이 걸어오고 있는 것이 보였다. 선두에 작은 피리를 입에 문 채 기이한 음향을 내며 걸어오는 회의인이 보였다. 세 인영이 좀 더 접근했을 때, 뒤의 두 사람의 얼굴을 확인한 혜공은 놀라고 말았다.

앞의 강시들처럼 수의를 입고 있는 두 사람은 회의인에 보조를 맞추어 일반인처럼 걸어오고 있었다.

강시가 아닌가 싶었으나 시퍼렇게 변색된 얼굴과 손을 보면 맞는 듯도 하였다.

'저것이 천강시란 것인가?'

맹정우와 혜공이 숨어 있는 곳을 지나쳐 지하 공간에 다다른 선두의 회의인은 연못 앞에서 비켜서며 길을 터주었고, 뒤의 두 강시도 앞선 강시들처럼 연못 안으로 뛰어들었다.

나중의 회의인에게 두 회의인이 허리를 구부렸고, 나중의 회의인은 손을 저어 그들을 일으켰다.

"혈강시의 완성은 이틀 남았나?"

"예, 이영. 내일로 일차대법(一次大法)이 종료됩니다."

"좋아. 오늘 내로 곡의 영들이 다수 도착할 것이다. 내일 곡까지 인솔해 가야 하니 뒷정리에도 차질이 없도록."

"복명(復命)."

말을 마치고 자리를 뜨려는 듯하던 이영은 가던 발걸음을 갑자기 멈추었다.

"둘 중에 이틀 전에 진 안으로 들어섰던 외인들을 처리하러 갔던 처리조가 있나?"

칼을 차고 있는 회의인이 대답했다.

“아닙니다. 이 친구는 이곳 전담이고, 저는 이 달 내내 이곳 근무입니다.”

“그래? 좋아. 본영이 들은 바로는 두 놈은 죽고 세 놈이 달아났다고 하는데, 맞나?”

“어제 제가 추적조에게 들은 바로는 한 놈을 죽이고 한 놈을 잡아왔다고 합니다. 나머지 셋은 진 밖으로 달아났다고 하던데요?”

“흥!”

이영은 코웃음을 쳤다.

“일영의 처리가 늘 깔끔하지 못하다고 생각을 해왔었지만 이렇게 대충 처리될 줄은 몰랐군. 허둥지둥 도망친 놈들이 암혼진(暗魂陣) 밖으로 도망쳤다? 암혼진이 제집 안마당처럼 자유자재로 드나드는 곳이었나?”

“무슨 말씀이신지…….”

“그놈들이 진 속을 헤매다가 이곳으로 들어올 가능성을 조금도 염두에 두지 않았느냐, 이 말이다.”

그는 그 말과 함께 맹정우와 혜공이 숨어 있는 쪽으로 고개를 돌렸다.

둘의 심장이 덜컹거렸다.

‘들킨 것인가? 지금이라도 뛰어나가야 하는 것 아닌가?’

혜공이 고민할 찰나, 이영의 외침이 들려왔다.

“어디서 온 친구들인지는 몰라도 모습을 드러내시지 그래! 지금은 우리 셋뿐이니 선제공격을 하기에는 딱 좋은 시점 아닌가? 방수도 없고 말이야.”

혜공이 그 말에 반응하여 뛰어나가려는 순간, 맹정우의 손이 그의 팔을 꼭 잡았다.

“……?”

혜공이 의아해하며 맹정우를 바라보니 맹정우가 고개를 살짝 저었다. 그 순간, 그들의 앞쪽에서 갑자기 나타난 세 인영이 동시에 회의인들 쪽으로 튀어 나가는 뒷모습이 보였다.

이들은 지하 공간 입구 바로 옆에 놓인 커다란 항아리들 뒤에 숨어 있었는데, 이영에게 들켜 할 수 없이 모습을 드러낸 것이다.

혜공의 눈이 이채를 띠었다.

선두에서 회의인과 격돌하는 청의청년의 검식이 눈에 익었다.

‘무당의 양의검법! 양의문의 공손 공자로구나!’

차고 있던 칼을 뽑아 든 회의인이 공격적인 검술로 셋을 묶어놓는 사이, 두 번째 회의인이 방울을 흔들기 시작했다. 그러자 연못에 잠겨 있던 강시 세 구가 튀어나왔다.

“크아아—!”

어느새 첫 번째 회의인이 물러났고, 세 구의 강시가 그 자리를 대신했다.

세 사람의 눈이 당혹감으로 물들었다. 귀신을 상대로 어떻게 싸워야 할지 감이 서지 않았기 때문이다.

공손승과 진소천의 검이 두 강시에게로 날아들었다.

깡! 까강!

강시의 팔에 부딪친 칼들은 마치 강철 벽을 때린 듯한 소리를 내며 튀어나왔다. 강시들은 굳어진 팔과 다리를 풍차처럼 휘두르며 전진해 왔고, 두 사람은 어찌할 바를 모르고 후퇴해야 했다.

진소천이 외쳤다.

“공손 공자! 잠시만 시간을 끌어주시오!”

공손승은 무겁게 고개를 끄덕였다. 인정하긴 싫었지만 진소천이 자신보다는 무위가 뛰어난 것이 사실이므로 그가 방법을 강구하길 바랄 수밖에 없었다.

“차아!”

그의 검법이 날카로운 공격을 주로 하는 양의검에서 다수를 포용하여 방어할 수 있는 태극검으로 바뀌었다. 속가제자인지라 아무래도 본산의 비전검법인 태극검의 화후가 달리는 그였지만 하는 수 없었다.

커다란 태극이 그려지며 세 강시의 팔 공격을 막아냈다. 그러나 강시의 힘이 워낙 위맹하여 공손승은 후퇴를 거듭할 수밖에 없었고, 어느새 벽에 등이 닿고 있었다.

“위험해요!”

한영영의 비명성이 들려오고, 세 강시의 동시 공격이 구석에 몰린 공손승에게 집중되는 순간, 덤벼드는 세 강시를 향하여 검기가 번쩍였다.

쾅! 콰앙!

“아니?”

이영의 의혹성이 울려 퍼졌다. 공손승의 가장 오른쪽에서 덤벼들던 강시는 수의가 너덜너덜하게 찢겨진 채로 삼 장을 날아 자빠져 버렸고, 나머지 두 강시도 충격을 받은 듯 비틀거리며 뒤로 물러섰다. 넘어진 강시는 곧 다시 일어나긴 했지만 상당한 충격을 받은 듯했다.

진소천의 독문검법, 진기를 응축시켜 순간적으로 뿜어내는 기술이 일품인 광풍검법(狂風劍法)의 절초가 시전된 것이다.

강시 세 구를 일합에 튕겨냈음에도 불구하고 진소천의 표정은 좋지 않았다. 공손승을 위험에 빠뜨리면서까지 시간을 벌어 광풍검을 시전한 결과가 고작 잠시간의 후퇴라면, 저들을 처치하고 이곳을 빠져나간다는 것은 요원한 일로 보였다.

"오호, 숨겨진 한 수가 제법인데 그래? 혈강시의 실전 시험에 알맞은 재료들이로구먼. 몽땅 끄집어내!"

이영의 말을 들은 회의인의 방울 소리가 다시 울려 퍼지자 연못에 들어가 있던 나머지 강시들도 하나둘 빠져나오기 시작했다. 오른쪽에서 공격을 받아 나자빠졌던 세 강시는 왼쪽의 통로 쪽으로 이동하며 그들의 퇴로를 봉쇄했고, 나머지 강시들도 한영영 일행을 빙 둘러싸며 점차 거리를 좁혀왔다.

진소천과 공손승의 눈빛이 암담해지는 순간, 한영영의 외침이 그들의 귀를 때렸다.

"왼쪽의 세 강시를 공격해요!"

한영영의 외침에 실린 힘에 의해 왼쪽으로 고개를 돌린 그들의 눈에 비틀대며 다가오는 세 강시의 모습이 보였다.

두 사람의 눈에도 투지가 다시 일었다. 세 강시는 아직 진소천의 공격에 대한 충격이 남아 있었다. 사면초가의 상황에서 혈로를 뚫어야 한다면 당연히 제일 약하고 퇴로가 가까운 곳을 뚫어야 한다.

진소천과 공손승은 누가 먼저랄 것도 없이 왼쪽으로 몸을 날렸다. 포위망이 더 좁혀지기 전에 각개격파를 해야 유일한 생로로 들어설 수 있는 것이다.

딸랑, 딸랑, 딸랑, 딸랑!

방울 소리가 더 더욱 요란해졌다. 그와 동시에 천천히 움직이던 강시들의 움직임도 급박해졌고, 좌측의 세 강시와 그와 가까운 정면의 세 강시가 동시에 달려드는 진소천과 공손승에게로 뛰어들었다.

공손승보다 한발 앞서며 광풍검을 날리려던 진소천의 눈에 갈등의 빛이 어렸다. 마음 같아서는 아직 충격에서 벗어나지 못하는 왼쪽의 세 강시에게 검기를 날리고 싶지만 정면에서 짓쳐드는 세 강시와의 거리가 너무 가까웠다. 이대로 검을 왼쪽으로 날린다면 그들과의 충돌을 피할 수 없다. 반면 왼쪽 세 강시와는 아직 거리가 있었다.

"에잇!"

별수없이 경로를 바꾼 진소천의 검은 정면으로 힘차게 돌아갔고, 굉음과 함께 정면의 세 강시가 튕겨 나갔다. 그와 동시에 진소천의 오른쪽에서 한 강시가 날아올라 덮쳐들었다. 기력을 과도하게 발산한 탓에 잠시 주춤하던 진소천의 등에 강시의 두 손이 꽂혀들 찰나, 공손승의 일검이 진소천의 뒤에서 돌아 나오며 강시의 가슴을 강타했다.

쨍강!

강시는 물러났지만 강시의 심장에 꽂혀 들어가던 공손승의 청강검은 그것을 꿰뚫지 못한 채 반 토막이 나고 말았다.

"이런!"

공손승이 안타까운 탄성을 질렀다. 부러진 검이 아까워서 그런 것이 아니라, 거리가 있던 왼쪽의 세 강시와 오른쪽에서 접근하던 나머지 강시들이 일행을 이제 거의 포위하고 있었기 때문이다. 일행의 눈에 암담한 빛이 어렸고, 다시 방울 소리가 울렸다.

크아아아!

주위를 감싸고 있던 강시들은 방울 소리와 동시에 괴성을 지르며 일행을 향해 도약했다. 다시 진소천의 일검이 공중을 갈랐으나 세 번 연속으로 광풍검을 시전하기에는 이미 진기를 너무 많이 소모한 상태, 덤벼들던 강시들 중에 두 강시만이 그의 검기에 맞아 주춤거렸을 뿐, 나머지 일곱 구의 강시는 날아오는 속도를 늦추지 않았다.

굶주린 승냥이 떼가 쓰러진 먹잇감을 향해 돌진하듯 일곱 구의 강시가 저항의 한계에 부딪친 한영영 일행을 향해 덮쳐들었다. 그 순간, 동굴 입구 쪽에서 금광이 번쩍였다.

쾨쾨쾨쾅!

쭉 뻗어 나온 금광은 날아들던 강시들을 공중에서 뒤덮었고, 강시들은 지하 공간을 진동시키는 굉음과 함께 날아들던 반대 방향으로 밀려나 버렸다.

"금강장(金剛掌)?"

이영이 눈에서 기광을 발하며 말했다. 그의 시선이 향하는 곳에서는 다부진 체구의 젊은 무승이 우뚝 서 있었다.

"소림의 장로승이나 시전이 가능하다는 장법을 쓰는 젊은 무승이라… 혜공 대사께서 이 누추한 곳까지 왕림하셨구만!"

혜공은 그의 말에 대꾸하지 않았다. 대신 호흡을 가다듬은 후 곧장 이영에게로 달려들었다.

지금은 이영과 말장난이나 할 상황이 아니었다. 팔성에 다다른 금강장에 맞고도 혈강시들은 큰 피해가 없는 듯 꾸물꾸물 쓰러진 자리에서 일어서고 있었다.

강시들이 다시 몸을 제대로 가누기 전에 조종자를 제압하는 것이 급선무였다.

그는 호흡을 고르는 척하며 세 사람에게 전음을 날렸다.

"제가 움직이면 세 분께서도 방울을 든 자를 집중적으로 공격하십시오."

전음을 마친 혜공이 움직임과 동시에 한영영 일행도 방울을 든 회의
인에게 달려들었다.

"허허, 통성명을 하자는데 덤벼들다니, 성미가 너무 급하시군. 아직
수행이 더 필요한 거 아닌가?"

이영은 이미 그들의 작전을 간파한 듯, 비아냥거리며 방울 든 회의
인을 붙잡은 채로 몸을 띄워 연못 반대편으로 날아갔다. 유일하게 제
자리에 남은 칼 찬 회의인은 다가오는 네 명을 향해 품 안에 넣었던 오
른손을 확 떨쳐 냈다. 그러자 새까만 점들이 공중을 뒤덮으며 다가서
는 일행의 정면으로 날아왔다.

"조심!"

혜공은 일성(一聲)과 함께 입고 있던 가사를 벗어 회전시켜 날아오
는 암기들은 쳐냈다. 그러나 워낙 흩뿌린 암기가 많아 나머지 일행은
한 발 물러설 수밖에 없었다.

암기로 인해 일행이 잠시 주춤하는 찰나, 다시 방울 소리가 요란하
게 울리고 신형을 바로 한 혈강시들이 다시 일행을 둘러싸기 시작했다.

"저깁니다! 저쪽에서 소리가 나고 있어요!"

"나도 들었어요!"

은소예는 방구병에게 핀잔을 주며 걷는 속도를 빨리했다. 두 사람은
앞서 간 맹정우와 혜공을 뒤쫓다가 엉뚱한 길로 들어가는 바람에 그만
길을 잃고 말았었다. 그러고서는 서로 네 탓이네 하며 싸우던 차에 동
굴에서 격투가 벌어지는 소리를 듣고서야 간신히 제 길을 찾아낼 수
있었다.

두 사람은 점점 넓어지는 동굴 통로를 달려가다가 마침내 지하 공간

으로 들어가는 입구에 도달했다.

안에서는 격투음이 새어 나오고 있었고, 둘은 걷는 속도를 줄이며 안을 탐색하려고 입구의 옆쪽 벽에 바싹 붙었다. 그러자 갑자기 벽 안쪽의 오목한 공간에서 머리 하나가 쑥 튀어나왔다.

"헛—!"

헛바람을 일으키며 소리 지르려는 방구병의 입을 막은 것은 머리와 함께 벽에서 튀어나온 맹정우의 손이었다.

"뭐야, 넌 왜 여기 있냐?"

맹정우의 손이 떨어지고 나서 동굴 안의 상황까지 살핀 뒤 나온 방구병의 질문이었다.

동굴 안에서는 혜공과 세 명의 젊은이가 강시들과 대치하고 있는 급박한 상황인데 맹정우만 오롯이 혼자 떨어져 나와 구경하고 있는 것이 이해가 가지 않았던 것이다.

"으응, 들어갈 기회를 놓쳐서……."

"무슨 소리야? 지금이라도 들어가면 되지."

방구병이 고개를 갸웃거리자 맹정우는 그의 목에 팔을 두르고 동굴 쪽으로 시선을 돌리며 말했다.

"좀 봐라, 저 무시무시한 놈들을."

동굴 안에서는 혜공과 한영영 일행이 혈강시들과 접전을 벌이고 있었다. 일견하기에는 혜공이 참여한 뒤 이쪽 편이 득세를 하고 있는 듯했으나 강시들의 경이적인 회복력으로 인해 크게 우위를 점하고 있지 못하고 대치 상태로 가고 있었다.

혜공이 연이어 금광을 번쩍이며 장력을 날리고 진소천의 검기까지 그를 뒷받침하며 강시들을 공략했으나 거기에 맞고 나가떨어졌던 강시들은 곧바로 다시 일어나 덤벼들고 있었다. 필살기를 연속으로 시전해도 상대에게 큰 효과가 없자 두 사람은 점점 기력이 떨어져 가고 있었다.

맹정우는 난처한 표정으로 말을 이었다.

"너도 알다시피 내가 할 줄 아는 게 몇 가지 없잖냐. 유일하게 내세울 수 있는 재주라고는 박투술뿐인데, 저 도검불침에 무쇠 같은 팔다리를 휘두르는 귀신들하고 직접 몸싸움을 할 수야 없지 않겠어? 하다못해 칼이라도 좀 쓸 줄 알면 도와주겠는데……."

방구병은 한심하다는 듯 코웃음을 쳤다. 친구 놈의 처지를 잘 알기에 일견 이해가 되는 변명이었지만 명색이 강북칠웅이라는 놈의 행태치고는 너무 한심했던 것이다.

"에라, 자식아. 그러고도 네가 영웅이냐? 강북칠웅? 웃기고 있네 정말."

방구병의 비아냥에 맹정우가 그의 목에 두른 팔에 힘을 줄 찰나, 뒤통수를 때리는 목소리가 있었다.

"당신, 칼 쓸 줄 몰라?"

맹정우와 방구병은 속이 뜨끔했다.

'이크! 이 계집애가 뒤에 있었구나!'

당황하여 뒤를 돌아보는 맹정우를 눈을 가늘게 뜨고 응시하며 은소예가 말했다.

"당신 별호가 일검탈명이잖아? 그런데 검을 못 쓰다니, 그게 무슨 소리지?"

"어… 그건 말이지……."

맹정우는 머뭇거리며 방구병을 은소에 몰래 쿡쿡 찔렀지만 그라고 해서 뾰족한 변명을 당장 떠올릴 재주는 없었다.

그 순간, 동굴 쪽에서 날아온 비명성이 그들의 귓가에 울렸다.

"꺄악! 공손 공자!"

세 사람의 시선이 일제히 안쪽으로 향했다.

그곳에서는 어느 정도 팽팽하던 대치 국면이 일거에 뒤집어지고 있었다.

이영의 피리 소리가 갑자기 지하 공간에 울려 퍼지자, 연못에 가만히 들어 있던 두 천강시 중에 하나가 벼락같이 뛰쳐 나왔다. 마치 살아 있는 인간 같은 자연스러운 움직임으로 연못에서 뛰쳐나온 천강시는 혈강시와는 비교도 안 될 정도로 빠른 속도로 한영영 일행에게 달려들었다.

때마침 혜공과 진소천은 양쪽에서 닥쳐드는 강시들에 의해 손이 묶인 상태였기에, 공손승이 앞으로 튀어나오며 그들을 엄호하려 천강시에 맞섰다. 그런데 그와 부딪치기도 전에 천강시는 허공을 격하고 우장을 내질렀고, 놀랍게도 청색 강기가 번쩍이며 공손승의 가슴팍으로 뇌전처럼 꽂혀 버렸다.

"커억!"

공손승은 피보라를 토해내며 삼 장 뒤로 나가떨어졌고, 다급히 혈강시들을 처리한 혜공이 그의 자리를 대신하며 천강시와 맞섰다. 천강시의 양장에서 뿜어져 나온 청색 강기와 혜공의 금광이 맞부딪쳤다.

콰앙!

굉음과 함께 천강시는 주저앉았고, 혜공은 세 발짝 뒤로 물러섰다. 내공이라면 소림 내에서도 열 손가락 안에 꼽히는 혜공이었는데 놀랍게도 천강시에게 밀려난 것이다.

공손승이 쓰러지고 일행의 전면을 막고 있던 혜공이 천강시에게 손이 묶이자 나머지 둘에게도 위기가 닥쳐들었다. 진소천이 닥쳐드는 혈강시들을 향해 닥치는 대로 검기를 날렸지만 손바닥으로 하늘을 가릴 수는 없듯 세 구의 강시가 기어이 그의 검막을 빠져나가며 그 뒤에 있던 한영영에게로 달려들었다.

"한 소저, 피해요!"

진소천이 부르짖었다.

마침 쓰러진 공손승을 부축하고 있던 한영영은 혼자서 피할 생각은 없는 듯 그를 껴안은 채 몸을 일으켰다. 그러나 강시들은 이미 그녀의 면전으로 닥쳐들고 있었다. 선두의 강시가 내지른 우수가 그녀의 얼굴을 향해 뻗어왔다.

한영영의 치켜 떠진 눈동자에 시커먼 강시의 모습이 완전히 투영될 즈음, 그녀와 강시 사이로 한 줄기 황영(黃影)이 번쩍였다.

빠각!

마치 돌덩이가 부서지는 듯한 소리가 나며 강시의 우수가 그의 어깨어림에서부터 잘려 나갔다.

"크아아아!"

우수가 잘린 강시가 비명인지 고함인지 모를 괴성을 지르며 좌수를 날렸고, 뒤이은 두 강시 역시 갑자기 나타난 황의청년에게 달려들었다. 청년은 강시의 우수를 자른 검은색 칼을 재빨리 바닥에 꽂은 후 발을 궁보로 취하며 팔을 몸 쪽으로 구부렸다가 쭉 폈다.

슈팡!

모이를 먹기 위해 모여든 새들이 개 짖는 소리에 놀라 한꺼번에 날아오르듯, 세 구의 강시는 흙먼지를 날리며 공중으로 튀어 올라 오 장 밖으로 날아갔다. 날아간 강시들은 진소천과 대치 중이던 나머지 강시들에게 부딪치며 넘어졌고, 갑자기 날아든 놈들을 적으로 간주한 듯 함께 넘어졌던 강시들이 서로 공격을 하는 사태까지 벌어졌다.

이 잠깐의 혼란을 틈타 한영영은 자신을 구한 구원자를 바라보았다. 황의청년은 바닥에 꽂았던 칼을 뽑고 있었다.

"당신은 누구시죠?"

통성명을 하기 좋은 시간과 장소는 아니었지만 그녀는 지금 물어봐야 한다는 강한 확신을 가지고 입을 열었다.

황의청년은 그녀를 향해 고개를 돌려 아찔한 미소를 지으며 답했다.

"일검탈명, 맹정우입니다."

혹시라도 못 알아볼까 봐 별호까지 잊지 않고 갖다 붙이는 맹정우였다.

제2장

영웅은 필요한 순간에 잠재된 역량을 끄집어낸다

"칼을 제법 쓰네?"

한영영의 비명이 울린 직후 숨어 있던 자리를 박차고 격전의 공간으로 뛰어들어 간 맹정우가 일합에 강시의 무쇠팔을 잘라 버리자 은소예가 내뱉은 말이었다.

"그런데 왜 재주가 없다고 했지?"

맹정우가 있는 쪽을 쳐다보며 말하고 있었지만 옆에 있는 방구병에게 묻는 말이었다.

"음…… 그건 말이죠. 놈의 사부님이 놈의 검에 살기가 너무 짙다고 당분간 쓰지 말라는 엄명을 내리셔서…… 별호조차 일검에 탈명이었으니 오죽했겠습니까. 그래서 최근에는 검을 쓰지 않고 있는 상황이었지요."

방구병은 쩔쩔매며 변명을 쥐어짜냈다.

“그런데 지금은 그걸 왜 어겼지?”

‘젠장할 년! 그럼 쟤들 죽게 내비두리?’

방구병은 속으로 오만 욕을 해대면서도 다시 말을 짜냈다.

“보다시피 위급한 상황 아니었습니까. 그래서 나서긴 하되 검이 아닌 도를 썼잖아요.”

“흠……”

은소예는 별다른 반응이 없었다. 대충 수긍한 듯 보였다.

방구병은 안도의 한숨을 내쉬었다. 그리고 내심 기뻤다.

서당개 삼 년이면 풍월을 읊는다더니, 구라마왕과 항상 붙어 다닌 결과 자신의 구라도 많이 늘었나 보다.

안쪽의 상황은 맹정우의 가세로 전세가 역전되고 있었다.

몸을 추스른 혈강시들이 조종자의 지시로 다시 달려들었지만 맹정우는 망설이지 않았다. 덤비는 족족 칼을 휘둘러 팔다리를 끊어버렸다.

‘이거 쓸 만하군!’

맹정우는 종횡무진하면서도 스스로에게 감탄하고 있었다.

한영영의 위기를 보고서 순간적으로 뛰어들었지만 어찌할 바를 생각하고 행동한 것은 아니었다. 한영영을 향해 날아드는 강시의 우수를 보며 저 팔을 막아내야 한다는 생각에 무턱대고 잡은 것이 천신도였고, 그냥 휘두르면 안 잘릴 듯싶어 순간적으로 공력을 잔뜩 칼에 주입시킨 다음 곧바로 휘둘렀다. 그랬더니 의외로 쉽사리 강시의 팔이 잘라진 것이다.

연이어 달려드는 혈강시를 향해 시험 삼아 똑같은 방식으로 휘둘렀더니 쉽사리 다리 하나를 잘라낼 수 있었다. 그 다음부터는 거칠 것이 없었다.

벌써 다섯 구의 혈강시가 다리 병신이 되어 바닥에 자빠진 채로 바동거리자 뜻밖의 상황에 당황한 강시 조종자는 어찌할 바를 모르고 이영을 쳐다보았다.

이영은 호통을 쳤다.

"뭘 하고 있는 게야! 일단 뒤로 물려!"

이영의 표정은 침중해져 있었다.

피부 강화 제련이 거의 끝난 혈강시의 사지를 무차별로 잘라낼 정도의 무위를 갖춘 초고수가 있다는 것이 너무 큰 충격이었다. 전설 속의 검강(劍罡)이라도 쓰지 않고서야 벌어질 수 없는 일이 일어나고 있는 것이었다.

그는 재빨리 칼 찬 회의인을 향해 전음을 날렸다.

혈강시 조종자는 급히 방울을 바꿔 흔들었고, 칼 찬 회의인은 입구의 반대편에 나 있는 통로로 사라졌다.

방울 소리가 달라지자 우왕좌왕하던 혈강시들은 즉시 연못 쪽으로 물러났다.

강시들이 물러남과 동시에 이영의 피리 소리가 길게 울렸고, 연못에 남아 있던 천강시 하나가 마저 튀어 올랐다.

못에서 튀어 오른 천강시가 일행의 정면으로 착지함과 동시에 혜공과 대치하던 천강시가 뒤로 물러나며 그와 보조를 맞춰 나란히 섰다. 이영의 피리가 다시 곡조를 바꾸었고, 두 천강시는 동시에 양장을 쭉 뻗었다. 청색 강기가 여지없이 뻗어 나왔고, 네 줄기의 청강은 일행에게로 덮쳐 왔다.

일행의 시선은 순간적으로 맹정우에게로 모여들었다. 갑자기 뛰어들어 압도적인 신위를 보인 만큼 뭔가 해결해 주리라는 기대감이 있었기 때문이다. 그러나 시선이 다다른 곳에 서 있던 그들의 기대주는 외마디만을 남긴 채 입구 쪽으로 몸을 날리고 있었다.

"튀어!"

천신도의 효용인지, 무공이 갑자기 일취월장한 것인지 몰라도 혈강시를 토막 내는 데에는 망설임이 없던 맹정우였지만 고작 금나수법에 낑겨 있는 퇴산장 정도로 저 무시무시한 청색 강기와 맞짱뜰 자신은 없었던 것이다.

잠시 어벙벙하던 나머지 일행이었지만 격전의 와중이라 긴장하고 있었던 탓에 동작은 빨랐다.

혜공이 재빨리 누워 있던 공손승을 낚아채어 맹정우가 향한 통로 쪽으로 몸을 날렸고, 진소천과 한영영이 그 뒤를 따랐다. 다행히도 천강시들과 일행과는 거리가 있었기에 몸을 빼낼 찰나적 여력이 있었다.

콰콰쾅!

맹정우가 있던 자리를 때린 청살장이 동굴 벽까지 충격파를 내뿜으며 지하 공간 전체를 흔들었다.

진동이 가라앉은 후 이영의 낮게 깔린 목소리가 들려왔다.

"감히 혈강시에게 손상을 입히다니, 오늘 살아 돌아갈 생각은 말아라."

그러나 일행은 벌써 돌아갈 채비를 마치고 있었다.

"일단 튑시다! 부상자도 있고 하니 여길 빠져나가는 것이 급선무요!"

순간적으로 보였던 압도적인 신위에 비해 도망치자는 결정을 너무 빨리 내리는 맹정우였지만 공손승의 상태가 심상치 않은 것이 사실이었기에 일행은 뒤로 돌아 가는 것을 망설이지 않았다.

얼결에 다시 마주친 방구병과 은소예까지 낀 일곱 명의 젊은이가 지하 공간에서 몸을 돌려 들어왔던 길을 거슬러 달리기 시작했다.

혜공이 공손승을 업은 채 중앙에서 달리고 맹정우가 선두, 진소천과 한영영이 좌우 측면을 맡고 은소예와 방구병이 뒤를 따르는 대열로 달려나갔다.

그러나 불과 이십여 장이나 전진했을까? 갈래길을 지날 무렵 옆에서 회색 그림자가 튀어나왔다.

챙!

가장 좌측에서 달리던 진소천의 장검과 살짝 휘어진 곡도가 부딪쳤다. 연이어 두 개의 곡도가 뒤따라 들었다. 뜻밖의 원군의 가세로 어느 정도 기세를 회복한 진소천은 침착하게 뒤로 물러서며 삼도를 받아냈다.

진소천이 암습자들을 막는 사이 나머지 일행은 계속 달려나갔지만 정면에서도 회색 그림자들이 속속 모여들고 있었다. 얼추 십여 인영이 저 멀리 정면에서 달려오고 있었고, 진소천이 계속 물러서는 가운데 일행이 지나친 갈림길에서도 회의인들이 꾸역꾸역 몰려나왔다. 진소천은 몰려나오는 회의인들을 향해 검기를 한번 시원스럽게 날린 후 뒤로 도약하여 일행에게 합류했다.

업고 있던 공손승을 한영영에게 맡기고 전투 태세를 갖추는 혜공의 표정은 어두워져 있었다. 진소천이 마지막으로 날린 광풍검의 검기를 단 두 명의 회의인이 어렵지 않게 곡도로 해소시켰기 때문이다.

통로의 앞뒤를 십여 명씩 막고 서서 일행을 포위하고 있는 형국인데,

만만치 않은 무위를 갖춘 적이 수적, 지리적 우위까지 갖춘 셈이니 길보다는 흉이 많은 상황인 것이다.

갈래길에서 나온 회의인들이 갑자기 쫙 갈라지면서 그 가운데로 이영과 천강시 둘이 뚜벅뚜벅 걸어나왔다.

이영은 일행을 바라보며 나직한, 그러나 똑똑하게 들리는 목소리로 말했다.

"도대체 경비를 어떻게 섰었기에 이놈들이 여기까지 온 것이오?"

혜공은 잠시 어리둥절했다. 대체 누구한테 얘기하는 것인가?

대답은 반대편에서 들려왔다.

"오면서 보아하니 화골소(化骨沼)를 통해 들어왔더군. 강시들이 다니는 길목이었으니 우리 책임은 아니지 않소?"

대답을 한 사람은 이영의 반대편, 그러니까 맹정우 일행의 맞은편에서 다가온 회의인들 중에 키가 훤칠하게 크고 이영과 비슷한 차림을 한 회의인이었다.

"화골소? 설마 놈들이 토백지문(土伯之門)을 부수고 들어왔다는 건가?"

이영은 믿을 수 없다는 듯 중얼거렸다.

그 중얼거림을 들으며 혜공은 몇 가지 사실을 추론해 낼 수 있었다.

자신들이 들어온 곳이 바로 화골소이고, 그 고약한 냄새가 나는 항아리에 들어 있던 액체는 바로 화골산(化骨散)이었던 것 같다.

화골산이란 시체를 뼈까지 부식시키는 지독한 약물로서, 흑도방파들이 암살한 시체를 처리할 때 주로 쓰는 약품이다.

아마도 그 피가 다 빨려나간 시체는 혈강시라는 것이 그렇게 만들었을 것이고, 시체의 흔적을 감추기 위해 화골산으로 처리한 뒤 그 연못을 통해 밖으로 방출해 온 것 같았다. 그런데 무슨 실수가 있었는지 몰라도 미처 화골산으로 처리하지 못한 시체가 폭포로 흘러나가 우연히 맹정우의 손에 잡혔던 것일 게다.

그리고 토백지문이란 것은 자신이 항마장으로 부순 철문을 지칭하는 듯했다.

혜공은 불교가 중원에 들어오기 전의 고대에 토백(土伯)이란 괴물이 사람을 잡아 먹고 혼백을 저승으로 끌고 갔었다는 전설을 들은 기억이 있었다. 아마 그 흉측한 동물이 토백을 묘사한 형상이었을 것이고, 강시들이 다니는 길목이었다 하니 강시들을 제어하기 위해 주술을 걸어 놓은 문이었던 듯하다.

이영이 다시 입을 떼었다.

"과정이야 어쨌든 간에 놈들이 이곳까지 침투해 들어와 혈강시 다섯 구가 회복하기 어려운 손상을 입었소! 경비 책임자는 일영이니 알아서 처리하시구려."

키 큰 회의인, 일영은 싸늘한 미소를 지으며 말했다.

"이영께서 그리 말씀 안 하셔도 어차피 그럴 작정이었소."

그는 일행을 응시하며 말을 이었다.

"자, 우리 젊은 영웅들. 이제 영웅 놀이를 끝낼 시간이네. 무슨 재주를 부렸는지는 몰라도 혈강시에게 손상을 입혔다니 한가락 재주는 있는 청년들인 모양인데, 노부에게 존성대명(尊姓大名)을 들을 수 있는 영광을 허락해 주지 않겠나?"

구석에 몰린 쥐를 가지고 노는 고양이처럼 여유를 부리는 일영이었다.

진소천이 분을 참지 못하고 부르짖었다.

"쌍룡회의 진소천이다! 제정이를 당장 내놓아라!"

"오호라, 암혼진 밖으로 달아난 줄 알았더니 다시 들어오셨구먼. 그럼 다른 두 분은 양의문의 공손 공자와 일월문의 한영영 소저겠군 그래."

진소천과 한영영의 표정이 해쓱해졌다. 자신들의 정체를 알고 있는 것을 보면 염제정에게서 정보를 얻어냈을 것이다. 과연 염제정은 무사할까?

"스님도 한 분 계시는군. 차림새를 보아하니 소림의 무승이신가?"

혜공은 아무 대꾸도 아니 하였지만 대답은 다른 곳에서 나왔다.

"소림의 혜공이오. 과연 명성대로 만만치 않은 상대이니 주의하는 게 좋을 거요."

말한 것은 이영이었다.

그는 맹정우를 가리키며 말했다.

"정말 문제는 혈강시에게 해를 입힌 저 묵도를 들고 있는 자요. 일영께서도 주의하시는 게 좋을 거요."

두 사람이 대화가 진행되는 동안, 포위된 형국의 맹정우 일행은 가만히 서 있기만 할 뿐이었다. 아니, 실상은 혜공의 전음이 계속 그들의 귀에 울리고 있었다.

"상황이 아주 나쁜 것은 아닙니다. 통로가 세 사람 넘게는 나란히 설 수 없을 정도의 폭이니 소수로 다수를 상대할 만한 지형입니다. 저 강시 둘의 청살장도 우리 뒤편의 자신들의 동료를 의식한다면 함부로 쓸 수는 없을 것입니다. 일단 제가 천강시 쪽을 단독으로 방어할 테니 맹 소협을 필두로 저 일영이란 자가 있는 쪽을 집중적으로 공략하십시오!"

“호오, 혈강시를 토막 낼 정도라면 저 청년이 요즘 강호를 위진시키고 있는 신성(新星), 일검탈명이라도 된단 말이오? 도를 들고 있는 것을 보니 그건 아닌 듯한데.”

일영의 말이 끝남과 동시에 혜공의 우렁찬 기합성이 울려 퍼지며 금광이 번쩍였다. 금강장이 천강시와 이영이 있는 쪽으로 벼락같이 발출된 것이다.

그것이 신호인 듯, 맹정우와 진소천이 동시에 일영 쪽 진영으로 달려들었다.

먼저 출발한 것은 맹정우였지만 진소천이 한발 앞섰다. 그도 아까 한영영 근처에 있었기 때문에 맹정우의 자기소개를 똑똑히 들었다. 그리고 이어진 도검불침의 강시들을 토막 내던 신위에 잠시 기가 질렸었으나, 곧 젊은이 특유의 호승심이 불같이 일어났다. 거기에는 한영영의 위기를 구한 맹정우에 대한 질투심이 적당히 가미되어 있었고, 이러한 것들이 지금의 과감한 행동의 원인이 되고 있었다.

“차아아!”

우렁찬 기합성과 함께 일검이 사선으로 통로를 갈랐고, 검기가 일영 쪽 진영으로 벼락같이 뻗어져 나갔다. 아까 후퇴할 때 시전했던 검기와는 그 위력에서 확연한 차이가 있는, 본신의 십이성 공력을 몽땅 쏟아 부은 광풍검이었다.

당연히 일영이 맞받아 칠 것을 예상했으나 의외로 일영은 슬쩍 뒤로 후퇴했고, 그가 빠진 자리는 세 명의 회의인이 앞으로 나서며 막아섰다. 세 명의 곡도에서 희미한 도기가 피어올랐고, 세 개의 칼은 기묘한 움직임으로 회전하며 희미한 도기를 연기처럼 흘려 일종의 도막(刀幕)을 형성했다.

슈팡!

도막에 부딪친 검기는 파공음만을 남긴 채 허무하게 소멸되었고, 중앙의 회의인만 움찔하며 뒤로 한 발짝 물러섰을 뿐 양쪽의 회의인들은 미동조차 하지 않았다.

"유령검무(幽靈劍舞)…… 진 공자! 피해요!"

한영영의 외침에 옆에 있던 은소예는 깜짝 놀랐다. 진소천보고 피하라는 고함 때문에 놀란 것이 아니고, 그 앞의 들릴 듯 말 듯했던 중얼거림 때문이었다. 아주 작은 소리였으나 바로 옆에 있던 그녀는 똑똑히 들을 수 있었다. 유령검무라면 중원삼비(中原三秘) 중에 하나이며 강북 청부 살인 단체의 대명사 격인 귀령곡의 무예였다. 그럼 이자들이 귀령곡인들이란 말인가?

한영영의 외침과 동시에 한 발 물러섰던 중앙의 회의인이 허리를 구부렸고, 그 바로 뒤에 있던 제사의 회의인이 튀어나오며 몸 쪽으로 구부리고 있던 두 팔을 휙 떨쳐 냈다.

기이이잉!

귀를 찢을 듯한 파공음과 함께 세 개의 검은 그림자가 빛살 같은 속도로 진소천에게로 날아왔다.

호혈표[呼血鏢]!

귀령곡인의 주력 암기 중에 가장 위력이 뛰어난 이 암기는 사용 시의 요란한 파공음 때문에 암살에 어울리는 암기는 아니었다. 이것은 다수의 곡인들이 절정고수를 상대할 때 유령검무와 함께 사용되는 암기로써, 검무 시전자 뒤에서 충분한 준비를 한 곡인이 마치 벽공장을 날리듯 강력한 공력을 실어서 던지는 암기이기 때문에 속도와 위력에 있어서는 타의 추종을 불허하는, 암기보다는 병기라고 불릴 수 있을 정도의 무기였다.

진소천의 눈에 순간적으로 암담한 기운이 떠올랐다. 가뜩이나 공력의 소모가 강한 광풍검을 전신의 모든 공력을 끌어내어 발출한 뒤였다. 수비가 거의 불가능한 잠시 동안을 틈타 정확히 시전된 상대의 암격은 시기적으로 완벽한 역공으로, 도저히 막아낼 수 없을 듯했던 것이다.

좌우로 몸을 날릴 시간적 공간적 여유도 없었다. 진소천은 달리던 신형을 정지시키며 정면에서 고속 회전을 하며 날아오는 세 개의 호혈표를 멍하니 응시했다. 두 개 정도는 몸으로 받아야 될 것 같다. 그러고서 목숨이나 부지할 수 있을까?

목숨이 경각에 달려 오만 가지 생각이 다 떠오르는 순간, 그의 앞을 가로막는 황의가 눈에 확 들어왔다.

따당! 땅!

"아니?"

일영의 경악성이 터져 나왔다. 통로를 가득 메울 피분수를 기대했건만, 진소천을 뒤따르던 맹정우가 시기 적절하게 그의 앞을 가로막으며 일도를 휘둘러 호혈표 두 개를 반 토막 내며 날려 버린 것이다.

나머지 한 개는 그의 품으로 파고든 듯했는데, 무슨 재주를 부린 것인지 그것마저도 튕겨 나와 힘없이 바닥을 구르고 있었다.

"맹 소협!"

진소천은 비틀거리며 뒤로 물러서고 있는 맹정우의 어깨를 붙잡았다.

"괘, 괜찮소."

진소천은 자신의 생명을 구한 맹정우를 격동 어린 눈으로 바라보았다.

공격을 시작하고, 진소천이 맹정우를 앞서고, 그의 검기를 귀령곡인들이 막아내고, 호혈표가 발출되고, 그것을 맹정우가 막아내기까지 걸린 시간은 불과 눈 몇 번 깜짝할 정도의 짧은 순간이었다. 그러나 그 짧은 시간 동안 죽을 고비를 넘긴 진소천은 자신의 무모함과 한계, 그리고 자신의 앞에 서 있는 중원을 위진시키는 청년 영웅과의 엄청난 격차를 뼈저리게 실감할 수 있었다. 스스로의 안위를 돌보지 않고 자신의 생명을 구한 자는 무공으로나 인품으로나 자신과는 비교가 안 되는 인물이었다. 이런 자를 감히 호적수라 여기다니, 스스로가 부끄러워지는 진소천이었다.

한편 맹정우는 진소천의 부축을 받으며 가슴을 쓸어 내리고 있었다.

하마터면 뒈질 뻔했다.

열심히 돌진하고 있던 외중에 앞서 가던 놈이 갑자기 걸음을 멈추는 바람에 그만 놈을 앞질러 버렸는데, 쏜살같이 날아오고 있는 세 개의 길쭉한 물체와 마주치고 말았다. 마침 휘두르려고 준비하고 있던 칼을 냅다 휘둘러 운 좋게 두 개를 날려보낼 수 있었지만 한 개는 정확히 그의 가슴으로 파고들었다.

엄청난 통증이 느껴졌지만 이곳에 오기 전에 미리 해두었던 안배 덕택에 살아날 수 있었다.

그는 갑자기 자기 앞으로 나섰다가 대뜸 걸음을 멈춰 자신을 위기에 빠뜨렸던 뒤엣 놈을 쥐어 패고 싶은 마음 굴뚝같았지만 지금은 그럴 상황이 아니었다.

"뭣들 하고 있느냐! 몽땅 공격해!"

지금껏 시행해 왔던 살행(殺行)에서 단 한 번도 피를 부르지 않는 법이 없던 호혈표가 어이없이 봉쇄되자 분통이 터진 일영의 외침이 떨어졌고, 그와 동시에 정면의 회의인들이 일제히 짓쳐들었다.

방구병은 불안한 눈초리로 뒤를 돌아보았다. 다행히도 혜공이 뒤쪽의 무리는 확실히 봉쇄하고 있었다. 그는 좁은 통로에서 금강장을 연속적으로 발출하며 선기를 잡고 있었다.

청살장을 시전할 틈을 주지 않은 탓에 천강시들은 날아오는 장력을 그저 몸으로만 받아내고 있었는데, 큰 피해는 없는 듯 한두 발짝 뒤로 움찔움찔하며 물러설 뿐이었다.

이영을 비롯한 나머지 회의인들은 강시 둘의 뒤쪽에 서 있었는데, 장력의 공세가 끊이질 않고 있었기 때문에 그 압력으로 인해 천강시 앞쪽으로 나와 혜공을 공격할 기회를 원천봉쇄당하고 있었다.

그러나 아무리 공력이 심후하기로 소문난 소림의 무승이라도 저렇게 연속적으로 장력을 발출하다 보면 곧 한계에 부딪칠 것이다. 그전에 앞쪽에서 출로를 뚫어야 할 상황인데, 외려 위기를 맞고 있었다. 맹정우와 진소천이 움찔한 틈을 타 회의인들이 공격하기 시작했던 것이다.

진소천이 비틀거리는 맹정우의 앞으로 다시 나서며 선두의 회의인과 맞닥뜨렸다. 연이은 두 번째 회의인까지 막아냈으나 측면으로 돌아들어오는 세 번째 회의인을 놓쳤다. 세 번째 회의인은 아직 신형을 추스르지 못하는 맹정우에게로 일도를 날렸다.

챙!

그의 곡도는 갑자기 맹정우의 뒤쪽에서 날아든 유엽도에 가로막혔다. 세 번째 회의인은 갑작스레 파고든 적을 향해 반격을 시도했지만 적이 더 빨랐다. 회수했던 곡도가 채 다시 나가기도 전에 유엽도가 그의 목을 스치고 지나갔다.

"컥!"

그는 목을 움켜쥐고 비틀거리며 물러섰다. 은소예는 아깝다는 표정으로 유엽도를 고쳐 잡았다. 위기 상황이라고 생각하여 한영영의 유엽도를 뺏다시피 하여 전장으로 뛰어들었는데, 손에 익은 병기가 아니었기에 적의 숨통을 완전히 끊지 못했던 것이다.

그런데 의외로 그것이 맹정우 일행에게 도움이 되었다. 통로는 세 명 넘게는 전진하기 어려운 폭이었는데, 진소천이 두 명과 대치하고 있는 상황에서 은소예에게 상처를 입은 회의인이 그 자리를 차지하며 비틀거리자 나머지 회의인들은 전진하지 못하고 우물거리고 있었다. 그 와중에 진소천의 광풍검이 한 명에게 부상을 입히자 대치 상황은 더욱 혼란스러워졌다.

결국 나머지 한 명까지 은소예의 공격에 쓰러지자 뒤의 세 명이 그들을 대신했으나 이 대 삼으로 싸워도 정면 대결에서는 중원 후기지수 중의 사룡삼봉에 속하는 진소천과 은소예를 이기기는 어려웠다.

교대한 세 명까지 수세에 몰리자 일영의 눈가가 살짝 찌푸려졌다.

역시 갱도의 폭이 좁은 것이 문제였다.

이렇게 다수로 소수를 핍박할 때 귀령곡인들이 효율적으로 사용하는 진법인 귀령진(鬼靈陣)은 오륙 인의 합격으로 구성된다. 보통 중앙의 삼 인이 유령검무를 추며 적의 예봉을 막아내고 양 측면의 이 인이 공세를 취한다. 후위에 한 명이 추가된다면 아까와 같이 빈틈을 보아 호혈표 등의 암기를 던지는 구성인데, 지금과 같이 세 명이 나란히 서면 간신히 칼을 휘두를 수 있는 공간만이 허용되는 이 갱도에서는 아까와 같은 수비는 가능할지언정 공세를 겸할 수 있는 진의 완성이 어려웠다.

일영은 인상을 쓰며 소리쳤다.

"멍청한 놈들… 후퇴!"

그의 명이 떨어지기가 무섭게 일행과 대치 중이던 세 명의 회의인이 일제히 후퇴했다. 그들은 통로의 양쪽 벽으로 붙으며 후퇴했는데, 그로 인해 뚫린 공간으로 일영이 뛰어들었다. 품 안에 들어가 있던 한 손을 떨쳐 내면서.

기이이잉!

또다시 파공성이 통로를 진동했고, 일영이 비상시에 쓰려고 가지고 있던 단 한 개의 호혈표가 무시무시한 속도로 은소예를 향해 날아들었다. 호혈표 전담인 아까의 회의인보다는 시전이 능숙하지 못하기에 단 한 개만을 사용했지만 그 위력은 오히려 뛰어났다.

은소예는 신중한 표정으로 날아오는 호혈표를 응시했다. 순간적으로 피해야 한다는 생각이 들었지만 강력한 회전력을 수반한 채 날아오는 지라 자칫 피하다가 스치기만 해도 큰 상처를 입을 것 같았다. 그러느니 격퇴를 시도하는 편이 외려 피해가 덜할 것 같다는 판단이 빠르게 머리를 스치고 지나갔다.

은소예는 가전 검법인 천의검(天意劍) 제칠식 창궁무변(蒼穹無邊)을 시전했다. 부드러움 속에 강력함이 내포된 검식이 날아오는 호혈표와 맞섰다.

콰직!

은소예는 손아귀가 찢어질 듯한 통증을 느끼며 뒷걸음치다 결국 엉덩방아를 찧고 말았다. 유엽도는 휘어지고 부러져 걸레 쪼가리처럼 되어 있었고, 호혈표 역시 비슷한 꼴이 되어 바닥을 구르고 있었다.

“크윽!”

주저앉아 있는 그녀의 옆으로 비틀거리며 뒷걸음질쳐 온 진소천이 신음을 흘리며 왼 무릎을 꿇고 말았다. 그의 검 역시 반 토막 나 있었고 입가에 살짝 선혈이 흐르고 있었다. 그는 광풍검으로 일영과 맞섰는데, 계속 무리해 온 탓에 공력이 달려 일영의 강력한 일격을 견디지 못하고 검을 부러뜨리고 말았던 것이다.

콰콰콰!

뒤에서 갑자기 폭음이 울렸고, 한 인영이 피를 뿌리며 날아와 쓰러졌다.

“스님!”

방구병이 부르짖으며 쓰러진 혜공을 부축했다. 폭음에 동반된 자욱한 먼지 사이로 천강시들이 다가오고 있었다.

혜공의 장력에 밀려 십여 장 가까이 후퇴했던 천강시들은 연속해서 이십오 장을 발출한 탓에 공력을 잇지 못해 주춤한 혜공을 향해 마침내 청살장을 날렸다. 혜공은 억지로 공력을 끌어내어 맞섰지만 중과부적인지라 결국 패퇴하고 말았던 것이다.

뒤에서는 천강시들이, 앞에서는 일영이 다가오고 있었다. 맹정우는 황당한 표정으로 좌우를 둘러보았다. 어느 결에 이렇게 됐는지 일행 중에 무기 들고 제대로 서 있는 사람은 자신 혼자뿐이었다.

‘뭐 이런 더러운 경우가 있지?

“이제 홀로 남으셨군. 아까 보니 재주가 대단하던데?”

일영의 말소리가 들려오자 맹정우는 순간적으로 그쪽을 쳐다보았다. 그때를 놓치기 싫은 이영의 낮은 피리 소리가 울렸고, 천강시 둘이 그를 향해 달려들었다.

“뒤!”

은소예의 부르짖음이 맹정우의 고막을 때렸고, 재빨리 돌아선 맹정우의 눈앞에 푸른 강기가 확대되었다.

위기 일발의 순간 맹정우의 발은 자연스레 궁보 자세를 취했고 그의 두 팔은 가슴께로 끌어당겨졌다가 앞으로 뻗어 나왔다.

펑!

장력이 빠르게 흘러나가며 순간적으로 압축되었던 주변 공기가 퇴산장과 청살장의 충돌에 의한 압력으로 강하게 팽창되면서 통로 안은 일진 광풍이 휘몰아쳤다.

바닥의 흙먼지가 휘몰아치며 순간적으로 시야를 가렸지만 맹정우와 충돌한 첫 번째 천강시가 뒤로 폭죽처럼 튀어 날아가는 것을 중인들은 똑똑히 볼 수 있었다. 맹정우는 제자리에 서 있었지만 충돌의 여파가 있는 듯 비틀거렸다. 그 순간 이영의 신호를 받은 두 번째 강시가 날아간 강시의 빈자리를 메우며 그를 향해 달려들었다.

맹정우는 달려드는 천강시를 향해 들고 있던 천신도를 휘둘렀다. 퇴산장은 위력에 비해 공력의 소모가 그리 크지 않은 장법이었기 때문에 아까 혈강시를 토막 낼 때 정도의 공력을 금방 칼에 주입시킬 수 있었던 맹정우는 날아드는 천강시의 팔을 향해 자신있게 일도를 날렸다.

까앙!

불행히도 천강시는 혈강시보다 강도가 한 수 위인 듯 팔에 부딪친 천신도는 그것을 자르기는커녕 되튕겨 나오고 말았다. 그러나 일 갑자 공력이 실린 천신도에 맞은 천강시 역시 받은 힘을 주체 못하는 듯 비틀거렸고, 그 틈을 타 맹정우의 이도가 강시의 목으로 날아들었다.

깡!

역시 칼로 바위를 때리는 듯한 충돌음이 울렸고, 천강시는 충격을 받은 듯 뒤로 비틀비틀 물러섰다. 선기를 잡은 맹정우는 전진하며 연속 공격을 시도하려 했지만 측면에서 날아드는 일영의 곡도로 인해 저지되었다.

깡! 까강 깡!

맹정우와 일영은 대여섯 초를 빠르게 주고받았다. 주로 일영이 공격하고 맹정우가 막아서는 형국이었는데, 선기를 점하고 있는 듯한 일영의 표정은 별로 좋지 않았다. 맹정우의 칼과 충돌할 때마다 전해지는 반탄력 때문에 주특기인 쾌도의 구사가 어려웠기 때문이다.

뭘 먹고 컸는지 몰라도 어린 놈의 내공이 엄청났다. 그것보다도 그를 열받게 하는 것은 바로 칼이었다.

그가 사용하고 있는 칼은 다른 회의인들이 쓰는 곡도가 아닌 만도(蠻刀)였는데, 운남밀림의 제왕이라던 혈사왕(血獅王)을 해치우고 얻은 사왕도(獅王刀)라는 보도였다. 대도라 불릴 만한 크기임에도 무게가 가볍고 날카롭고 단단하기 이를 데 없어 애지중지하고 있던 칼이었는데 어떻게 된 일인지 맹정우의 묵도와 충돌할 때마다 이가 빠져나가고 있었다. 이대로 계속 초식을 주고받다가는 칼날이 톱날 모양인 거치도가 될 판이었다.

그때 이영의 전음성이 들려왔다.

"일영! 물러서시오!"

일영은 흘긋 맹정우의 뒤쪽을 넘겨보았다. 전열을 재정비한 천강시 둘이 쇄도하고 있었고, 활짝 펴진 채 정면을 보고 있는 네 개의 손바닥은 청색 강기로 물들어 있었다.

일영은 날아오는 맹정우의 칼을 받아내면서 그 탄력을 이용해 뒤로 몸을 날렸다.

반사적으로 그를 따라가며 공세를 취하려던 맹정우는 문득 뒤통수를 파고드는 서늘한 한기를 느꼈다.

"위험하다!"

다시 은소예의 고함성이 들려왔으나 이미 맹정우는 그것을 감지한 행동을 취하고 있었다. 단지보로 신속하게 전면으로 이동한 후 재빨리 몸을 돌리며 퇴산장을 연계했다.

다시 한 번 청살장과 퇴산장이 충돌했다.

콰콰콰쾅!

아까보다 갑절은 거센 일진 광풍이 통로를 휘감았고, 맹정우는 비릿한 피가 목을 타고 올라오는 것을 느끼며 뒤로 몇 발짝 물러섰다. 이번에는 두 강시의 장력을 한꺼번에 감당해야 했기 때문에 충격이 아까 전과 비할 바가 아니었다.

통로는 갑작스레 어두워졌다. 벽 군데군데 꽂혀 있던 횃불이 바닥으로 떨어지면서 꺼져 버렸기 때문이다.

파괴력 면에서는 강호 최고 수준을 자랑하는 청살장력은 유(柔)하기 이를 데 없어 살상력도 갖추지 못한 맹정우의 퇴산장을 파괴하지 못했다. 천강시가 발출한 청색 강기는 마치 기름이 물 위를 미끄러지듯 퇴산장의 기운과 섞이지 못하고 밀려나면서 측면으로 튀어 나갔다. 측면으로 튀어 나간 기운은 갱도에 부딪쳐 측벽을 허물어뜨렸고, 맹정우가 서 있는 주변의 벽이 와르르 뒤로 꺼지면서 걸려 있던 횃불까지 같이 쓰러져 버렸다. 그러자 통로는 순식간에 어둠에 잠겼다.

"횃불을 가져와라!"

일영은 서두르지 않았다. 궁지에 몰아놓은 적을 어둠 속에서 피아를 구분하기 어려운 위험을 감수하며 몰아붙일 필요는 없다.

잠시 후 먼 쪽 벽에 꽂혀 있던 횃불이 뽑혀져 나왔고, 그곳의 밝음이 서서히 맹정우 일행이 있는 어둠 쪽으로 접근해 왔다.

밝음이 어둠을 거의 몰아내자 횃불을 든 회의인의 눈이 커졌고, 뒤이어 그의 뒤를 따르던 일영 이하 나머지 회의인들의 얼굴에도 당황한 기색이 떠오르기 시작했다.

맹정우 일행이 있던 자리는 텅 비어 있었고, 측벽의 붕괴로 인해 생긴 커다란 구멍만이 입을 떡하니 벌리고 있을 따름이었다.

구멍은 바로 옆에 붙어 있는 다른 갱도로 연결되어 있었다.

탁탁탁탁탁탁…….

일행은 죽어라고 질주하고 있었다.

벌써 비슷한 갈래길을 세 번째 지나쳤을 때 방구병이 숨이 턱까지 찬 채로 외쳤다.

"헥! 헥! 길은 알고 달리는 거야?"

맹정우가 대답했다.

"일단 아까 강시들이 다니던 길을 찾아야 해!"

"어떻게?"

"아까 그 이상한 모양의 문을 찾아야 합니다. 강시들이 다른 곳으로 엇나가지 않도록 주술 처리를 한 문이므로, 그 문을 찾으면 자연히 통로를 발견할 수 있을 겁니다."

혜공의 대답이었다.

맹정우는 달리면서 천신도를 만지작거렸다. 일영과 칼을 섞을 때부터 머리에 상당한 통증을 느꼈었는데, 신기하게도 천신도를 칼집에 꽂고 나니 그 통증이 사라졌다. 그런데 시험 삼아 칼 손잡이만 다시 잡아도 미약한 통증이 머리에 발생을 하는 것이었다.

'대체 무슨 일이지?'

까닭 모를 불길한 예감이 느껴졌다. 게다가 맹정우는 일행 중에 내상이 비교적 적은지라 늘어져 있는 공손승을 업은 채로 뛰고 있었는데, 왠지 모르게 업혀 있는 공손승이 점점 무거워지고 있다는 느낌이 들고 있었다. 살아 있는 사람을 업었는데 나중에 내려놓을 때는 관 안에 내려놔야 하는 거 아닌가 하는 불길한 생각이 들기 시작했다.

"각 오별로 흩어져서 놈들이 기어들어 갈 만한 통로를 미리 선점하라!"

일영의 명에 따라 귀령곡인들은 대여섯 명씩 짝을 지어 갈림길로 뿔뿔이 흩어졌다.

그러던 중 한 부하가 다가왔다.

"일영, 아무래도……."

"뭔가?"

"벽을 부순 놈 말입니다. 일검탈명 같습니다."

"무위가 놀랄 만하기는 했으나, 도를 쓰지 않았던가?"

"소문으로 들은 일검탈명 맹정우의 특징은 왼쪽 허리에 검과 도를 같이 차고 다닌다 하더군요. 아까 그놈이 천강시와 대치할 때 얼핏 허리에 차고 있는 검을 본 듯도 합니다."

일영도 고개를 끄덕였다.

"하긴… 중원 천지에 그 정도 나이에 그런 무위를 갖춘 놈이 일검탈명 말고 또 있다는 것도 이상한 말이겠군."

그때 또 한 부하가 급히 다가왔다. 일영은 그가 동굴 입구를 경비하던 자라는 것을 알아보았다.

"무슨 일인가?"

"지금 강시들을 인수하러 곡에서 인수조가 도착했습니다."

"그래?"

일영의 눈이 빛났다.

"영급으로는 누가 왔나?"

"사영과 칠영이 오셨습니다."

일영의 입꼬리가 한쪽으로 올라갔다.

"하늘이 도와주기로 했나 보군. 너는 즉시 가서 그 둘과 입구의 육혼(六魂)에게 알려라. 일검탈명 일행이 도주 중인데 그쪽으로 몰아갈 테니 처리 준비를 하라고. 단! 일검탈명의 무위가 만만치 않으니 그 셋이 참가한 귀령진을 짠 채로 대기하라고 말이다."

"존명!"

*   *   *

미로처럼 얽힌 통로를 헤쳐 나가던 일행의 앞에 다시 갈래길이 나타났다. 선두에 달리던 혜공은 무의식적으로 약간 밝은 쪽의 왼쪽 길을 택했다. 통로는 한층 더 넓어졌고, 공기가 점점 신선해지고 있다는 느낌이 들었다.

'다른 쪽 출구로 향하는 것인가?'

혜공은 잠시 고민했다. 아까 말한 대로 그 토백지문이 있는 강시 길을 찾아 지하 수로를 통해 나가는 방법이 가장 확실했으나 길을 모르

고 뒤에 추적자가 있는 상황에서 무턱대고 그쪽을 찾을 것을 고집할
수는 없는 노릇이었다.

결론은 쉽게 나왔다. 만약 이 길이 외부로 통하는 출구에 다다르는
길이라면 오히려 전화위복이 될 수도 있다. 물론 보초나 매복이 있겠
지만 뒤의 추적진이 이 비처의 주력이라고 판단한다면 보초나 매복은
외려 상대하기가 쉬울 수 있다. 그러니 더 이상 망설일 이유는 없는 것
이다.

코로 들어오는 공기에 풀 냄새 같은 것이 섞여들기 시작했고, 희미
하게 비치는 빛은 횃불에서 나오는 빛이 아닌 양광(陽光)이었다. 외부
로 나가는 출구에 근접한 것이다.

"막바로 치고 나갑시다! 상황을 살필 여유도 없고, 그럴 처지도 아니
니 강행 돌파를 해야겠습니다."

혜공의 나직한 소리에 일행은 뛰면서 전의를 가다듬었다.

은소예는 달리는 도중에 갑자기 길쭉한 물체가 측면에서 날아오는
것을 느꼈다. 깜짝 놀라며 받아보니 보석이 달린 휘황찬란한 장검, 바
로 맹정우가 건넨 팔성검이었다.

은소예가 미심쩍은 눈초리를 흘려보내자 맹정우는 천신도를 들어
보였다. 무기가 따로 있으니 마음 놓고 쓰라는 표시였다.

은소예는 장검을 내팽개칠까 하다가 마음을 고쳐 먹었다. 지금은 자
존심을 내세울 상황이 아니었기에.

마침내 동굴의 끝, 얼추 오 장 높이는 되어 보이는 육중한 돌문이 반
쯤 열려져 있는 것이 보였다. 열린 문틈 사이로 햇빛이 들어와 동굴을
밝히고 있었다. 주변에 인적이 없다는 것이 좀 이상했지만 그걸 따질
겨를이 없었다. 선두에 선 혜공이 정권으로 돌문의 한쪽 문을 강타하

여 열어젖히며 밖으로 뛰쳐나갔고, 나머지 일행이 그 뒤를 따랐다.

화악!

햇살이 일행의 눈에 시리게 파고들었다. 어느새 하룻밤이 지나고 새벽녘의 빛이 대지를 비추고 있었고, 해가 걸려 있는 아름다운 형산의 봉우리, 전방의 분지에 드문드문 기묘하게 서 있는 돌탑과 나무들도 눈에 띄었다. 그리고 마지막으로 문을 반원형으로 감싼 채 포위하고 있는 이십 명 남짓한 회의인이 시야에 들어왔다.

'함정이었군!'

혜공은 '아차' 하며 즉시 몸을 돌렸으나 문은 어느새 닫히고 있었다.

"살(殺)!"

일행의 시력이 밝음에 적응되기 전에 처리하는 것이 좋다고 판단한 사영은 즉시 주살 명령을 내렸다.

암기가 우박처럼 쏟아져 들어왔다. 혜공이 재빨리 가사를 벗어 아까처럼 돌려댔으나, 반원형으로 포위된 상황에서 전면에 측면까지 점하고 들어오는 모든 암기를 막을 수는 없었다.

"크윽!"

진소천이 신음성을 내며 쓰러졌다. 혜공의 바로 뒤에 있던 은소예, 한영영, 방구병까지는 거의 암기에 적중되지 않았으나 측면을 점하고 있던 맹정우와 진소천은 다량의 암기를 스스로가 감당해야 했기에 어쩔 수 없이 몇 방의 암기를 몸에 허용한 것이었다.

한편, 맹정우는 업고 있던 공손승에게 미안한 마음 금할 길이 없었다.

하늘에서 뭔가 시꺼먼 게 잔뜩 날아오니 무의식 중에 몸을 돌렸는데,

그 덕택에 날아오던 암기가 공손승의 등짝에 다 박혀 버렸던 것이다.

그는 재빨리 공손승의 맥을 짚었다.

'이런 제기, 죽었군!'

사실 아까부터 시체를 업고 있다는 느낌이 들 정도로 공손승의 몸이 무겁긴 했다. 간당간당하다가 암기에 맞아 절명했을 가능성도 있었지만 맹정우는 좋은 쪽으로 생각하기로 했다. 미리 죽어 있었을 거라고.

'고맙소, 공손 공자. 내 이 은혜는 결코 잊지 않으리다.'

공손승의 갸륵한 희생 정신(?)에 감사하며 맹정우는 재빨리 그의 시체를 내동댕이쳤다. 적의 칼이 날아오고 있는 와중이라 희생자의 시체까지 돌볼 겨를이 없었다.

창! 차장! 창!

다수의 병장기가 부딪치며 불똥이 튀고 굉음이 울렸다.

진소천이 쓰러지기는 했지만 일행은 쉽게 무너지지는 않았다. 문을 등진 채로 전면에 혜공이 적에게서 갈취한 곡도로 달마삼검을 휘두르고 양측면에서 맹정우와 은소예가 천신도와 팔성검으로 적의 칼을 두 동강 내기 시작하자 적들은 쉽게 접근하기가 어려웠다.

문제는 역시 조만간 등 뒤의 문이 열리고 추격하던 적이 쏟아져 나오면 그때는 끝이라는 것이었다.

끽. 끼이익.

동굴의 문이 다시 열리는 소리는 일행에게는 마치 명부(冥府)의 문이 열리는 소리처럼 들렸다.

"맹 시주!"

문이 열리는 순간, 혜공은 한마디 부르짖음과 함께 번개같이 몸을 뒤로 돌려 금강장을 문틈으로 쏟아 부었고, 맹정우가 그의 빈자리를 재빨리 메웠다. 그리고 맹정우의 자리에는 응급 처치를 마친 진소천이 방구병의 부축을 받으며 이동했다.

콰콰쾅!

혜공의 쏟아 붓는 장력에 의해 문이 박살나면서 밖으로 나오려던 곡인들이 다시 안쪽으로 밀려들어 갔다.

문제는 정면이었다.

맹정우가 전면으로 나서는 순간, 짓쳐들던 나머지 곡인들이 썰물처럼 빠져나가며 이때껏 뒤에서 명령만 내리던 사영 이하 다섯 명이 맹정우에게로 일제히 달려드는 것이었다.

'이 자식들 사람 차별하네. 왜 내가 나오니 갑자기 강해 보이는 놈들이 한꺼번에 튀어나오는 거야?'

맹정우는 투덜거리며 천신도를 휘둘렀다. 이제껏 그래 왔듯이 천신도에 걸리는 칼들이 수수깡처럼 꺾어질 것을 기대했으나, 강해 보이는 놈들은 역시 달랐다.

전면의 세 놈이 곡도를 기이하게 교차시키자 뿌연 도막이 형성되었고, 천신도가 도막을 강타하자 그 반탄력에 의해 전진은커녕 강하게 튕겨 나왔다. 그 틈을 이용해 좌우에서 곡도가 맹정우의 양 옆구리로 찔러 들어왔다. 동굴에서 잠깐 견식했던 귀령진의 기본 공격이었다.

맹정우는 다급히 몸의 중심을 바로잡으려 애쓰며 좌측의 곡도를 맞받아서 부러뜨렸다. 그 순간, 우측의 칠영의 곡도가 옆구리로 파고들었다.

"윽!"

칼에 맞은 맹정우는 비틀거렸으나 찌른 칠영도 잠시 주춤했다. 뼈와

살을 갈라내는 감촉을 기대했건만 옆구리로 파고든 곡도가 어이없이 튕겨 나왔기 때문이었다.

기이잉!

곡도가 부러진 좌측의 사영이 기다릴 것 없다는 듯 호혈표를 날렸다. 맹정우는 비틀거리면서도 천신도에 공력을 잔뜩 주입하여 날아오는 호혈표를 그대로 두 동강 내버렸다.

“저럴 수가!”

사영 이하 오 인은 입을 쩍 벌렸다. 놈은 절정의 신위에 금강불괴까지 갖추고 있단 말인가?

콰쾅!

그때 분지의 뒤쪽에서 폭음이 울려 퍼졌다.

“무슨 소리지?”

사영의 물음에 대답한 것은 혜공을 밀어붙이며 동굴에서 간신히 빠져나온 일영이었다.

“조사단 놈들이 진을 깨뜨린 것 같소. 이놈들을 빨리 처리하고 이곳을 뜹시다!”

피이이이잉!

그 말이 떨어지기가 무섭게 효시가 기나긴 휘파람 소리를 내며 하늘로 치솟아올랐다. 일영의 말을 들은 한영영이 재빨리 활을 빼내어 쏘아 올린 것이었다. 진이 깨진 상태이니 조사단이 충분히 효시의 위치를 확인할 수 있을 거란 생각에서 행한 판단이었다.

“쥐새끼 같은 것들, 내 너희를 오늘 죽이지 못한다면 성을 갈겠다!”

일영은 이를 부드득 갈면서 혜공을 압박했다.

이제 전면에서는 나머지 곡인들이 뒤로 빠진 가운데 사영 등 오 인의 귀령진과 맹정우가 대치했다. 후위에서는 일영만이 동굴에서 빠져나와 혜공과 대치했다. 미처 못 나온 나머지 곡인들은 진소천 등이 막아서는 형국이 되어버렸다.

혜공은 달마삼검을 구사하며 맞섰지만 곧 일영의 공격에 수세에 몰렸다.

쨍그랑!

마침내 혜공의 곡도가 부러졌다. 달마삼검을 구사하기에 좋은 병기가 아닌 데다가 공력 소모가 그간 심했기에 일영의 내력을 감당하기 벅찼던 탓이었다.

"죽어라!"

일영의 사왕도가 혜공의 목을 향해 날아드는 순간, 맹정우가 전면을 맡고 난 이후 여력이 조금 생긴 은소예의 팔성검이 그것을 저지하려 날아들었다.

도와 검이 충돌하려는 순간, 사왕도가 살짝 떨리면서 진행하던 방향의 역방향으로 급격히 꺾이며 달려오는 은소예의 목으로 날아들었다.

일영은 그녀의 공격까지 이미 읽고 있었던 것이다.

다소 떨어진 거리에서 혜공을 구하기 위해 급히 움직인 터라 은소예의 자세는 매우 불안정했고, 갑작스러운 일영의 역공을 피할 수 있는 동작을 펼치기 어려웠다.

"타앗!"

은소예는 일영을 향해 달려드는 동작에서 억지로 몸을 눕히며 팔성검을 휘둘렀다. 사왕도의 진행 경로를 비켜나며 철판교의 수법으로 역공까지 취한 것이었으나 급격한 자세의 변동 탓에 공력이 끝까지 이어지지 않았다.

깡!

검과 도가 충돌했고, 팔성검에 의해 사왕도의 이가 또 하나 빠졌으나 공력이 충분히 깃들지 않은 팔성검 역시 사왕도의 힘을 배겨내지 못했다.

검은 은소예의 손에서 빠져 날아가 버렸고, 은소예도 그 힘의 여력에 못 이겨 몸을 눕힌 자세에서 중심을 잡지 못하고 일영 앞에서 넘어져 버렸다.

일영은 눈앞에 넙죽 쓰러진 먹잇감을 놓치지 않겠다는 듯 사왕도를 수직으로 찍어 내렸다.

"멈춰라!"

절체절명의 순간, 갑자기 측면에서 뭔가가 일영을 향해 상상을 불허하는 속도로 덮쳐 왔다. 일영은 내리찍던 사왕도의 진로를 다급히 수정했으나 칼을 미처 들기도 전에 그림자가 그를 덮쳐들었다.

"아이쿠!"

일영은 날아온 그림자와 충돌하여 함께 넘어져 버렸다.

일영은 땅을 뒹굴면서 자신을 덮친 놈의 얼굴을 살폈다. 맹정우 일행의 중앙에서 내내 얼쩡대기만 하던 땅꼬마였다.

은소예의 위기를 구하려 맹정우에게 유일하게 제대로 배운 금나수법 제일식 단지보, 세 걸음을 일 촌의 거리로 단축시키는 보법을 시전한 방구병이었으나 거리를 잘못 잡아 칼 대신 몸으로 일영을 덮친 것이었다.

"이젠 별게 다……!"

일영은 분통을 터뜨리며 방구병을 향해 일권을 날리려 했으나, 나머지 곡인들을 동굴에서 못 나오도록 막아서던 진소천이 방구병의 위기를 구하려 그를 찔러왔다. 그러자 별수없이 일영은 몸을 피해야 했다. 그러나 그 틈에 나머지 수하들이 동굴에서 몰려나오기 시작했다.

한편, 전면에서는 사영 등 오 인이 귀령진을 재정비해 맹정우와 맞붙고 있었다.

맹정우는 천신도로 요 근래 갓 익힌 비홍도법의 수비식을 시전하여 간신히 적의 예봉을 몇 번 막아냈다. 그러나 칠영의 공격을 옆구리에 허용, 전에 다친 늑골의 상처에 충격이 오자 더 이상 버텨내기가 어려웠다. 중앙의 삼 인이 유령검무로 천신도를 묶고 측면 이 인의 연수합격이 계속되자 뒷걸음칠 수밖에 없었다.

비틀거리며 뒷걸음치던 맹정우의 등에 누군가의 등이 맞닿았다.

혜공이었다.

맹정우는 그의 등에 잠시 의지하려 했으나, 혜공이 먼저 스르르 무너져 내렸다. 그의 입가에는 선혈이 조금씩 흘러내리고 있었다.

동굴에서 빠져나온 곡인들이 은소예와 진소천을 상대하는 사이 다시 일영과 단독으로 맞서다가 결국 먼저 쓰러진 것이었다.

맹정우가 주변을 돌아보니 무기를 빼앗긴 은소예 역시 중과부적인지라 한쪽 벽 앞까지 밀려나 한영영과 방구병을 간신히 지켜내고 있는 형편이었고, 진소천은 쓰러져 있는 것이 죽었는지 살았는지 알 수 없었다.

"끝났다, 맹정우."

일영이 사이한 미소를 띠며 다가왔다.

뒤에는 일영, 앞에는 귀령진 오 인이 맹정우를 둘러쌌다.

사면초가의 형세가 되자, 맹정우도 체념한 듯 천신도를 내려뜨렸다.

내려뜨린 천신도의 도신에는 아까부터 생겨난 은빛의 빛무리가 조금씩 짙어지고 있었다.

"좀 더 놀아주고 싶다만 암혼진이 파괴된 듯하니 서둘러 널 처리해야겠구나. 불과 이각이면 놈들이 이곳에 도착할 듯하니."

말을 마친 일영은 사왕도를 들어 맹정우를 찔러갔다.

─피하라!

날아오는 일영의 칼의 궤적이 눈에 들어오는 순간, 맹정우의 뇌리에 거역할 수 없는 외침이 들려왔다.

그 외침은 머리 속의 본능의 외침이 아닌 천신도에서 흘러 들어온 것이었다!

맹정우는 순간적으로 몸을 뒤틀어 목젖까지 접근한 일영의 칼을 아슬아슬하게 흘려보냈다. 그의 갑작스러운 움직임에 목표를 잃은 사왕도가 허공을 가르며 허점을 보였고, 맹정우의 뇌리에 다시 명령이 떨어졌다. 그가 명령을 완전히 인식하기도 전에 몸이, 그보다도 칼이 먼저 반응했다. 천신도가 가차없이 하강하며 몸을 스치고 지나가는 사왕도, 그것을 잡고 있는 일영의 오른 팔목을 그어갔다.

"크억!"

일영이 폭포수처럼 피가 튀어나오는 팔을 부여잡고 쓰러지는 순간, 후위의 오 인이 맹정우를 향하여 동시에 뛰어들었다.

맹정우는 신속하게, 그리고 침착하게 몸을 돌리며 눈으로 적들의 움직임을 읽었다. 아니, 그가 읽은 것이 아니라 그와 감응하고 있는 천신도가 읽고 있었다.

맹정우는 이제야 비로소 천신도의 힘이 무엇인지 어렴풋이나마 깨달았다.

'구병이 멍청한 놈!'

이 칼은 방구병의 예측처럼 무명도법이 그려진 약도 같은 단순한 물건이 아니었던 것이다.

귀령진이 닥쳐들자 맹정우는 좌측면으로 이동하며 가장 좌측의 사영을 노렸다.

사영은 순간적으로 상하로 허초를 전개하며 맹정우의 눈을 현혹시켰으나, 그의 눈에는 그 허술한 움직임이 똑똑히 보였다.

은빛의 기운이 흘러나오는 천신도의 도신이 힘차게 공간을 갈랐고, 모든 속임수를 일거에 깨뜨리며 사영의 심장에 틀어박혔다.

일초에 귀령진의 지휘자를 처치한 천신도는 급히 유령검무를 형성하고 있는 중앙의 삼 인에게로 향했다.

맹정우의 눈에 급하게 형성되고 있는 검무의 교차점에 나타난 허점이 똑똑히 보였고, 그곳을 향해 천신도가 뇌전처럼 꽂혀들었다.

천신도와 부딪친 삼 인의 곡도는 벼락에 쪼개지는 거목처럼 차례로 부러져 나갔다.

칠영이 발악적으로 맹정우의 후위를 공격했으나, 은빛의 도기가 회전하면서 그의 칼과 그것을 잡고 있던 팔, 그리고 믿을 수 없다는 듯 눈을 부릅뜨고 있는 그의 머리를 차례로 몸통에서 분리시켰다.

이 경천동지(驚天動地)할 신위에 나머지 귀령곡인들이 전의를 상실하고 있는 사이 분지 뒤편이 소란스러워지기 시작했다. 조사단이 마침내 암혼진을 깨뜨리고 이곳으로 진입한 것이었다.

"모두 후퇴하라!"

간신히 신형을 추스른 일영의 일갈이었다. 맹정우의 뒤편, 일영과 함께 동굴 쪽에 있던 곡인들은 썰물처럼 안으로 빠져 들어갔고 맹정우의 전면에 있던 곡인들은 차마 그를 지나치지 못하고 모두 왔던 길로 도망쳤다.

적들이 시야에서 멀어지고 천신도를 칼집에 꽂고 나서야 비로소 맹정우의 머리를 계속 아프게 만들었던, 칼에서 흘러나오던 수많은 상념들이 멎었다.

참으로 기이한 체험이었다.

아까 전에 날아오는 호혈표를 토막 내려고 순간적으로 공력을 배가시키는 순간 낯선 사념(思念)이 그의 뇌리에 조금씩 흘러 들어오기 시작했고, 그것은 칼을 잡고 있는 오른팔을 거쳐 들어오는 것 같았다.

비홍도법을 시전하느라고 공력을 계속 주입하자 사념 역시 끊이지 않고 그의 머리로 흘러들었다. 지속적으로 흘러드는 사념이 그의 의식과 서서히 동화되자, 신기하게도 적의 움직임, 그리고 그들의 수법 같은 것들이 눈에 훤히 들어오기 시작했다. 적이 쓰는 초식 이름 같은 것까지도 어렴풋이 알 수 있었다.

한마디로 말하자면 정말 무림고수가 된 것 같았고, 적의 공격과 맞서는 것은 그의 몸보다도 사념에 먼저 동화되어 있는 칼이었다. 칼의 움직임에 자연스럽게 몸을 맡기니 가볍게 적을 처단할 수 있었던 것이다.

'이게 바로 천신도에 숨겨져 있다는 힘이구나!'

맹정우가 혼자 경탄하고 있을 무렵, 저 멀리 달려오는 조사단의 모습이 보였다.

제3장

영웅은 작은 상처를 개의치 않는다

영웅은 작은 상처를 개의치 않는다

다른 분타에 비해 비교적 작은 규모인 일월문 남악(南岳) 분타는 삼파 연합 조사단의 갑작스러운 귀환으로 인해 떠들썩했다. 지금 막 귀환한 조사단은 맹정우와 진소천 등 비처 안으로 진입했던 조사단원들을 비롯한 일부였다.

한영영 조가 실종된 이후 탐색에 박차를 가하던 조사단은 성수봉 중턱에 안개가 유독 많이 끼는 지역을 집중적으로 조사하다가 일종의 기진이 형성되어 있음을 알아내고 진의 분쇄에 몰두했다. 간신히 진을 파괴하고 비처 안으로 진입했을 때, 지하 비처로 통해 들어가는 입구에서는 맹정우의 신위에 짓눌린 귀령곡인들이 막 후퇴하고 있던 순간이었다. 귀령곡인들은 후퇴하면서 지하 공간의 입구를 완전히 허물어 뜨려 조사단은 그 이상 그들을 추격할 수 없었다. 그래서 일단 한영영 일행 등 상처를 입은 일부 조사단은 귀환시키고 나머지 조사단은 맹정우 일행이 진입했던 수로를 통해 들어가기로 결정한 상태였다.

"아이고오— 죽겠다!"

맹정우는 접객당의 방 안으로 부축되어 들어와 침상에 눕혀지자마자 있는 대로 고함을 질렀다.

강북칠웅의 체면상 사람들 보는 데서는 비명을 지르기가 어려워 이제껏 꾹꾹 참고 있었던 탓에 상처 부위가 더욱 쑤셨다.

귀령곡 수뇌급 육 인을 일도에 도륙 내고 멋있게 품새 잡고 있을 때만 해도 아픈 줄 몰랐는데 놈들이 동굴 안으로 도망친 후 천신도의 사념이 사라지자마자 상처가 도진 늑골 부분이 깨지듯 아파와서, 이곳 분타까지도 거의 실려온 형편이었다.

"자식아, 체신머리 좀 지켜라. 밖으로 소리 다 들리겠다."

그를 방 안으로 부축해 들어온 방구병의 지적이었다.

"네놈은 한 거 없으니 그 따위 말이 나오지. 날아오는 쇳덩어리를 가슴으로 받고 칼을 옆구리로 막아내지 않았으니 말이다."

맹정우의 대꾸에 방구병은 눈을 빛내며 다가왔다.

"그래, 그 얘기 좀 해보자. 대관절 어떻게 된 일이야? 네놈이 얻은 기연에 금강불괴는 없는 것으로 아는데? 그 호혈표란 암기를 가슴에 맞고 놈들의 칼을 옆구리에 맞는 것을 내 눈으로도 똑똑히 보았는데 왜 아직 살아 있는 거지?"

"자식이 말을 해도 참 이쁘게 한다. 왜 살아 있냐니."

맹정우는 툴툴거리며 상의를 벗었다. 그러자 상체를 뒤덮고 있는 거대한 풍(風) 자가 드러났다.

방구병은 놀라며 외쳤다.

"어! 이거 어디서 많이 봤던 건데… 폭풍번 아냐?"

"후후, 이 천재께서 미리 해놓은 안배이시다."

맹정우는 깃봉에서 떼어낸 폭풍번의 깃발을 버리지 않았다. 벼락에 맞아 끄트머리가 그슬리긴 했지만 팔성검의 일격에도 찢어지지 않은 기보를 버릴 그가 아니었다. 그 이후로 비상시에 대비하여 항시 몸에 친친 감고 있었는데, 그게 요번에 효능을 아주 제대로 발휘한 것이었다.

방구병은 기가 차다는 듯한 표정으로 엄지손가락을 치켜세웠다.

"역시… 네놈은 다른 건 몰라도 잔머리의 지존이다."

"닥치고 이거나 빨리 풀어, 의원 들어오기 전에."

일검탈명의 신비감을 감소시키지 않기 위해 둘은 재빨리 천을 풀어 짐 보따리에 넣었다.

그러나 잠시 후 들어온 사람은 의원이 아닌 아리따운 여인이었다.

맹정우는 그녀를 보자마자 얼른 눈을 감고 자는 척했다. 지금 몸 상태에서 대적할 만한 상대가 아니었다.

방으로 들어온 은소예는 침상에 누워 있는 맹정우를 바라보다가 방구병에게 말했다.

"자나요?"

방구병은 머뭇거리며 대꾸했다.

"아, 예… 워낙 격전을 치른지라 많이 피곤했나 봅니다."

은소예는 그에게 포권지례를 취했다.

"방 소협, 정말 감사합니다. 소협이 아니었다면 흉적의 칼에 비명횡사할 수도 있었을 거예요."

방구병은 상기된 얼굴로 대꾸했다.

"별말씀을. 그저 당연한 일을 한 것뿐입니다."

미인을 구하고 감사 인사를 받는 것. 드디어 강호영웅이 함 직한 일을 최초로 했다는 성취감은 그의 기분을 하늘 높이 들어올렸다.

"아울러 그전에 소협의 몸에 손을 댄 것도 덤으로 사과드릴게요."

그러나 '임신부의 물' 거론으로 인해 무지막지하게 두들겨 맞는 것을 상기시키는 은소예의 사과에 하늘로 솟구치던 그의 기분은 다시 바닥으로 곤두박질쳤다.

"아… 아닙니다. 제가 잘못한걸요, 뭐."

풀이 죽은 방구병을 뒤로하고 은소예는 누워 있는 맹정우에게 다가갔다.

맹정우는 그녀가 다가오는 것을 느끼고 속으로 조마조마해하며 눈을 감고 있었다.

은소예는 누워 있는 그를 복잡 미묘한 눈빛을 띤 채 바라보았다.

인간의 심리란 참 묘한 것이어서 함께 생사지경을 넘다 보니 그를 향한 증오가 많이 꺾여진 상태였다. 엄밀히 따져 그의 마지막 활약이 아니었다면 자신 역시 동굴 입구에서 명을 달리했을 것이니 구명지은을 입었다고 해도 될 상황이었다.

은소예는 자꾸 약해지고 있는 스스로의 마음을 다잡으려는 듯 고개를 흔들며 몸을 돌렸다. 그리고는 방구병에게 차고 있던 검집을 내밀었다.

"이것은?"

은소예는 맹정우를 눈으로 가리키며 말했다.

"그의 거예요."

두 개의 아름다운 보석이 박혀 있는 은빛의 검집, 여섯 개의 보석이 빠져나간 팔성검의 검집이었다.

"검은 어디 있습니까?"

은소예는 난감한 표정으로 대답했다.

"싸우다가 잃어버리고 말았어요. 나중에 그가 깨어나면 미안하단 말을 좀 전해주세요. 우리 사이에 갚아야 할 문제는 논외로 하고 말이에요."

그녀는 혜공을 구하려고 무리하게 공격을 하다 일영의 역공에 팔성검을 놓쳐 버리고 말았다. 그 후 귀령곡인들의 공격에 밀리는 바람에 다시 찾지 못했었다. 싸움이 끝난 후 검이 어디 있는지 열심히 찾았지만 곡인들이 가져간 듯 찾을 수가 없었다.

"뭣이?"

은소예의 말이 끝나기가 무섭게 맹정우가 침상에서 튀어 일어났다. 재물이 없어졌다는 데 마냥 누워 있을 그가 아니었다.

자고 있는 줄 알았던 맹정우가 고함을 치며 일어나자 은소예는 화들짝 놀랐다.

"뭐야, 당신 안 자고 있었어?"

맹정우는 버럭 소리를 질렀다.

"이 계집애야, 그 엄청난 보물을 네가 잃어버렸다는데 지금 잠이 오게 생겼냐?"

갑작스러운 상황에 잠시 멍해졌던 은소예가 곧 눈에 쌍심지를 켜고 달려들었다.

"뭐가 어째? 네가 감히 나에게 고함을 쳐? 너도 내 칼 잃어버렸잖아!"

설매를 절벽에서 차버린 것을 말함이었다. 그러나 맹정우는 꿈쩍도 하지 않았다.

"이런 멍청한 계집, 내 팔성검과 그깟 허섭한 청강검을 감히 비교할 수 있을 성싶냐?"

"허섭하다니! 내 설매는 무림맹주께서 선물로 주신 검이라고! 네놈의 그 보석이 주렁주렁 달린 유치찬란한 장식용 검하고는 본바탕이 다른 병기야!"

'보석' 이란 말이 맹정우의 귀를 번쩍 뜨이게 만들었다.

"이봐, 설마 검집도 잊어버린 것은 아니겠지?"

그는 눈을 감고 있었던 터라 은소예가 방구병에게 검집을 건네는 것은 보지 못했었다.

대답은 옆에서 불 구경하고 있던 방구병이 했다.

"검집은 여기 있다."

맹정우는 다급히 그에게서 검집을 넘겨받아 보석이 무사히 박혀 있는지 확인하고는 안도의 한숨을 내쉬었다.

은소예는 그것을 바라보며 한심하다는 눈초리로 비아냥거렸다.

"속물 같은 놈, 내가 사람을 제대로 봤군."

그녀의 원한 서린 감정은 그간의 맹정우의 활약으로 인해 많이 희석되었는데 지금 이렇게 부딪치며 그의 한심한 꼬락서니를 목도하니 잊혀졌던 감정들이 다시 솟구쳐 올라오고 있었다.

"홍! 몸조리나 잘하거라, 몸 성해진 다음에는 내 칼을 받아야 할 테니."

그녀는 이 한마디를 남기고는 문을 쾅 닫고 나가 버렸다.

"저게 진짜 뭘 잘했다고!"

맹정우는 이를 갈았으나 차마 따라나서진 못했다. 현재 몸 상태가 누구랑 싸울 상태는 아니었다.

"참아라, 참아. 같이 싸운 동료끼리 뭘 그래. 그리고 보석이 있는 검
집이 남았으니 별로 크게 아까울 것도 없잖아?"

맹정우는 별다른 대꾸 없이 우울한 표정으로 침상에 걸터앉았다.

다른 것은 몰라도 팔성검은 다시는 연결될 수 없는 혈연의 유일한
끈이다. 강호란 세계에 들어와 보니 정말 대단한 보물이란 것을 알게
되었으나 그 이전에 이미 그에게 있어 가장 소중한 물건이었다.

워낙 재화를 중시하는 습성이 있는 그인지라 아까와 같은 모습을 보
여주긴 했으나 보석이 남고, 검집이 남았다고 해서 다행이라고 가슴을
쓸어 내릴 만한 기분은 전혀 들지 않았다.

방구병도 그의 기분을 비로소 눈치챈 듯 더 이상 아무 말도 하지 않
았다.

그들에게 어울리지 않는 침묵만이 떠돌던 방 안은 의원이 들어오고
치료가 시작되고 나서야 맹정우의 엄살기 어린 비명으로 시끄러워졌
다.

제4장
난세는 영웅을 필요로 한다

새외의 불안한 움직임과 산서혈사 등으로 어수선하던 강호는 형산
에서 들려온 소식에 의해 발칵 뒤집힌 상태였다.

백 년간의 평화를 뒤엎을 만한 마교의 흔적 발견!

평화 시기 중에도 끊임없이 흘러나오던, 마교의 잔당이 강호에서 모
습을 바꾼 채 암약(暗躍)하고 있다는 검증되지 않았던 소문이 마침내
사실로 드러난 것이다.

청부 살인 집단의 대명사 격인 귀령곡! 그 실체가 강시를 제조하는
집단이었다는 사실과 생명이 다한 시체를 다시 일으키는 역천의 방법
을 쓰는 것도 모자라 그 강시에게 마교의 수법을 익히게 했다는 경악
스러운 사실은 강호인들을 혼란에 빠뜨리기 충분했다.

다만 이 엄청난 비사(秘事)를 밝히는 데 혁혁한 공을 세운 것이 최근
강호에서 가장 주목받고 있는 신성(新星), 일검탈명 맹정우라는 것이

강호인들에게는 한 가닥 위로로 다가왔다. 바야흐로 영웅을 갈망하는 시대에 걸맞는 인물이 아주 적절한 시기와 장소에 등장한 것이다.

'이제 강호는 그를 중심으로 돌아갈 것이다!' 라고 성급하게 선언하는 호사가도 있을 정도였다.

무림맹 본전 회의실.

태사의에 앉아 눈을 지그시 감고 있던 청수한 인상의 중년인은 생각을 끝낸 듯 천천히 눈을 떴다. 유현(幽玄)한 그의 눈빛이 회의실 원탁에 빙 둘러앉아 있는 참석자들의 시선과 맞닿았고, 천천히 그의 입이 열렸다.

"마교와의 정사대전이 종결된 지도 어언 백 년, 원한과 복수, 아픔과 고통이 늘 공존하는 강호일망정 살육과 공포, 피와 죽음이 난무하던 시절은 지나갔다고 생각했습니다. 그러나 이러한 인식을 전환해야 할지 모를 커다란 위기가 닥쳐오고야 말았습니다. 몇 년 전부터 감지되었고 공동파의 봉문으로 인해 절실히 체감하고 있던 새외의 불온한 움직임, 그리고 그 행적의 수상함으로 인해 강호의 불순한 세력이 개입되어 있는지 의심되는 왜구의 준동, 여기에 드디어 마교의 잔존 세력으로 보이는 강시 제조자들까지 나타난 마당입니다. 위기가 중첩되고 있는 상황에서 현 무림맹은 지난 백 년을 통틀어 가장 세가 약해진 상태! 지난 백 년간 무림맹은 강호 무림 전체의 평화적인 공존과 발전을 위하여 힘의 집중화를 지양(止揚), 무림맹의 강대한 힘을 줄여 나가는 데 애써 왔습니다. 그러한 정책으로 인해 지방 세력이 비교적 균일하게 발전하고 커다란 분란이 없었던 것도 사실입니다. 그러나 다가오는 위험을 감지하지 못하고 거기에 대한 방어책을 미리 마련하지 못했던 것은 부인할 수 없는 실책이고, 특히 위기가 가시적으로 다가온 상황에서 지난 십 년간 맹주 직을 맡고 있었으면서도 올바른 대응책을 준비하지 못한 본좌의 책임이 가장 크다고 해야 할 것입니다."

회의실의 인물들은 모두 침통한 표정을 지었다. 분위기 상 맹주의 말을 자를 수는 없었지만 실상 청천 진인이 맹주 직을 맡은 십 년 전에 이미 무림맹은 해체의 수순을 밟는 단계였다.

토착 세력인 칠패의 융성과 함께 지방 경제가 대거 그들과 결탁하면서 맹의 주축인 구파일방의 자금력이 크게 떨어졌고, 맹주 직을 비롯한 요직을 향한 각파의 보이지 않는 권력 다툼은 점점 더 심해지고 있었던지라 더 이상 강호 평화를 대의로 삼는 무림맹이 존재할 의미가 없지 않느냐는 말까지 나오고 있는 실정이었다.

그나마 천하제일검으로 만인의 존경을 받아온 청천 진인이 맹주로 추대되면서부터 내실을 기하는 데 힘을 써 지금까지 잘 유지해 온 것만 해도 대단한 실적이라고 평가받을 만했다. 그러나 맹 안의 규율을 정비하는 데 시간과 노력을 많이 쏟다 보니 토착 세력인 칠패의 힘은 더욱 공고해졌고 변방의 중원을 향한 움직임은 더욱 활발해졌다. 위기에 대응할 준비가 미흡했다고 지적될 수도 있지만 내부 사정을 속속들이 알고 있는 참석자들 입장에서는 외부의 그러한 시선이 몹시 억울할 따름이었다.

청천 진인의 말은 계속되었다.

"이러한 책임을 통감하여 맹주 직을 즉각 내놓고 야인으로 물러나야 한다고 생각하나, 위기가 닥쳐온 상황에서 책임을 다하지 않고 회피하는 것은 그간의 실책보다 더 큰 과오가 될 것입니다. 그러므로 더욱 분골쇄신하여 이 위기를 넘기고자 애쓰도록 하겠습니다. 여러분, 강호대의(江湖大義)는 이미 지나간 세월의 허상이요, 지금 강호에 남은 것은 돈과 권력뿐이라는 말을 들어보셨을 것입니다. 이 자리에 계신 그 누구라도, 칠패에 가서 한자리 달라 하면 큰 직책과 두둑한 보상을 보장받을 것입니다. 여기 앉아 박봉에 쪼들리며 왜구와 싸우고 강시와 싸우지 않아도 좋은 삶을 선택할 기회가 있습니다. 그러나 여러분과 본좌는 실속보다는 대의를 더 큰 가치로 두고 있는, 지나간 세월의 허상을 쫓는 바보 같은 자들입니다. 시류에 편승하여 바라보면 참으로 어리석어 보이겠으나, 우리는 아직 우리의 선택이 옳다고 굳게 믿습니다. 이제 그 믿음을 확인해야 할 시기가 다가왔습니다. 지난 수십여 년간 강호에 분란을 암중에 조장하고 있다고 짐작하던 세력의 실체가 드디어 드러났습니다. 이들이 정말 마교의 후신인지, 그 힘이 어느 정도인지, 새외의 움직임과 또 왜구와는 무슨 관계가 있는지는 명확히 알 수 없으나 강호의 항구적 평화를 위해 본 맹이 반드시 제거해야 할 존재들이라는 것만은 틀림없는 사실입니다. 이제 그들과의 충돌을 피할 수 없는 이 상황에서 대의를 위하여 그리고 여러분 각자의 신념을 위하여 부디 최선을 다해주기 바랍니다.”

“존명(尊命)!”

참석자 일동은 한목소리로 외쳤다.

청천 진인의 개회 연설로 비상 회의가 시작되었다.

귀령곡 사건의 추후 전개에 대해 비영각주 교헌(喬憲)의 보고가 시작되었다.

“삼파 연합 조사단이 진을 파괴하며 비처 안으로 진입했을 때 일검 탈명 맹정우의 신위에 짓눌린 귀령곡인들이 막 후퇴하고 있던 참이었습니다. 그들은 강시 제조를 위하여 성수봉에서 연결된 계곡 안쪽에 거대한 지하 공간을 구성해 놓고 있었는데, 후퇴하면서 지하 공간의 입구를 완전히 허물어 뜨려 조사단은 그 이상 그들을 추격하지 못했습니다. 그 다음날 맹정우 일행이 들어갔던 수로로 들어가 조사했을 때는 이미 모든 흔적을 지우고 계곡의 다른 통로로 모두 도망친 후였습니다."

들고 있던 우호법 이세천이 입을 열었다.

"놈들의 흔적을 놓쳤으니 결국 귀령곡 자체를 찾아야 한다는 말이로구려."

"그렇습니다. 강호삼비(江湖三秘) 중에 하나로 일컬어지는 귀령곡의 소재를 찾아야 하는 실정입니다."

"곡의 위치는 비영각에서 파악하고 있소?"

교헌은 다소 곤혹스러운 표정으로 대답했다.

"워낙 신출귀몰한 행적을 보여온 놈들이기에 쉽지가 않습니다. 우선 주 활동 무대가 강북이기에 후보지 몇 군데를 추린 상태입니다만……."

교헌은 강북의 예상 지역 네 군데를 꼽았고, 회의는 곳곳마다 적재적소에 전력을 배치하려는 논의로 이어졌다.

전력 배치 논의가 마무리될 무렵 교헌은 또 하나의 안건을 내놓았다.

"이 정도면 강북에서 놈들이 도망칠 공간은 없을 정도라 해도 과언이 아닐 것입니다만…… 염두에 둬야 할 곳이 또 있습니다."

"그게 어디요?"

"귀령곡은 알려진 대로 강북을 주로 활동 무대로 하고 있습니다. 그런데 최근 이 년간 사업을 빠르게 확장시키면서 강남으로 손을 뻗고 있다는 의혹을 받고 있습니다. 완벽을 기하기 위해 이 부분까지 간과해서는 안 될 듯합니다."

강남에서 주로 활동하던 주작당주 예지헌이 말했다.

"강남 소식에 익숙하다고 자부했건만 그것은 금시초문이구려. 놈들이 세를 확장하려 했다면 혈각(血閣)이나 살수회(殺手會)와 부딪치지 않을 수 없었을 텐데? 아직 그런 충돌이 있었다고 보고를 받은 기억이 없어 묻는 거요.”

혈각과 살수회는 강남을 주무대로 활동하는 살수 단체였다.

교헌은 고개를 끄덕였다.

“그렇습니다. 저희가 얻은 정보를 봐도 아직 동류 세력과의 충돌은 없었습니다. 놈들의 세력 확장은 상당히 조심스럽게 진행되고 있는 듯합니다. 최근 강남과 강북의 경계 지역에서 활동하는 군소 살수 단체들과 귀령곡이 연결되어 있다는 의혹이 일고 있습니다. 놈들은 직접적인 활동을 하지 않고 근래 갑작스럽게 불어난 자금력을 바탕으로 군소 단체들을 조종하는 것으로 추정하고 있습니다. 그렇기에 꽁꽁 숨어버려 찾기도 어려울 본거지보다 오히려 놈들과 접촉했을 법한 군소 단체들을 역추적해 가는 것이 실마리를 찾는 좋은 방법이 될 수 있지 않을까 합니다.”

듣고 있던 청천 진인이 입을 열었다.

“그렇다면 별도의 별동대를 만들어 그쪽에 대한 역추적 작업을 개시하는 게 좋겠군.”

“그렇습니다. 그것도 가급적 비밀리에, 소수 정예로 구성하는 것이 좋습니다. 강남의 군소 단체와 접촉했다는 정보는 저희조차도 최근에 어렵사리 입수한 것이기 때문에 놈들도 거기까지는 크게 방비하고 있지 않을 것입니다.”

그렇게 하여 별동대 구성 안건이 나왔지만 인원 차출 문제에 있어서 실전 전력을 보유하고 있는 사대당주가 난색을 표했다.

이미 사당은 강북 지역의 후보지 탐색에 대다수의 인원을 투입하기로 결정한 상황이고 특히 백호당은 왜구를, 현무당은 새외 침입까지 신경 써야 하기에 정예 인원을 별동대에 차출시킬 여력이 없었다.

그로 인해 회의가 지지부진해질 무렵, 회의장 구석에서 하나의 손이 올라왔다.

"노부가 한마디 해도 되겠소?"

청천 진인이 엷게 웃으며 고개를 끄덕였다.

"물론입니다. 감찰의 고견은 언제나 경청할 준비가 되어 있습니다."

허락이 떨어지자 맹의 비밀 감찰로 회의에 참석하고 있던 함토리가 일어섰다.

"새외와 왜구에 대한 감시를 게을리 하지 않아야 할 현 상황에서 강북 전체를 뒤져 귀령곡의 흔적까지 찾아내야 하니 현재 맹의 전력으로는 그것만을 감당하기도 버거운 실정이지요. 그러니 강남에서 임무를 담당할 인원은 외부 전력으로 충당하는 것이 어떨는지요?"

교헌이 곤혹스러운 표정으로 대꾸했다.

"맹의 외부 전력이라 하면 구파일방과 오대세가인데, 구파일방은 좀 전에 결정했다시피 강북의 네 후보지에 투입할 맹의 전력들과 공조하여 그쪽 임무에 신경 써야 할 상황이고, 오대세가의 경우 칠패를 비롯한 토착 세력들과의 세력 대결에도 힘겨워하는 실정입니다. 이 같은 막중한 임무에 투입할 수 있는 정예를 그들이 보내주길 기대하기가 어려운데요."

"꼭 오대세가만이 맹을 도와주리라는 법은 없지요."

함토리의 말에 회의 참석자들은 고개를 갸웃거렸다. 오대세가 말고 강남에서 무림맹에 호의적인 단체가 또 있었나?

함토리가 말을 이었다.

"외부와의 공조라는 것이 반드시 친밀한 관계가 있어야 성립 가능하다고 생각할 필요는 없지요. 사이가 어떻든 간에 서로 간의 목표가 일치한다면 얼마든지 공조할 수 있는 것입니다."

"맹과 목표가 일치하는 단체가 구파일방 오대세가 외에 또 있단 말입니까?"

"본 감찰이 말하고자 하는 것은 강호 정의 같은 큰 목표를 가리키는 것이 아닙니다. 그저 마교 잔당을 추적하여 붙잡고자 하는 목표를 말하는 것일 뿐. 놈들을 붙잡기를 우리보다 더욱 간절히 갈구하고 있는 세 단체가 있다는 것을 잊으셨습니까?"

이세천이 그제야 알았다는 듯 말했다.

"형주 삼파 연합을 말하는 것이군요."

"그렇습니다. 세 파 모두 이번 소동으로 큰 피해를 입었습니다. 소문주를 잃은 양의문은 말할 것도 없고, 회주의 적자가 납치된 상태인 쌍룡회, 부문주를 잃은 일월문, 모두 귀령곡이라면 이를 갈고 있습니다. 아마도 회주 염서백의 아들이 납치된 쌍룡회의 주도 하에 놈들을 잡으려고 잔뜩 벼르고 있을 것입니다. 그러나 독자적으로 나서봐야 강남에 근간을 둔 그들이 강북에서 큰 성공을 얻기 어려울 것이니 우리가 먼저 손을 뻗어 도움을 청한다면 적극적으로 찬동할 것이 분명하지요."

교헌이 신중한 표정으로 말했다.

"그러나… 강북의 무림맹 사당과의 원활한 공조를 위해서는 무림맹의 인사가 별동대를 지휘해야 합니다. 그저 강남을 활보하는 것이면 그들에게 맡겨도 되겠지만, 별동대의 경우는 소수 정예로 비밀리에 움직여야 하니 맹과의 긴밀한 공조가 필수적입니다. 양의문은 몰라도 칠패의 일원인 일월문과 쌍룡회에서 지휘부를 우리 쪽에 넘겨주면서까지 협조해 줄지가 의문입니다."

함토리는 넉넉한 표정으로 대꾸했다.

"그건 걱정하지 마십시오. 본 감찰이 그쪽 별동대에 참여할 터이니,

공조에 대해서는 걱정하지 않아도 될 거외다.”

“그렇다면 감찰께서 그들을 지휘하겠다는 복안이신지?”

교헌의 의문은 당연했다. 함토리는 강호에서 그저 마당발로만 널리 알려져 있지 남을 이끌 정도로 탁월한 무공을 갖추었다고 평가받지는 못했다. 물론 알려진 것에 비해 훨씬 고수라는 것을 이 자리의 참석자들은 모두 알고 있었지만.

함토리는 고개를 저었다.

“대주가 될 사람은 따로 있소, 삼파 연합에서 결코 이의를 달지 않을 인물이. 또한 본 감찰과 매우 긴밀한 관계인지라 무림맹과의 공조에 전혀 문제가 없을 만한 인물이.”

이쯤 얘기하자 회의 참석 전에 사석에서 함토리의 최근 무용담을 들었던 청천 진인이 빙긋이 웃으며 말했다.

“누군지 짐작할 만하군요. 그런데 감찰, 듣자 하니 일전에 그 친구와 상당히 껄끄러우셨다는데, 섭외가 가능하겠습니까?”

맹정우가 팽가건에 대한 보상 문제로 인해 무림맹이라면 이를 간다는 얘기를 들었기에 묻는 말이었지만 함토리는 그다지 걱정하지 않는 얼굴이었다.

그는 품에서 종이 하나를 꺼내어 흔들며 웃음 띤 표정으로 말했다.

“걱정 마십시오, 노비 문서가 이미 마련되어 있으니까.”

*　　　*　　　*

어둠이 옅게 깔린 공간, 희미한 등불 빛이 드문드문 섞여 있는 복도를 걷고 있는 한 사나이가 있었다. 마치 한 자루의 칼을 연상시키는 분위기의 사내였다.

미간을 내 천 자로 모으고 무척 심기가 불편한 표정으로 걷던 사내는 복도 끝에 위치한 검은 문 앞에서 걸음을 멈추었다.

잠시 후 어느 곳에서 울리는지 위치를 짐작하기 어려운 목소리가 들려왔다.

"무슨 일이신지요."

사내는 짜증 섞인 목소리로 대꾸했다.

"여기까지 왔으면 무슨 일로 왔겠나? 내가 왔다고 전하라."

"용건을 말씀해 주십시오."

사내는 버럭 소리를 질렀다.

"상위자끼리 대화할 일이 있어 왔다! 그 내용까지 네놈에게 보고해야 하나!"

정체를 알 수 없는 목소리는 더 이상 들려오지 않았다. 아마 그의 주인, 아니, 이 공간 전체의 주인에게 그의 방문을 보고하러 간 것이리라. 잠시 후 아무 소리도 내지 않고 검은 문이 천천히 열렸다. 문을 연 자의 모습은 보이지 않았다. 당연한 일인 듯 사내는 개의치 않고 안으로 들어섰다.

문안의 공간은 복도보다 더욱 어두웠다. 그는 정면에 보이는 짙게 드리운 주렴 앞으로 천천히 다가갔다. 그리고는 떨어지지 않는 입을 간신히 열었다.

"곡주께 인사드리오."

주렴 안쪽에서 저음의 무미건조한 음성이 들려왔다.

"무슨 일인가."

사내는 미간의 주름을 더욱 좁히며 말했다.

"현 상황에 대해 곡주의 타개책을 듣고자 왔소."

"현 상황이라? 뭐가 어떻다는 거지?"

사내는 발작적으로 외쳤다.

"몰라서 묻소? 지금 곡의 존망이 위태로운 상황이오! 강호 공적으로 몰릴 판이란 말이오! 멸망한 지 백 년이나 지났어도 정파 놈들이 가장 두려워하는 것이 마교외다. 마교의 잔당으로 확정이 되었으니 정파 놈들을 다 죽여 버리지 않고서야 곡이 강호에 다시 얼굴을 내밀 수 있겠소?"

"강시를 제조한 것일뿐 본 곡은 마교와 상관이 없네."

주렴에서 들려온 말에 사내는 어처구니없다는 표정으로 대꾸했다.

"누가 그걸 나한테 해명해 달랬소? 무림맹 정문에 가서나 그렇게 말씀하시구려. 하필 천강시를 마교 고수들의 시체를 이용하여 제조하는 바람에 일이 이렇게 된 것 아니오!"

그때 그의 뒤쪽에서 문 앞에서 들려왔던 목소리가 들려왔다.

"천강시는 생전에 마기(魔氣)를 강하게 쐰 자가 죽은 후 마기의 영향을 받은 백(魄)이 흩어지지 않고 몸에 남아 있어야만 제조가 가능한 강시입니다. 마기가 강할수록, 또 생전에 다 풀지 못한 원한이 깊을수록 그 위력이 강해지는 강시이기에 정사대전에서 패하고 마경의 기운까지 쐰 마교 고수 이상 가는 적임자는 없었지요."

흔히 혼백이라고 붙여 말하는 혼(魂)과 백(魄)은 둘 다 넋을 가리키는 말이지만 보통 사람이 죽으면 혼은 하늘로 올라가고 백은 땅에서 흩어진다고 한다. 혼은 정신에, 백은 육체에 가깝고 아예 백이 육체를 지칭하는 말로 쓰이기도 한다. 이기(理氣)로 비유하자면 혼은 이에, 백은 기에 가깝다.

천강시는 혼이 떠난 육체에 흩어지지 않고 남아 있는 백, 그중에서도 원한이 남아 귀기에 가까운 기운을 내포하고 있는 백을 이용하여 시체를 시전자의 주술로 일으켜 조종할 수 있게 하는 것인데, 특히 시체가 생전에 마기를 강하게 쬔 무공 고수일 때 그의 무공을 생전 이상으로 발휘할 수 있게 만드는 강력한 강시의 제조가 가능하게 된다.

사나이는 뒤로 고개를 돌려 소리가 난 것으로 짐작되는 방향을 살기 어린 눈초리로 노려보았다.

"전에도 한 번 말했지만 내 등 뒤에서 속삭이지 마라. 곡주 앞이라 참는다만 다시 한 번 내 말을 거스를 시에는 반드시 피를 보게 해주마."

뒤에서 들려온 소리는 다시 들리지 않았다. 침묵을 알아들었다는 뜻으로 받아들인 사내는 다시 주렴 쪽으로 고개를 돌렸다.

"분명 처음 강시를 제조한다고 명할 때에는 곡의 힘을 더욱 강성하게 만드는 데 쓰일 것이라고 곡주께서 공언하였소. 그런데 이제는 오히려 멸문지화를 당하지나 않을까 걱정해야 하는 상황이 되었소. 곡의 영과 혼, 백들은 지금 상당히 혼란스러워하고 있소. 이럴 때 앞으로의 대책을 명확히 제시하여 곡인들을 모두 안심시킬 만한 곡주의 권세를 보여주셔야 할 것이 아니겠소?"

사내가 말한 영과 혼, 백은 귀령곡 구성원들의 직책을 가리키는 말이다.

그 이전의 격앙된 어조와는 달리 곡주의 행동을 촉구하는 사내의 마지막 말은 자못 여유가 있었다. 곡주를 위해서 하는 말이라기보다는 곡주가 어떻게 나오나 볼까 하는 심산이 깔려 있는 말이었다.

잠시 뒤 주렴에서 예의 무미건조한 음성이 들려왔다.

"부곡주."

사내가 대꾸했다.

“말씀하시오.”

“네놈은 아직도 본좌를 곡주로 인정하지 않고 있군.”

사내는 약간 당황했으나 곧 다시 신색을 회복하고 대꾸했다.

“그렇지 않소.”

“말이야 어떻게 내뱉든 상관없다. 네놈 같은 애송이의 기분을 살펴야 할 정도로 한가한 본좌도 아니고. 어차피 곡의 세를 불려 나가다 보면 정파와의 대결은 피치 못할 싸움이다. 그 일정이 조금 당겨진 것뿐, 대세에 크게 영향을 끼칠 인자가 아니니 네놈은 네놈을 따르는 수하들과 함께 몸단속이나 잘하도록 하라. 거듭 말하지만 본좌는 네놈이 어떤 생각을 가지고 있든 상관하지 않는다. 정말로 이 곡이 멸문지화를 당하게 하고 싶지 않거든 시키는 명이나 제대로 받들도록 하라. 이번 사고만 해도 네놈의 동생인 일영이 총책임자였지 않나? 다른 생각을 하는 놈은 상관하지 않는다. 하나 명과 다른 행동을 하는 놈은 곧바로 쳐버릴 테니 그리 알도록.”

사내의 얼굴이 벌게졌다. 뭐라고 대꾸하려던 그는 간신히 분을 삭이며 몸을 돌렸다. 그리고 밖으로 나갔다.

사내가 나간 뒤 주렴 안쪽의 인물이 말했다.

“자넨 어떻게 생각하나?”

문 쪽에서 예의 위치를 알 수 없는 목소리가 대꾸했다.

“부곡주 말씀이십니까? 늘 말씀드리듯이 아예 해치워 버리고 완전히 곡을 잠식하시는 것이 좋을 듯합니다만.”

“아니, 그자는 아직 쓸 데가 있어. 묻는 것은 이번 형산에서의 사고를 말함일세.”

“그 일검탈명 맹정우란 놈이 뜻밖이었습니다만, 이 경우에도 사고의 근본 원인은 곡을 현재 본 교가 완전히 장악하지 못한 까닭이 아닌가 싶습니다. 귀환한 수하에게 보고를 들으니 부곡주의 동생인 일영과 우리 측의 이영이 사사건건 다투었다고 하더군요. 천강시에게 당한 시체가 계곡 밖으로 흘러나간 것은 우발적인 사고였습니다만 그 후의 처리가 미흡했던 것은 역시 곡의 구성원들이 일사불란하게 움직이지 못한 탓이 컸다고 봅니다."

주렴 안에서 낮은 웃음소리가 났다. 특이하게도 주렴 쪽의 무미건조하던 음성은 사내가 나간 뒤 점점 힘있는 음색으로 변모하고 있었다.

"자네는 모든 원인을 부곡주의 탓으로 돌리는군. 그러나 그자에게 지금 손을 대면 그를 따르는 곡인들이 반발하여 혈강시의 완성을 보지 못할 가능성이 크네. 본 교가 귀령곡을 접수한 가장 큰 이유 두 가지 중 하나를 상실하게 되선 안 되지."

문 쪽의 목소리가 잠시 후 다시 들려왔다.

"정파 놈들이 이 곡을 찾으려고 꽤나 헤집고 다닐 모양인데, 어떻게 할 작정이신지요?"

"교주께서 이미 지령을 내리셨네. 본좌도 이 땅굴 아래에서 가짜 곡주 노릇이나 하며 무게 잡고 있는 것은 딱 질색이지만, 일단 은둔하며 대기하라시더군. 놈들의 움직임에 따라 문상(文上)이 머리를 굴려 대책을 마련하겠지. 문상의 전갈을 받아보니 이 곡의 선대 곡주가 똑똑한 인물이긴 했던 모양이야. 정파 놈들이 이곳의 흔적을 찾기란 거의 불가능한 일이라고 하더군."

제5장

영웅은 그를 필요로 하는 자들을 외면하지 않는다

가을의 정취가 깊어가는 형산의 절봉, 인적 드문 곳에 오롯이 위치한 작은 도관에 이른 아침 세 명의 손님이 찾아왔다.

도관의 주인인 현현 진인(玄玄眞人)은 방문객을 반가이 맞이했다.

"선학자 아니신가. 이 친구 정말 오래간만이군."

찾아온 객, 화산의 선학자는 오랜만에 만나는 친구의 두 손을 꼭 잡으며 말했다.

"십이 년 만인가? 세월이 유수와 같다더니 현현 자네는 그 흐름이 비껴난 것 같군. 이처럼 산세가 좋은 곳에서 수련해서 그런가? 그때나 지금이나 신색이 똑같으니 말일세."

현현자는 너털웃음을 터뜨리며 말했다.

"칭찬인가? 형산 오지에 처박혀 있으니 발전이 없다는 말로 들리네만."

"크하하, 어떻게 알았나?"

웃음 짓던 현현자는 선학자 뒤의 두 사람, 크고 작은 젊은이들에게 눈길을 돌렸다.

"자네 제자들인가?"

선학자는 그제야 자신의 제자들에게 현현자를 소개했다.

"인사드리거라. 너희들 사부와 예전에 같은 도관에서 함께 수련하던 형산파의 현현 도장이시다."

덕현과 덕호는 깊이 읍을 했고, 현현자는 만면에 웃음을 띤 채 세 사람을 도관 안으로 안내했다.

덕현과 덕호를 다른 방에 여장을 풀게 하고 선학자와 마주 앉은 현현자가 물었다.

"화산 장문의 수제자가 되어 차기 장문인을 노린다는 사람이 이런 오지에는 어인 일인가?"

선학자는 어이없다는 표정으로 대꾸했다.

"농이라도 그런 얘기는 삼가주게. 나같이 재주없는 이가 어찌 천하제일을 다투는 검파의 장문 자리를 넘본단 말인가? 게다가 나처럼 나이 들어 입문한 자는 아예 그런 자리에 낄 자격이 미달일세."

"하긴 자네가 무공에는 재주가 좀 부족하긴 하지. 잡술에는 능하지만 말일세."

"이 친구 꼭 말을 해도…… 잡술이라니! 하기사 그 재주 때문에 이런 임무도 맡게 된 것이지만……."

"오호, 그저 놀러 온 것이 아니었군 그래? 무슨 중책을 맡아 제자들까지 대동하고 강호 출도를 하셨나?"

친구의 짓궂은 말투에 선학자는 쓴웃음을 지으며 말했다.

“자네도 이 근처에서 일어난 일이니 알겠지. 암약하던 마교의 잔당이 강시를 제조하고 있었다는 사건 말일세.”

“알다 뿐인가.”

현현자의 얼굴에 씁쓸함이 감돌았다. 그도 명색이 형산파의 제자, 형산의 앞마당에서 그런 일이 벌어졌다는 자체가 구파일방의 한 축으로 사해에 명성을 떨치던 형산파의 몰락을 여실히 증명해 주는 사건이었다.

선학자가 말을 이었다.

“일검탈명 맹정우 소협의 맹활약으로 그들이 도망쳤다는 얘기까지도 들었을 테지. 그래서 무림맹에서는 그들을 찾기 위해 대대적인 수색 작업을 벌이기로 결정했다네. 맹에서는 가동할 수 있는 모든 전력을 기울여 그들의 흔적을 찾으려 애쓰고 있네. 본 파에서도 거기에 적극 동참하는 한편 나에게는 이곳을 조사해 보라는 명이 떨어졌네. 아무래도 주술에 능통한 나이니 강시를 찾아내는 데 도움이 될 만한 뭔가를 얻을 수 있지 않을까 기대한 것이지. 그래서 자네도 볼 겸하여 겸사겸사 찾아온 것일세.”

현현자는 혀를 찼다.

“쯧쯧, 헛걸음했네그려.”

“응? 어째서?”

“우리 앞마당에서 벌어진 일이니 어찌 내가 가만히 있을 수 있겠나. 삼파 연합의 소동이 있은 후 사단이 벌어졌던 성수봉으로 가봤지. 그런데 놈들이 완벽하게 비처를 붕괴시켜 버리고 달아났더군. 가서 더 이상 뭘 조사해 볼 건덕지도 없었다네.”

그 말에 선학자는 허탈한 표정을 지었다.

하긴 자신이 조사해서 뭔가 얻어낼 정도이면 벌써 무림맹에서 알아 갔을 것이다.

그는 아쉬운 마음을 털며 이곳을 방문하여 친구에게 꼭 묻고 싶었던 한 가지 질문을 던졌다.

"궁금한 게 하나 있네. 강시를 제조할 정도라면 봉우리의 요기의 발현이 만만치 않았을 텐데 자네같이 도력이 출중한 사람이 전혀 알아차릴 수가 없었나?"

선학자는 사건에 대한 소식을 듣고 나서부터 여기 올 때까지 이 부분이 계속 궁금했다. 그의 친구인 현현자는 어릴 적 함께 수련할 때부터 대단히 탁월한 능력을 가지고 있던 도인이고, 무공보다는 천지의 기운을 읽는 데 더욱 관심을 쏟았었다. 그렇기에 성수봉에서 얼마 떨어지지 않은 이곳에서 십 년 넘도록 수련을 하던 그라면 근처에서 그러한 흉사가 진행 중이었다는 걸 충분히 알아차릴 수 있지 않았을까 하는 의문점이 있었다.

현현자는 어두운 표정으로 대꾸했다.

"성수봉은 그전부터 요기가 충만한 장소였다네. 선현관(先賢館)의 터가 있는 대융봉이 바로 그 위쪽에 있으니 말일세."

선학자는 깜짝 놀랐다.

"선현관이라면……!"

"그래, 조사들의 넋이 떠도는 곳이지. 마경의 변(變)이 일어난 지도 어언 백 년, 형산파가 그 강력한 요기를 다스리는 데 걸린 시간이네. 선현관이 있던 대융봉을 가득 채우고도 모자라 형산 전체의 기운을 흩 뜨리려 하는 요기를 간신히 억눌러서 성수봉 지하로 흘려보냈지. 그 덕택에 산의 기운이 정상화되었지만 성수봉은 요기의 잔재가 남아 기가 기묘하게 뒤틀린 공간이 되어버렸다네. 항상 기운이 불안한 곳이니 그곳에서 무슨 일을 꾸미든 간에 주변 사람들은 그러려니 한 것이었겠지."

백 년 전, 강호는 정사대전(正邪大戰)으로 들끓었다. 갑작스럽게 세가 약해진 마교를 노리고 구파일방을 주축으로 한 무림맹이 결성되어 마교의 본거지까지 파죽지세로 치고 들어갔고, 당시 천하제일인으로 손꼽히던 마교 교주 초관웅(楚貫鷹)의 강력한 저항을 물리치고 최후의 승리를 거머쥐었다.

한데 초관웅은 당시 전투 태세를 갖추고 있던 것이 아니라 마교의 세 가지 성물인 건곤검, 마경, 제마령을 가지고 어떤 의식을 시도하고 있었다.

그것이 항간에 소문으로 떠돌았던 명왕현신대법이었는지는 의식 도중에 습격이 성공하는 바람에 더 이상 알 길이 없었으나…….

초관웅을 물리친 정파 협객들은 성물들의 처리에 고심하다가 그 막강한 힘을 악용하는 자들이 생길지도 모른다는 걱정에 무림맹 주도로 그것들을 파괴하기로 결정했다.

세 가지 성물을 뿔뿔이 흩어놓은 다음 하나하나 파괴하기로 결정한 무림맹은 그 당시 도력이 출중한 도인들이 많았던 형산파에게 가장 골치 아픈 귀물, 마경을 맡기고 맹에서는 제마령을, 무당파에게는 건곤검을 맡겼다.

형산파의 도인들은 마경의 힘을 억누르며 당시 형산파의 본관인 선현관이 있는 대융봉까지 운반했는데, 마경은 마교 본전에서 나온 이후로 아주 불안정한 상태로 변하여 형산의 도인들을 곤혹스럽게 만들었다.

지름이 한 자 정도 되는 동경(銅鏡) 형상의 마경은 마교 본전에서 처음 발견되었을 때만 해도 일반 동경과 다를 바가 없어 보였는데, 나머지 두 가지 성물과 떨어지자마자 강력한 요기를 내뿜었다. 형산파로 마경을 가지고 온 형산 도인들은 갖은 방법을 동원하여 그것을 파괴하려 했지만 번번이 실패했다.

그러던 어느 날, 개봉의 무림맹에서는 군웅들 앞에서 제마령을 파괴했다. 한데 개봉에서 제마령을 파괴하는 순간, 형산 선현관에 놓여 있던 마경이 폭발하듯 요기를 뿜어냈고, 이것에 쏘인 선현관의 모든 도인들은 즉사하거나 요기로 인해 미쳐 버리고 마는 참극이 발생했다.

"형산파의 몰락 원인이 아직까지 건재했다는 말인가."

선학자의 말에 현현자는 무거운 표정을 풀지 않으며 고개를 끄덕였다.

"마경의 변으로 인해 본 파의 주축이셨던 사조들이 대부분 죽거나 미치는 횡액을 당했고, 더욱 나빴던 것은 형산의 영험한 기운이 마경의 요기로 인해 크게 흐트러진 것이었다네. 마경은 정말 상상 이상의 귀물이었네. 그것이 제 힘을 발휘하지 못하던 까닭은 제마령에 있었다고 봐야겠지. 제마령이 존재하여 마경의 요기를 제어하고 있었는데 맹에서 제마령을 파괴해 버리니 곧바로 스스로의 힘을 발휘하기 시작했던 것이지. 고삐 풀린 마경의 요기는 형산 전체를 뒤덮을 듯이 뻗어 나갔네. 때마침 해동을 방문하셨던 본 파의 두 사조와 같이 오신 무량파(無量派)의 도장이 아니었더라면 본 파는 물론이고 형산까지 끝장났을 걸세."

"무량파?"

"장백산을 본산으로 두고 있는 도맥이라고 나도 들었네만, 그 수련 방식이 중원의 그것과는 상이하다고 하더군. 어쨌든 그분의 도움을 빌어 두 사조께서는 요기를 대륭봉 내에 가둬두고 무림맹에 전갈을 보내어 파괴된 제마령을 즉시 가져오라고 명하셨지. 무림맹에서 부랴부랴 가져온 파괴된 제마령을 재조립하고서야 간신히 마경의 요기를 다스릴 수 있었지만 이미 요기의 갑작스러운 발현으로 형산의 기의 균형이 깨어진 상태, 이것을 원상태로 회복시키는 데 장장 백 년이 걸렸네. 그동안 인재를 잃고 산을 회복시켜야 하는 무거운 짐까지 짊어졌던 본 파의 상황은 점점 어려워졌지."

현현자의 이야기에 귀를 기울이고 있는 선학자의 표정 역시 착잡했다. 그 역시 젊을 적에 형산에서 잠시 수련한 적이 있기에 어렴풋이나마 알고 있는 이야기였다.

재능있는 그의 친구가 빛을 못 보고 이곳 오지에 틀어박혀 있는 이유 역시 백 년 전 흉사의 영향 탓이리라.

선학자는 이야기를 듣다가 갑자기 생각난 듯 입을 열었다.

"한데 그 세 가지 귀물은 어떻게 처리되었나? 만약 제마령을 쓸 수 있다면 강시 같은 것은 쉽게 물리칠 수 있을 터인데."

"형산에서의 사고로 인해 함부로 취급할 수 없는 물건들이라는 것을 깨달은 무림맹에서는 파괴 시도를 그만두고 비처에 보관하기로 결정했었다더군. 그 이후의 내막은 나도 모르겠네."

말을 마친 현현자는 문갑에서 부적을 모아둔 것으로 보이는 작은 책자를 꺼냈다. 그러더니 몇 장의 종이를 뜯어내어 선학자에게 건넸다.

"순수하게 날 보러 찾아온 것이 아니라 하니 괘씸해서 그냥 보내려 했지만, 오랜만에 찾아온 벗을 그리 박대할 수야 있나. 선물일세."

선학자는 미안해하는 표정으로 내어주는 종이를 받았다.

"축사부(逐邪符)인가?"

"축사부랑 출마부(出魔符)일세. 그중에서도 조금 특별한 것이지. 출마부는 이곳 형산의 요기, 즉 마경의 요기의 기운을 특히 잘 읽어내도록 만들었으니 만일 이곳의 요기를 이용하여 제조한 강시가 십 리 안에만 있다면 저절로 반응할 걸세. 단, 결계가 쳐 있지 않다는 전제 하에. 그리고 축사부는 물론 자네도 있겠지만 좀 더 강력한 것일세."

선학자는 부적들을 살폈다. 축사부로 보이는 부적은 세 장이었는데, 한 장에는 칼 그림, 다른 두 장에는 각각 인중인, 수중수라는 글자가 써 있었다.

"칼 그림은 진성검법의 초식인가?"

"그중에서도 기수식일세. 본 파의 진성검법은 원래 천도의식(天道儀式)에서 쓰였던 검법이지. 그중에 암천조검식은 요기에 쏘인 사물을 제어하는 데 아주 적합하네."

선학자는 칼 그림 부적을 내려놓고 나머지 두 장을 살피며 물었다.

"나머지 것들은 나도 잘 모르겠군. 자네 파의 비전 부적인가?"

"그렇네. 수중수라는 것은 물 중의 물, 강남의 젖줄인 장강, 그중에서도 신령함이 으뜸인 이 고장의 동정호를 뜻하는 것일세. 그곳의 기운을 빌어 영험한 효력을 발휘하는 수결(手決)을 부적으로 쓴 것이지."

"인중인은 누구인가, 그럼."

현현자는 답답한 표정으로 헛웃음소리를 내었다.

"허허, 이 사람 응용력이 이렇게 없어서야. 사람 중의 사람이니 당연히 누구겠나?"

선학자는 여전히 고개를 갸웃거렸다.

"뛰어난 인물을 뜻함인가? 어디 그런 사람이 한둘이어야지."

"고금을 통틀어 그 뛰어남을 세상에 드러낸 인물이야 수도 없이 많지. 하나 그중에 단연 돋보이는 명장이라면 악비를 꼽을 것이요, 현자라면 제갈공명을 꼽을 것이요, 성군을 말하자면 요순우탕을 꼽을 것이네. 그러나 그 모두를 통틀어 가장 으뜸을 꼽으라면 오직 한 사람뿐이지."

이쯤 얘기하자 선학자도 누구를 지칭하는지 짐작할 수 있었다. 그 용맹과 의기가 하늘을 찔러 후세에 신으로 추앙을 받고 있는 사람.

"관운장?"

"그렇지. 본 파에서는 관성대제(關聖大帝)를 수결로 그렇게 표기한다네."

"동정호의 기운에 관성대제의 능력까지 겸비라, 이 정도면 못 잡을 귀신이 없겠구먼."

선학자의 중얼거림을 듣던 현현자는 뭔가 떠오른 듯 입을 열었다.

"그보다 더한 기운으로도 잡기가 어려웠던 귀물이 있었지."

"마경 얘긴가?"

"아니야. 그것은 수결 같은 것으로 잡기는 애당초부터 벅찬 물건이었고…… 마교 총단에서 마경을 가지고 올 당시에 본 파에서 전리품으로 가져온 물건이 하나 더 있었네."

"그게 뭔가?"

"명왕신도(明王神刀)!"

"명왕신도라면, 마교 교주의 칼 아닌가?"

"그렇네. 당시 강호의 기병으로 꼽히던 칼이었지만 무슨 마력이 있다던가 하는 칼은 아니었는데, 정파연합이 마교 총단을 습격할 당시 초관웅이 행하고 있었다는 의식 때문에 뭔가 이상한 기운이 스며들었다 더군. 전해 듣기로는 초관웅의 원한 서린 혼백이 일부분 빙의되었다는 모양이야."

"빙의라?"

"초관웅을 물리치고 최초로 칼을 잡았던 무인이 갑자기 동료를 향해 초관웅의 검법을 시전했다고 하더군. 주변의 무인들이 그의 움직임의 기이함을 보고 다급히 제압했지만, 그 이후로도 함부로 그 칼을 만지기 가 어려웠던 모양이야. 만지기만 하면 초관웅의 혼백의 영향을 받게 되니 아주 위험한 물건이 되어버린 것이지. 그래서 행여 보도를 욕심 내던 무인들이 그 칼을 탐내다가 변을 당할 것을 우려, 본 파에서 가져 와 요기를 봉인시켰지. 그런데 칼의 요기가 워낙 강력하여 진성검식 등 도가의 다섯 초식에다가 수중수 인중인도 모자라 형산의 영지(靈地) 에 태상노군(太上老君)의 힘까지 빌고서야 간신히 봉인시킬 수 있었다 고 하네."

"그랬군. 한데 그 칼도 무림맹에서 가져갔나?"

현현자는 어두운 표정으로 고개를 저었다.

"마경이 요기를 폭발시킬 당시 미쳐 버린 본 파의 사조 중 한 분이 그 칼을 쥐고 형산 밖으로 뛰쳐나가 양민을 죽이는 등 큰 소동을 벌였 지. 사조는 결국 잡혔지만 칼은 소동의 외중에 어디론가 사라져 버렸 다네. 본 파에서는 마경을 추스르기도 바빴기에 칼이 사라진 것에 신 경 쓸 여력이 없었지. 백 년이나 지났으니 앞으로도 별일은 없을 것으 로 보이지만 행여 누군가가 봉인을 풀기라도 한다면 무슨 일이 벌어질 지 모르지."

"그렇게 단단한 수법으로 봉인시킨 것이 함부로 풀릴 리야 있겠나."

“나도 그렇게 생각하여 별 걱정은 안 하고 있네. 봉인이 풀리려면 도가의 정심한 내공을 봉인자 이상으로 가지고 있는 사람이 일정 시간 이상 공력을 주입시켜야 하는데, 봉인하신 분들은 적어도 일 갑자의 내공을 갖추셨던 분들이니 큰 걱정은 없지. 그 정도의 도가 내공을 갖춘 자도 적을뿐더러, 정심한 내공을 갖춘 도인이 눈이 멀지 않고서야 그렇게 요사한 물건의 봉인을 함부로 풀어내려 할 리가 있겠나?”

*　　　　　*　　　　　*

일월문 남악 분타는 분주함 속에서 서서히 안정을 찾고 있었다. 비처로 잠입했던 청년들 외에는 큰 부상자가 없었기에 대부분의 무인들은 자파로 귀환했고 부상자들과 그들을 돌볼 호위들만이 남은 상태였다.

은소예는 한영영과 방구병을 제외한, 실질적으로 전투에 참여했던 사람 가운데 가장 부상이 경미하여 더 이상 치료받을 용무는 없었지만 분타를 떠나지 못하고 미적미적 하고 있었다.

맹정우와의 악연을 마무리 짓겠다는 것이 그녀의 의중이었기 때문이다.

그러나 현재 상황은 화통한 성격의 그녀도 쉽게 단정 짓지 못할 만큼 애매했다.

놈이 처음 저지른 짓을 떠올려 보면 육시를 해도 모자랄 지경이었지만 짧은 시간이나마 생사고락을 같이하고 그 과정에서 그에게 목숨의 빚을 졌다고 해도 과언이 아니었기에 사무치던 원한이 많이 퇴색된 상태였다. 더군다나 어제의 방구병과의 대화로 인해 마음의 빚까지 지게 되고 보니 더 더욱 갈팡질팡하고 있는 그녀였다.

이쪽에 아무런 연고가 없어 말붙일 사람이 없었던 그녀는 방구병과 친해졌다. 동굴에서의 소동으로 인해 첫 인상은 안 좋았지만 결정적인 순간 몸을 던져 그녀의 목숨을 구해냈던 그였기에 조금 다시 보게 되었고, 방구병 특유의 붙임성있는 성격과 부담없는 외모 덕분에 맹정우가 다 낫기를 기다리는 시간 동안 금방 친해질 수 있었다.

방구병은 그녀와 친밀해진 다음 맹정우의 검 얘기를 해주었다. 팔성검은 단순히 호화로운 장식용 검이 아니라 어릴 적 사별한 그의 부친의 유품이라고.

그 얘기를 듣고 보니 맹정우에 대한 미안한 감정이 아니 생길 수가 없었다. 설매도 그녀에게는 몹시 소중한 검이었지만 '얼굴도 모르는 아버지의 유일한 유품' 과 비교할 만한 가치는 아니었다. 그녀 역시 어려서 어머니를 여의고 편부 밑에서 자란지라 맹정우의 아쉬운 감정을 충분히 헤아릴 만한 처지였기에 검을 잃어버린 후 맹정우에게 사과는커녕 큰소리 탕탕 쳐댄 것이 못내 마음에 걸리고 있었다.

은소예는 지금 맹정우의 처소 근처를 배회하고 있었다. 마음속에 미진한 감정을 오래 담아두지 않는 성격의 그녀인지라 뭐라고 말을 해야 할 듯싶어 여기까지 오긴 했는데, 막상 들어가서 맹정우와 맞부딪치면 또 무슨 엉뚱한 소리가 입에서 튀어나와 싸우게 될지 그녀 스스로도 알 수가 없었다.

입술을 잘근잘근 깨물며 망설이던 그녀는 마침내 마음을 굳히고 처소로 들어섰다.

복도를 지나 맹정우의 방 앞까지 다다랐을 때, 방 안에서 남녀의 웃음소리가 들려왔다.

그녀는 무의식적으로 발걸음 소리를 죽이고 접근하여 살짝 열려 있는 문 틈 사이로 안쪽을 엿보았다.

맹정우는 침상에 반쯤 누운 자세로 앉아 있었고, 한영영이 옆 의자에 앉아 그와 담소하고 있었다.

"맹 공자, 농담이 짓궂으세요. 저 같은 게 무슨 천하제일미인이라고……."

"어허, 제가 비록 여색을 멀리하는 자이지만 도회지에 살다 보니 많은 미인을 접할 수 있었고, 최근 강호의 활동을 활발히 하는 중에 강호 사대미인 중에 세 명을 만나본 사람입니다. 이러한 주변 상황 탓에 제 의도와는 상관없이 미인을 보는 안목이 높아지지 않을래야 않을 수 없었습니다. 그럼에도 불구하고 한 소저를 처음 보았을 때 제가 그동안 봐왔던 미녀들은 몽땅 소저의 시비 노릇이나 하면 딱 좋겠구나― 하는 생각이 저절로 떠올랐으니, 어찌 천하제일미라 칭하지 않을 수 없겠습니까?"

"아이, 맹 공자님도. 그쯤 하시고 이거나 드세요."

쑥스러운 듯 깎고 있던 과일을 맹정우의 입에 물리는 한영영이었지만 그녀의 얼굴은 부끄러워한다기보다는 기뻐 죽겠다는 표정이었다.

그때 갑자기 누군가가 복도를 빠르게 걸어가는 소리가 들리더니 쾅 하고 처소의 문이 거칠게 닫히는 소리가 들렸다.

한영영은 표정을 살짝 찌푸렸다.

"누가 병자가 있는 곳을 저리 소란스럽게 다니는 거지?"

"신경 쓸 것 없어요. 성질 더러운 '시비' 하나가 왔다 갔나 봅니다."

여인의 냄새를 맡는 후각이 몹시 발달한 맹정우의 대꾸였다.

잠시 후 진짜 시비가 손님이 찾아왔다는 전갈을 했다. 한영영이 자리를 피해준 후 나타난 것은 병문안을 온 함토리였다.

일 다경 후,
"그걸 지금 말이라고 하시는 겁니까!"
맹정우의 고함이 일월문 남악 분타를 들었다 놓았다.
"자자, 진정하고 좀 말을 들어보게."
함토리의 말은 그의 귀에 전혀 들어오지 않았다.
"더 이상 들을 말 없습니다! 노사는 약조한 돈만 내놓으면 되는 겁니다!"
"거듭 말하지 않았나? 계약 조건이 완전히 이행된 것이 아니니 아직은 어렵다고."
맹정우는 덮고 있던 이불을 침상 밖으로 던져 버리고 붕대로 친친 감긴 몸을 드러내며 외쳤다.
"자! 이 꼴 좀 보십쇼! 죽음의 계곡으로 들어가 갈빗대까지 부러져 가면서 마교 잔당의 암약을 밝혀내고 귀신들과 격투 끝에 삼파 연합의 요인들을 구해 갖고 나왔습니다. 계약을 더 이상 어떻게 완벽하게 이행하라는 겁니까? 그런데 뭐 어쩌고 어째요? 정말 이렇게 계속 사기 치려 하시면 절대 가만있지 않겠습니다!"
함토리는 별 대꾸 없이 조용히 품 안에서 종이를 꺼내어 맹정우에게 건넸다.
맹정우는 찢어발길 듯한 태세로 접혀진 종이를 펼쳤다.
그의 폭발을 겁낸 함토리의 목소리가 재빨리 따라붙었다.
"계약서 사본일세. 거기 밑줄 친 부분을 유념해 보게나."
맹정우는 종이를 불태워 버릴 듯한 눈빛으로 밑줄 친 부분을 찾았다. 그곳에는 이렇게 써 있었다.

상기의 계약은 조사단의 활동이 완료될 때까지 협조하는 것을 계약 이행 조건으로 한다.

"이게 뭐 어쨌다고요? 조사단 활동 완료되었으니 돈을 내놓으시면 되는 것 아닙니까?"

함토리는 무슨 소리냐는 듯 눈을 동그랗게 뜨며 말했다.

"허허, 몸조리하느라 바깥 소식에 어두웠나 보군. 조사단의 활동은 이제부터 시작일세. 삼파 연합 조사단은 해산하지 않고 그 세를 확장, 무림맹과의 협조 하에 귀령곡의 본거지를 찾기로 결정이 난 상태라네."

"예에?"

"놀랄 것 없네. 당연한 것 아닌가? 일월문은 부문주를 잃고, 양의문은 소문주를 잃었네. 게다가 쌍룡회는 회주의 아들이 그들에게 납치되었으니, 원한을 갚고 인질을 되찾기 위해 한시라도 빨리 나서야 할 상황 아니겠나? 그러니 소협도 어서 쾌차하여 빨리 조사단에 재합류해야 할 걸세."

맹정우의 눈이 튀어나올 듯 커졌다. 그는 좀 전에야 방으로 들어온 방구병에게 시선을 돌렸다.

"진짜냐?"

방구병은 고개를 끄덕였다.

"응, 어제저녁에 그리 결정된 모양이더라."

맹정우는 코에서 김을 내뿜으며 말했다.

"결코 인정할 수 없어! 형산에서의 조사 작업으로 내 계약은 쫑난 겁니다."

함토리는 여유만만했다.

"사본을 믿지 못하겠다면야 자네가 가지고 있는 계약서를 읽어보게. 어디 한 자라도 틀린 글자가 있는지. 거기 내용 중에 형산에서의 조사로 끝낸다는 말이 한 자라도 들어가 있는지 말일세."

맹정우는 계약서를 꺼내지 않았다. 어차피 꺼내봐야 저 밉살맞은 영감쟁이의 말이 맞다는 것만 확인하는 작업이 될 테니.

그는 사본을 쫙쫙 찢어발기고는 반쯤 일으켰던 몸을 털썩 눕혔다. 그리고는 걷어차 버렸던 이불을 잡아 머리 꼭대기까지 끌어 올렸다.

함토리의 목소리가 이불 안으로 파고들었다.

"얘기가 좀 더 있는데 안 들어보려나?"

그 빌어먹을 얘기는 북망산에 가서 강시들한테나 들려주라고 고함치고 싶었지만 소리 지를 기력도 없어진 맹정우는 아무런 대꾸도 하지 않았다.

한데 무반응을 긍정이라고 느낀 것인지 함토리는 얘기 보따리를 술술 풀기 시작했다.

이야기가 일 다경쯤 이어지자 귀를 닫고 싶었던 맹정우는 점점 귀가 솔깃해지는 것을 느낄 수 있었다.

'속지 마라, 맹정우! 저 영감의 농간에 또다시 놀아나려 하는가!'

그는 자신을 다그치고 다그쳤지만 어차피 계약을 이행해야 하는 과정에서 감투도 쓰고 돈도 더 벌 수 있다는 말에, 그리고 팔성검 안 찾을 거냐는 항거하기 어려운 지적에 결국 이불을 다시 걷고 몸을 일으킬 수밖에 없었다.

　　　　　　*　　　　　*　　　　　*

"왜 하필 사천입니까?"

"일단 귀령곡이 접촉한 살수 단체들은 장강 유역, 그것도 살수를 고용할 정도로 다수의 세력이 힘 겨루기를 하고 있는 지역에 밀집되어 있었네. 가장 최근에 얻은 정보로는 사천, 그리고 소주 부근의 군소 단체들이 그러한 혐의가 있었다 하더군. 삼파 연합은 정예 무인을 두 패로 나누어서 하나는 소주 쪽, 하나는 사천 쪽에 파견하기로 했고, 아무래도 철혈방의 섬서성 진출로 인해 세력 분쟁이 더욱 심화된 사천 쪽에 더 큰 비중을 두고 있네. 그래서 우리의 기대주인 맹 소협이 그쪽 추적대의 대주로 발탁된 것이지."

함토리의 띄워주는 말에 맹정우는 콧방귀를 뀌었다. 이용해 먹으려는 속이 훤히 보였기 때문이다.

그러나 함토리의 말처럼 삼파 연합에서 소주보다 사천 쪽을 더 신경 쓴 것은 사실인 듯했다. 조사대에는 각파의 최정예 무인 이십 명에다가 부상에서 막 회복한 진소천과 한영영까지 끼여 있었다. 한영영의 경우는 일월문에서 참가를 말렸지만 본인이 고집을 부려 참가한 경우였다.

특이한 것은 혜공과 은소예가 추적대에 참가했다는 것이다.

혜공은 사천 현지에서 합류할 사대금강 두 명과 함께 소림의 대표로 참가하는 것이었지만 은소예의 경우는 정말 의외였는데, 같이 생사고락도 겪은 김에 추적대까지 참가하겠다고 고집을 부리니 딱히 내치기도 어려워 합류시킨 경우였다.

물론 맹정우는 강하게 반대했지만 그를 제외한 나머지는 후기지수 중에 최고수로 꼽히는 무인을 함부로 내칠 정도로 어리석지 않았다. 그래서 은소예는 어렵지 않게 추적대에 끼일 수 있었다.

이번 추적대 활동은 극비리에 실행해야 하므로 대단히 조심스럽게 이동했다.

일행은 상선을 가장한 배를 타고 사천까지 진입했고 하선해서는 표행을 가장하여 협력자들이 기다리고 있을 사천의 경계로 향했다.

오랜 여행 끝에 사천의 초입인 무산(巫山)에 도착한 일행은 무운객잔이라는 곳을 찾았다.

무산의 약간 외진 곳에 위치한 이 객잔에서 첫 번째 협력자인 무림맹 비영각 소속의 청성파 무인을 만나기로 한 상태였다.

야심한 밤, 일행이 묵고 있는 방문을 누군가가 두드렸고, 흑화(黑話)가 오고 간 후 한 청년이 들어왔다.

혜공이 그를 알아보고는 벌떡 일어섰다.

"이게 누구야, 단엽 아닌가?"

청년도 그를 알아보고는 반색을 했다.

"혜공 형님 아니십니까!"

청년과 반가이 인사를 주고받은 혜공은 그를 일행에게 소개했다.

"청성파의 관일검(貫日劍)이라 불리우는 단엽입니다."

함토리가 놀랍다는 듯 말했다.

"호오, 관일검이라면 혜공과 마찬가지로 사룡 중의 일인이 아닌가."

단엽은 멋쩍게 웃으며 말했다.

"부끄럽습니다. 어찌 제가 소림 최고의 기재로 꼽히는 혜공 형님과 어깨를 나란히 할 수 있겠습니까."

단엽은 예전부터 혜공과 교류가 있던 사이로, 서로 호형호제하고 있었다.

그는 추적대주가 맹정우라는 것을 알고는 크게 놀라고 또한 기뻐했다.

"정말 영광입니다. 사해를 진동하는 위명을 떨치고 계신 일검탈명을 뵙다니, 커다란 홍복이 아닐 수 없군요."

이쯤 되니 맹정우의 어깨에 힘이 아니 들어갈 수 없었다.

"크흠, 뭐 그런 당연한…… 아니, 과찬의 말씀을……. 저 역시 단 소협 같은 탁월한 무인이 추적대에 합류하니 참으로 마음이 든든합니다."

서로 금분세안(金粉洗顔)해 주는 시간이 지난 후 단엽은 상황 보고에 들어갔다.

"이 지역은 아시다시피 단연 철혈방이 압도적인 위세를 떨쳤었습니다. 그러나 최근 들어 활동이 뜸하다 싶더니 갑자기 섬서 진출을 해버리더군요. 그 때문에 생긴 힘의 공백이 만만치 않고, 그 공백을 차지하려는 각 방파 간의 힘 겨루기가 대단히 치열한 상황입니다. 워낙 강대한 세력들이 몰려 있고 힘의 균형 또한 팽팽한지라 직접적인 큰 싸움, 전면전은 벌어지지 않고 있습니다만 물밑에서는 치열한 암투가 벌어지고 있습니다. 그러다 보니 최근 살수 단체가 각광을 받고 있는 형편이지요."

단엽이 밝힌 사천에서 활동하고 있는 살수 단체는 두 곳이었다.

사천보다는 강남 동부 지역에서 악명이 드높은 혈각, 그리고 최근 급성장하고 있는 흑월회(黑月會)였다.

"혈각은 강남을 대표하는 살수 단체인지라 강북의 대표 격인 귀령곡과 호적수 비슷한 관계에 있다고 할 수 있습니다. 그러니 그들과 귀령곡을 연결시킨다는 것은 조금 무리가 있고, 우리가 눈여겨봐야 할 곳은 바로 흑월회입니다."

단엽의 설명에 의하면 흑월회는 삼 개월 전 흑도방파인 고루문의 문주 한승을 살해하면서부터 유명해진 단체였다. 곧 이어 점창파 속가고수인 상문객 예훈이 같은 수법에 당했고, 얼마 전 사천오수 중 일인인 정심마검 두광림까지 그들의 손에 쓰러지자 금세 혈각과 어깨를 나란히 하는 사천의 유력 살수 단체로 떠올랐다.

"정심마검이 쓰러졌다는 얘기를 듣고 노부도 놀라긴 했으나 단순히 고수를 많이 죽였다고 해서 귀령곡과 연결되었다는 혐의를 두는 것은 아닐 테지요?"

함토리의 지적에 단엽은 고개를 끄덕였다.

"물론입니다. 단순히 고수 한 명 한 명을 해치우는 것은 그 단체에 뛰어난 살수 몇 명만 있으면 가능한 일이니까요. 제가 주목하는 것은 최근 일어난 만민표국 습격 사건입니다."

만민표국은 사천에서 세 손가락 안에 꼽히는 큰 표국이었다. 국주인 상관천은 아미파의 속가고수로 복호권을 극성까지 익힌 일류고수였는데, 국주까지 포함된 표행 도중에 습격을 받고 전멸을 해버리는 사태가 벌어졌다.

일반적으로 살수 단체가 개인을 해치우는 경우 자파의 표식을 남기는 경우가 많다. 특히 흑월회 같은 신생 단체는 이름을 알리기 위해서라도 그렇게 하기 마련이고, 흑월회 역시 두광림 등을 해치우면서 흑월의 표식을 남겨 자신들의 이름을 만천하에 알렸다.

　반면 만민표국 건 같은 대규모의 살행이 벌어질 경우 여러 가지 복잡한 요인이 끼어들 수 있기에 대체로 표식을 남기지 않는다. 대신 공공연하게 누가 했다더라 하는 소문이 뒷골목에서 돌곤 하는데, 이번 만민표국 건의 경우 청부자는 업계의 호적수인 철마표국이고 시행자가 흑월회라는 소문이 파다하게 퍼진 상태였다.

　"만민표국 정도의 전력을 상대하려면 웬만한 살수 단체의 전력으로는 어림도 없을 텐데?"

　"그렇습니다. 개인을 시해하는 경우와 만민표국 같은 단체를 습격하는 경우는 일을 벌이는 유형 자체가 다르다고 봐야지요. 아까 지적하셨듯이 개인의 경우 아무리 고수라 해도 뛰어난 살수 몇 명만 있으면 살해하는 것이 가능한 일이지만, 단체라면 그 단체와 맞붙어 이길 만한 전력을 갖추어야 하고, 그 정도 전력을 동원하는 것은 귀령곡이나 혈각 같은 대규모의 자금력과 인력을 갖춘 청부 업체여야 가능한 일이니까요."

　"아미파의 속가 표국이라면 아미파에서 흉수에 대한 조사도 했겠구려."

　"그렇습니다. 사건 직후 아미파가 흉수를 색출하려 조사에 나선 결과, 사건 발생 며칠 전에 성도 낭인 시장에서 대규모의 인력이 빠져나갔었다고 합니다. 몇몇 낭인을 잡아 족친 결과 만민표국을 습격한 것을 실토했다더군요. 그러나 그들을 고용한 자들에 대해서는 거의 알아낸 것이 없었고, 다만 표국주 상관천을 불과 이십여 초 만에 쓰러뜨릴 정도의 놀라운 고수들이 다수 포진되어 있었다고 합니다."

　"흐흠, 소수 정예에 자금력까지 갖추고 있다고 봐야겠군……."

　함토리의 중얼거림이었다.

성도 낭인 시장은 전국을 통틀어 낭인의 몸값이 가장 비싼 곳으로 유명했다. 그곳에서 기백의 낭인이 고용되었다 하니 거기 들어간 자금만 해도 상당했을 것이기에 하는 말이었다.

"자금이야 청부자인 철마표국에서 당연히 지원했을 것 아닙니까? 청부 업체가 자기 돈을 써서 낭인을 고용했을 리가 있나요?"

방구병의 질문에 함토리가 답했다.

"그렇지는 않네. 청부 살인이라는 것이 성공과 실패에 대한 책임은 전적으로 청부업자에게 있기 때문에 다수의 낭인을 고용할 정도의 자금을 청부자 쪽에서 선불로 내어줄 턱이 없지. 청부 완료 후에 그 이상의 청부금을 받는다 하더라도 낭인들을 동원할 정도의 자금을 미리 보유하고 있지 않다면 이루어질 수 없는 일이지."

"그렇기에 귀령곡과의 연계를 의심하고 있는 것입니다. 비영각의 정보에 의하면 소주 쪽에서도 다른 단체가 비슷한 움직임이 보이고 있다 하는데, 갑작스러운 등장과 뛰어난 자금력, 이 두 가지만으로 추정해 보자면 귀령곡이 강남 진출의 교두보로 삼고 있는 단체라는 혐의를 충분히 둘 만하지요."

단엽의 말이었다.

"떠도는 소문과는 달리 저희는 청부자가 철마표국이 아니라고 보고 있습니다. 철마표국과 만민표국이 호적수라 알려져 있지만 실지로 주로 운송하고 있는 품목의 종류가 많이 다릅니다. 철마표국은 강대한 철혈방의 힘을 등에 업고 도시의 귀금속, 차, 현물 등을 다루고 만민표국은 주로 촌에서 생산하는 약재나 견직물 등을 운송하죠. 만민표국이 폭삭 주저앉는 바람에 철마표국이 어부지리를 챙긴 부분이 분명 있긴 하나 청부 살해 같은 극단적 방법을 동원하여 얻어내야 할 정도로 큰 이득은 아닙니다."

단엽이 밝힌 사천의 세력 분포도는 대략 이렇다.

사천의 중심인 성도에서부터 남동부의 장강 유역에 이르기까지 철혈방의 세력이 가장 강대했고, 서북쪽은 청성과 아미 속가가 어느 정도 세를 구축하고 있었다. 반면 성도에 위치한 당가는 철혈방에 밀려 통 힘을 못 쓰는 형국이었다.

다만 수송과 물산의 집결지인 중경(重慶) 동쪽으로는 중소 방파들이 이전투구를 벌이고 있었는데, 철혈방이 외부 진출로 인해 활동이 뜸한 틈을 타 최근 더욱 치열한 세력 다툼이 벌어지고 있었다.

"처음의 두 살행, 한승과 예훈의 경우가 그저 이름을 알리기 위한 살행이었다면 뒤의 두 건, 두광림과 만민표국 건은 어떤 일관된 목적을 띠고 있다고 보고 있습니다. 두광림 같은 경우 중경의 백경방과 긴밀한 관계를 가지고 있었고, 만민표국 역시 중경에 터전을 잡고 있었기에 그 주변 호적수들에게 청부를 받은 것이 아닌가 예상하고 있습니다."

듣고 있던 맹정우가 한마디 했다.

"그렇다면 중경에 가서 놈들이 일을 벌이기를 기다려야 하겠구려?"

단엽이 고개를 끄덕였다.

"그렇습니다. 그곳은 지금 각 방파 간의 치열한 암투가 끊이지 않는 용담호혈입니다. 그 가운데 직접 뛰어들어 놈들의 꼬리를 잡아야 합니다."

제6장

영웅은 결정적 순간에만
자신의 힘을 드러낸다

배는 삼협의 거친 물결을 헤치고 서쪽으로 전진하고 있었다.

추적대는 빠른 이동을 위해 여객선을 한 척 전세 내어 중경으로 향하는 중이었다.

갑판으로 올라온 진소천은 후미의 난간에 기대고 있는 한영영을 발견하고는 반색을 하며 다가갔다.

"한 소저, 여기 계셨군요."

"예, 뱃멀미가 조금 나는 바람에…… 바람 좀 쐬려고요."

진소천은 안타까운 표정을 지었다. 무공을 익힌 나머지 추적대원들은 삼협의 험난한 물결에 배가 아무리 흔들려도 크게 지장을 받지 않았다. 그러나 한영영은 아무래도 다른 이들에 비해 무공의 소양이 부족하기에 긴 여행이 힘든 모양이었다.

진소천은 잠시 머뭇거리다가 작심한 듯 입을 열었다.

"저… 한 소저, 드릴 말씀이 있습니다."

"말씀하세요."

"한 소저, 지금 그냥 일월문으로 돌아가 주시면 안 되겠습니까?"

한영영은 놀라서 눈을 크게 뜨며 말했다.

"그게 무슨 말씀이세요? 왜 저보고 돌아가라는 거죠?"

"아무래도 너무 위험합니다. 추적대에 참여한 무사들이 모두 정예라 해도 고작 스무 명 남짓입니다. 소저를 보호하며 임무를 수행하기는 너무 빠듯한 인원입니다."

한영영의 표정이 싸늘해졌다.

"지금 제가 보호받으려고 추적대에 참여한 줄 아시나요? 무슨 뜻으로 그런 말씀을 하시는지 모르겠군요."

"제 얘기는……."

말을 잇지 못하던 진소천은 결심한 표정으로 다시 입을 열었다.

"한 소저, 솔직히 말해 주십시오. 사천의 추적대에 자원하신 까닭은 맹 소협 때문 아닙니까?"

잠시 당혹스러운 표정이 떠올랐던 한영영은 곧 싸늘하게 대꾸했다.

"그게 공자와 무슨 상관이죠?"

진소천은 한숨을 내쉬었다.

"상관이 있습니다. 제가 쌍룡회가 주축이 된 소주 쪽 추적대에 끼지 않고 여기에 자원한 까닭은 뭔지 아십니까?"

"그걸 제가 어떻게 알겠어요?"

진소천은 이글거리는 눈으로 한영영을 응시했다.

"소저 때문입니다. 소저를 좋아하기에, 아니, 사모하기에 걱정이 되어 여기까지 쫓아온 것입니다."

“……!”

잠시 할 말을 잃었던 한영영은 마음을 가다듬으며 대꾸했다.

“진 공자, 지금은 사사로운 마음을 풀어낼 때가 아니잖아요? 저희 삼파 연합은 형산에서 큰 아픔을 겪었어요. 저희 본 문은 부문주께서 돌아가시고 양의문은 공손 공자가 죽었어요. 그리고 쌍룡회는 진 공자의 소중한 동생인 염제정 공자가 납치된 상태예요. 그렇기에 우리 삼파가 이렇게 발벗고 나서서 강호 구석구석을 뒤지며 사라진 마교 잔당을 찾고자 애를 쓰고 있는 형편인데, 어떻게 그런 말을 아무렇지도 않게 이런 곳에서 할 수가 있지요?”

“아무렇지도 않게 말하는 것 아닙니다!”

진소천의 목소리가 높아졌다.

“여기까지 오면서 많은 번민을 했습니다. 소저한테 제 마음을 보여 주어야 할지 말아야 할지를. 그러나 지금의 소저 행동이 순수한 의도보다는 다른 이유 때문이라는 것을 알기에 나서지 않을 수 없었습니다.”

“대체 제 행동에 무슨 의도가 있다는 것인지 알 수가 없군요.”

진소천은 애타는 얼굴로 말을 이었다.

“진정 모르는 척하실 겁니까? 소저가 이곳으로 오기를 고집했을 때 아마도 소저의 사문에서 크게 반대를 했겠지요. 보호받아야 할 대상이 전투의 최일선으로 나가겠다고 고집을 부리는 형국이었을 테니. 소저의 지금 이 행동은 누가 보더라도 선뜻 이해가 안 가는 것입니다. 이러한 기행의 배경에는 맹 소협을 향한 동경이 깔려 있음을 부인하지 마십시오.”

한영영은 달아오른 얼굴로 대꾸했다.

"참으로 불쾌한 말씀이로군요. 공자는 천리안이라도 있나 보군요, 저희 일월문 속사정을 그리도 훤히 아시니. 좋아요, 공자 말대로 이곳으로 온 동기가 맹 소협을 향한 동경 때문이라면 또 어떻다는 거지요?"

진소천은 침울해진 얼굴로 대답했다.

"그를 향한 단순한 동경의 마음이 이곳에서 현실로 부딪치기 이전에 제 마음을 전하고 싶었습니다. 한 소저, 제가 그보다 아직 부족한 면이 많지만 소저를 생각하는 마음은 그에 비해 천 배 만 배 뛰어나다고 자부할 수 있습니다. 소저의 그를 향한 마음은 단순한 청년 영웅에 대한 선망 그 이상도 그 이하도 아닙니다. 현실의 그는 소저 상상 속의 그와 큰 차이가 있을 테고, 소저가 이렇게 쫓아다녀 봐야 결과가 좋게 나온다는 보장은 그 어디에도 없습니다. 벌써 이곳에 같이 온 은 소저나 하북팽가 팽보옥과의 연분 등 그를 따라다니는 추문도 많습니다. 저는 소저가 상처 입지 않기를 바라는 마음에서 이 말씀을 드리는 것입니다. 한 소저, 부디 꿈에서 깨어나 현실의 저를 봐주십시오."

진심 어린 고백이었으나 돌아오는 한영영의 대답은 차가웠다.

"멋대로 저를 꿈꾸는 철부지 소녀로 만들지 마세요. 진 공자, 정말 실망스럽네요. 전 진정으로 이곳에 도움이 되고자 하여 온 것이에요. 제 눈에는 이런 시국에 사랑타령이나 하고 있는 공자가 저보다 더욱 철부지처럼 보이는군요."

말을 맺은 한영영은 냉랭한 표정으로 휑하니 몸을 돌려 갑판 밑으로 내려가 버렸다.

진소천은 고개를 쳐들고 장탄식을 했다.

먼 하늘을 바라보고 있는 그의 눈은 애증으로 불타오르고 있었다.

바람을 타고 빠르게 항진하던 배가 갑자기 속도를 늦추었다.

선원들이 불안한 표정으로 웅성이기 시작했다.

갑판 위에 있던 추적대원 한 명이 선원에게 물었다.

"무슨 일이오?"

"광룡수채인 모양입니다. 보호비 낸 지도 얼마 안 되었는데 무슨 일이지?"

선원의 말마따나 날래게 생긴 두 척의 선박이 추적대가 탑승하고 있는 배의 좌우 측면으로 다가오고 있었다.

"광룡수채? 수적이란 말이오?"

"그렇습니다."

말하는 사이 한 척의 선박이 왼편 옆으로 바싹 붙어왔고, 추적대가 탄 배는 그쪽 편의 수신호에 따라 배를 멈출 수밖에 없었다.

배가 멈추자 선박의 갑판에 있던 대여섯의 인영이 추적대가 탄 배 쪽으로 신형을 날렸다.

이 장 남짓한 거리를 가볍게 뛰어넘어 온 자들은 민소매의 가죽 조끼를 입고 큰 칼을 하나씩 어깨에 걸치고 있었다.

하나같이 '나 수적이오!' 하고 얼굴에 쓰여 있는 험상궂은 인상들이었다.

사내들이 넘어오자마자 선장 이하 선원들은 직각으로 허리를 꺾었다.

"아이고, 광룡수채 어르신들께서 이렇게 왕림하여 주시니 영광입니다. 그런데 저희는 이달 초에 보호비를 내었는데……."

말을 채 맺기도 전에 수적의 호통이 쏟아졌다.

"시러배 잡놈들이 개소리 하고 앉았구나! 네놈들이 보호비를 대관절 언제 내었다고 그러느냐! 오늘 날을 잡아서 어르신들의 수고를 무시하고 함부로 영업하는 놈들의 주리를 틀려 이렇게 행차를 하셨다! 당장 돈을 내놓던지 아니면 목을 내놓아라!"

선장의 선택은 불문가지였다. 목을 내놓고 싶지 않았던 그는 더 이상 군말하지 않고 재빨리 돈주머니를 꺼내었다.

"예, 예, 여기 있습니다!"

약간 표정을 풀며 주머니를 받아 챈 수적은 주머니 입을 벌려 돈을 확인하더니 다시 화를 벌컥 냈다.

"이런 잡놈이! 겨우 요거가지고 면피를 하려 해! 정녕 죽고 싶은 게냐?"

"아이고, 왜 이러십니까. 분명 이십 냥 맞을 텐데요……."

"이놈아, 이자가 있지 않느냐, 이자가! 월초에 낼 것을 월말이 되도록 연체를 했으니 이 부가 붙고, 어르신들이 친히 여기까지 행차했으니 교통비와 수고비조로 팔 부가 붙으니 도합 사십 냥은 내야 할 것이니라!"

선장의 얼굴이 노래졌다. 이십 냥도 맹정우 일행에게서 받은 선불금까지 탈탈 털어 내민 것인데 더 이상의 돈이 있을 턱이 없었다.

"정말 죄송합니다. 더 이상 돈이 없습니다. 조금만 더 말미를 주시면 다음달 내로 꼭 마저 채워 드리겠습니다."

"웃기지 마라! 날 잡은 김에 확실하게 네놈들의 버릇을 고쳐 놔야겠다. 없으면 객들한테 빌려서라도 내!"

이쯤 되자 계속 그냥 지켜보고 있을 추적대원들이 아니었다.

가까이에서 구경하고 있던 쌍룡회의 무사 한 명이 나섰다.

"어이, 그쯤 해두지. 가만 보고 있자니 시비가 지나치군."

수적은 고리눈을 뜨며 무사를 째려보았다.

"이건 또 뭐야?"

쌍룡회에서도 최정예 무인으로 꼽혀 이곳 추적대에 속하게 된 무사는 여유가 있었다. 고작 수적 나부랭이의 으름장에 끔쩍할 수준이 아니었던 것이다.

무사는 입가에 엷은 미소까지 띠며 수적 앞으로 다가섰고, 뒤에서 지켜보고 있는 동료들도 모두 여유있는 얼굴이었다.

"뭐긴 뭐냐, 네놈들 버르장머리를 고치러 오신 용왕님이시다."

무사의 말에 수적은 발끈했다.

"이런, 간이 배 밖으로 튀어나온 놈, 죽고 싶은 게로구나!"

말과 함께 들고 있던 장도가 하늘 높이 치켜 올라가더니 무사를 향해 내리 꽂혔다.

"너무 느려."

무사는 여유를 잃지 않으며 한 발 뒤로 물러서서 날아오는 도를 피했다.

무사의 빠른 움직임에 헛손질을 하며 비틀거리던 수적은 갑자기 땅을 박차며 표홀한 움직임으로 전진했다.

폭!

"억!"

창졸간에 일어난 일이었다.

무사의 뒤에서 웃음기 어린 표정으로 상황을 지켜보던 추적대원들은 무사의 등에 시야가 가려져 수적의 움직임을 보지 못했다. 다만 무사의 등을 꿰뚫고 삐져 나온 장도의 도신을 보고서야, 그의 입에서 튀어나온 외마디 비명을 듣고서야 무슨 상황이 벌어진지 알 수 있었다.

쌍룡회 최정예 무사를 꼬치 꿰듯 장도로 꿰어버린 수적은 즉사해 버린 무사의 배를 걷어차 칼을 빼내며 외쳤다.

"또 까불 놈?"

눈으로 보고서도 잠시 상황을 이해할 수 없었던 추적대원들이 다급히 정신을 가다듬으며 병장기에 손을 가져갈 찰나, 수적들이 벌 떼처럼 달려들었다.

달려드는 수적은 여섯, 추적대원들은 열 명 남짓이었으나 얼떨떨한 상황에서 공격을 받은 추적대원들의 손은 어지러웠고, 그에 반해 수적들의 칼놀림은 무지막지하게 빨랐다. 도저히 수적 나부랭이라 볼 수 없을 정도로.

순식간에 네 명의 추적대원이 더 쓰러졌다.

나머지 추적대원들이 간신히 대열을 정비, 배의 후미를 등지고 선 채로 수적들의 공세를 몇 합 막아냈으나 그것도 잠시, 후미의 난간 밖에서 기어들어 오는 수적들을 보지 못한 것이 그들의 불행이었다.

선실에서 회의 중이던 맹정우들이 뒤늦게 갑판으로 뛰어올라 왔을 때는 유일하게 버티고 있던 마지막 추적대원의 목이 하늘 높이 치솟아 올라 가는 광경밖에 볼 수가 없었다.

"이놈들!"

양의문 대표로 참가한 부문주 일성검(一星劍) 유명운(劉明雲)이 눈이 뒤집힌 채 분노의 포효성을 터뜨렸다. 그도 그럴 것이 목이 날아간 마지막 대원을 비롯해서 갑판 위에 있던 대원 중 여덟 명이 양의문 소속이었던 것이다.

유명운은 절규에 가까운 고함성을 내지르며 검을 뽑아 수적들에게 달려들었고, 뒤이어 함토리, 진소천이 따라붙었다.

어느새 열다섯으로 불어난 수적들은 시시덕거리기까지 하며 유명운을 맞이했다.

유명운은 지나치게 흥분해 있었다. 필살의 초식으로 전면의 두 놈을 베어갔으나 두 놈은 교활하게도 그와 맞닥뜨리지 않고 뒤로 후퇴했고, 대신 측면의 두 놈이 달려들며 그의 비어버린 옆구리에 칼을 꽂았다.

다급히 따라붙은 함토리가 좌측 수적의 칼을 떨궈냈지만 결국 유명운은 반대쪽 옆구리에 일도를 허용, 쓰러지고 말았다.

함토리가 분노하여 살수를 전개하고, 진소천과 쌍룡회 내당주 정태승, 단엽, 은소예 등 추적대의 최고수들이 나서자 수적들도 한두 명씩 쓰러지기 시작했다.

상황이 난전으로 전개될 무렵, 아직까지 조용하던 좌측 선박에서 세 명이 뛰어들었다.

"뭐야, 고수들이 타고 있었구먼!"

우렁우렁하게 고함을 친 중앙의 꺽다리는 이리저리 눈을 돌리더니 진소천을 가리키며 우측의 땅딸막한 사내에게 말했다.

"부당주는 저놈을 맡고."

좌측의 붉은 옷의 사내에게는 정태승을 가리켰다.

"빈객께서는 저놈을 맡아주시오."

두 사내가 각각의 상대에게 튀어 나가자 꺽다리는 어슬렁어슬렁 함토리 쪽으로 다가갔다.

"어억!"

함토리는 바로 뒤에서 들린 비명에 깜짝 놀랐다.

귀에 익은 목소리, 등을 맞대고 같이 싸우던 동료의 목소리였다.

‘방금 전까지만 해도 멀쩡하게 싸웠는데… 설마 누군가가 일합에?’

불길한 예감이 든 함토리는 재빨리 삼 초를 전개해 전면의 세 수적을 물러나게 만들었다.

과연 아니나 다를까, 엄청난 기세가 등 뒤에서 날아옴이 느껴졌다.

함토리는 다급히 몸을 돌리며 검을 날렸다.

깡!

대감도에 가까운 거치도가 그의 검과 충돌했다. 검을 잡은 손아귀에 찢어질 듯한 통증이 밀려왔다. 다급히 눈을 들어 상대를 확인하니 그가 아는 자였다.

“폭룡왕(暴龍王) 종리진(鐘離盡)!”

종리진은 반갑다는 듯 말했다.

“함 노인, 오랜만이군. 늙으면 집에서 손주 재롱이나 볼 것이지 뭐 먹을 게 있다고 이런 곳까지 행차해서 우리 애들을 괴롭히는 거요?”

말과 함께 날아오는 칼을 힘겹게 막아내며 함토리가 대꾸했다.

“자네 부하들인가? 무슨 수를 썼는지 몰라도 실력이 엄청나군. 장강에서 용이라도 잡아 내단이라도 나눠 먹었나?”

“흐흐흐, 그렇다고 봐야지. 어쨌거나 노인네 묏자리는 오늘 이 종리모가 장강 깊숙이 잡아드리리다.”

함토리의 안색은 좋지 않았다. 종리진의 말을 그저 객기라고 치부할 수 없는 상황이기 때문이었다.

폭룡왕 종리진은 강북칠웅의 한자리를 차지하고 있는, 장강수로십팔채에서도 세 손가락 안에 꼽히는 고수였다. 그러나 성정이 괴팍하고 살심이 지나쳐서 수로연합 내에서 평판이 좋지 않았고, 결국 관원을 함부로 살해한 죄로 이 년 전 연합에서 쫓겨난 몸이었다. 그런데 하필 이런 자리에서 만나게 되다니! 그것도 막강한 실력의 부하들을 이끌고서 말이다.

방금 전까지 손을 섞어본 것으로 판단해 보면 놈의 부하들은 예사 실력이 아니었다. 지금만 해도 정예만 뽑은 추적대의 최고수들을 상대로 이 대 일이면 동수, 삼 대 일이면 우위를 점하고 있는 형국이었다.

추적대의 남은 인원이 열 명 남짓인 데 반해 놈들은 갑판 위에만 스무 명이 넘는 데다가 아직 수적선에서 넘어오지 않은 놈들이 더 있어 보였다. 더군다나 종리진까지 있다는 것을 감안하면 현격하게 세가 불리한 상황이었다.

'혜공만 있었어도……'

하필 혜공은 사대금강과 조우하기 위해 무산에 남아서 후발대로 합류하기로 한 상황이었다. 강력한 내공으로 상대를 제압할 수 있는 그가 지금 없는 것은 전력의 큰 손실이었다.

'그런데 대주는 왜 안 보이지?'

한편, 치열한 싸움이 벌어지고 있는 상황과는 별개로, 선실에서 나오는 계단 앞에서는 맹정우가 천신도를 빼 들고 끙끙거리고 있었다.

옆에 있던 방구병이 안타까운 표정으로 싸움 광경을 곁눈질하며 말했다.

"아직 멀었냐?"

열심히 내공을 칼에 주입시키고 있던 맹정우가 신경질적으로 대답했다.

"말 걸지 맛! 집중이 안 되잖아!"

그 옆에서 지켜보고 있던 한영영이 의아한 표정으로 방구병에게 물었다.

"대주께서 왜 저러고 계신 거죠?"

할 말을 찾지 못해 뒤통수만 긁적이던 방구병은 끙끙거리다가 간신히 변명을 짜냈다.

"아! 요즘 우리 대주께서 수련 중인 도법이 화룡도법이라고… 그것을 발휘하려면 칼을 예열을 시켜야 하거든요. 그게 좀 시간이 걸려서……."

"어머, 무슨 다리미도 아니고 칼에 예열까지 해야 하나요?"

옆에서 무슨 소리를 하거나 말거나 칼에 공력을 불어넣기를 집중하던 맹정우의 눈에 득의의 빛이 비쳤다.

마침내 천신도의 숨겨진 문양에서 은빛의 도기가 흘러나오면서, 그의 머리 속에 칼의 사념이 연결되기 시작했다.

"다 뒈졌어, 이놈들!"

맹정우는 득의 어린 표정으로 싸움판에 달려들었다.

맹정우가 뛰어들자 수적들에게 기울어가던 싸움의 전세가 단박에 역전되었다.

먼저 은소예를 괴롭히던 세 놈 중에 둘을 단박에 도륙 낸 맹정우는 연이어 달려드는 두 놈을 한칼에 쓰러뜨린 후, 아직 몸이 완전치 않은 진소천을 일방적으로 몰아가고 있는 붉은 옷의 사내에게로 달려들었다.

팽팽한 접전이었는지라 거의 들리지 않던 비명성이 갑자기 동시 다발적으로 들려오자 내심 경계하고 있던 적의의 사내는 누군가가 다가오자 진소천을 빠른 공격으로 후퇴시킨 후 몸을 돌렸다.

맹정우와 사내의 눈이 마주치자 둘은 서로 소스라치게 놀라고 말았다.

"네…… 네놈은!"

"어떻게 네놈이……!"

사내는 바로 적룡왕 제정구, 맹정우와 함토리에게 궤멸당하다시피한 교룡수채의 채주였다.

맹정우는 잘 걸렸다는 표정으로 외쳤다.

"네 이놈! 훔쳐 간 천 냥을 당장 내놓아라!"

돈에 대해서는 잘 기억도 하지 못하는 제정구는 코웃음을 쳤다.

"무슨 돈? 맡겨논 거 있었느냐."

"배 째라 이거냐? 오냐, 일단 갈라놓고 생각해 보지."

맹정우의 도가 맹렬히 짓쳐들었다.

제정구는 수비 일변도로 맹정우의 공세를 받아넘겼으나 오 초를 넘기지 못하고 뒷걸음질칠 수밖에 없었다. 물샐틈없는 수비를 펼쳐도 맹정우의 칼은 없는 틈을 비집고 들어와 그의 목을 노렸다. 상대는 정말 무서운 도법을 펼치고 있었다.

뒷걸음치던 제정구는 함토리와 호각을 이루고 있는 종리진에게 도움을 청했다.

"폭룡왕, 여기 일검탈명 맹정우가 있소! 나와 같이 싸웁시다!"

"뭣이? 일검탈명?"

눈을 희번덕거리던 종리진은 마침 정태승을 쓰러뜨리고 자신 쪽으로 오고 있는 부채주에게 함토리를 넘겼다. 그리고는 맹정우에게로 달려들었다.

"참으로 맛있는 먹잇감이 나타났군! 어디, 사해에 날리고 있는 명성이 진짜인지 한번 확인해 보자!"

제정구를 압박해 가고 있던 맹정우에게 그의 거치도가 엄청난 기세로 날아왔다.

깡!

두 개의 칼이 충돌하자 불꽃이 튀며 거치도의 커다란 이 하나가 날아가 버렸다.

"호오, 제법인걸?"

마치 어린아이의 재롱이 놀랍다는 듯한 말투였지만 종리진의 얼굴에서는 웃음기가 사라져 버렸다.

백련정강으로 만들어진 거치도가 일격에 이가 빠진 것도 그렇지만 강력한 외공을 바탕으로 파산의 힘을 내뿜는 자신의 공격을 가볍게 받아치는 상대의 무위가 대단하다고 느꼈기 때문이다.

깡! 까강! 깡!

두 개의 칼은 마치 중병기가 부딪치는 듯한 파열음을 내뿜었다.

맹정우는 손아귀가 찢어지는 듯한 통증을 느끼면서도 칼에 주입하는 공력을 더욱 배가시켰다. 은빛 도기가 점점 짙어지며 머리 속으로 파고드는 사념도 점점 가중되었다. 힘으로 몰아붙이고 있는 상대의 허점이 서서히 눈에 들어왔고, 칼은 지체없이 그곳으로 파고들었다.

"웃!"

짧은 신음성과 함께 종리진의 얼굴이 찡그려졌고, 칼이 스치고 지나간 옆구리 쪽에서 피가 튀었다. 크지는 않았지만 신경 쓰이는 부상이었다.

종리진이 약간의 손해를 보자 곧바로 옆에 있던 제정구가 끼어들었다.

강북칠웅 한 사람과 그에 버금가는 무위를 지니고 있는 또 한 사람이 맹정우를 협공하기 시작한 것이다.

이 대 일의 싸움이 익숙지 않았기에 맹정우의 손이 조금 어지러워졌다.

그 틈을 타 제정구의 검이 그의 옆구리를 스치고 지나갔다. 그러나 폭풍마번의 깃발을 옷 안에 감고 있는 맹정우는 멀쩡하게 버티며 제정구에게 반격을 가했다.

천신도의 공격이 제정구 쪽으로 쏠리는 사이 잠시 한숨 돌린 종리진은 자신의 성명절기인 폭룡십삼절을 맹정우에게로 쏟아 부었다.

한 호흡에 십삼 초의 연격을 쏟아 붓는 무자비한 공격이 맹정우를 무차별로 난타해 들어갔다.

깡! 까가가가가강!

톱으로 쇠를 긁는 듯한 소리가 퍼지는 가운데 강력한 외공을 바탕으로 한 패도적인 공세가 천신도와 충돌했고, 맹정우는 사념을 채 읽어낼 시간도 없이 그저 칼에 몸을 맡기고 정신없이 방어에 주력했다. 그러던 중 옆에서 끼어든 제정구가 일격을 날리자 그쪽까지 신경 쓰는 사이 옆구리로 종리진의 거치도가 파고들었다.

"크윽!"

다행히 폭풍번이 싸고 있는 부분에 맞았지만 충격은 아까 제정구 때와 비할 바가 아니었다. 참마도에 가까운 크기의 거치도와 충돌하자 내장이 진탕되고 비릿한 피가 목구멍까지 차 올랐다.

극심한 통증과 함께 적에 대한 살심이 끓어올랐다.

"이놈!"

맹정우는 핏발 선 눈으로 종리진에게 달려들었다.

천신도의 은빛 도기는 한층 짙어졌고, 그에 비례해 칼은 보이지 않을 정도의 속력으로 휘둘러지기 시작했다.

종리진은 갑작스럽게 강해진 상대의 공세에 쩔쩔맸고, 제정구까지 합세했으나 몰아치는 맹정우의 공격에 당해낼 재간이 없었다.

마침내 난간까지 밀려간 종리진의 칼이 천신도와 충돌하는 순간, 쨍하는 소리와 함께 거치도는 토막나 버렸고, 연이은 맹정우의 일격이 다급히 반 토막난 칼을 내미는 종리진의 오른손마저 잘라 버렸다.

"크억!"

종리진이 오른팔을 부여잡은 채 비명을 지르고, 맹정우의 칼이 최후의 일격을 가하려는 듯 하늘 높이 솟구친 순간이었다.

갑자기 뭔가에 떠밀린 듯 종리진이 맹정우에게로 달려들었고, 천신도는 무방비 상태로 달려드는 그의 복부를 깨끗이 꿰뚫어 버렸다.

종리진은 한줄기 신음을 흘리며 부르짖었다.

"제정구 네놈이……!"

그 순간, 종리진의 뒤에 있던 제정구가 그의 등을 밟고 뛰어넘으며 종리진 바로 앞에 위치하고 있는 맹정우의 머리를 향해 검을 내리찍었다.

전투 불능이 된 종리진을 뒤에서 떠민 다음 맹정우가 그를 상대하고 있는 틈을 타 절묘하고도 악랄한 공격을 시전한 것이다.

정수리를 향해 검이 꽂혀들고 있었지만 맹정우는 방어 자세를 갖출 수 없었다.

반쯤 혼이 빠져나간 듯이 보이는 종리진이 하나 남은 손으로 자신의 배에 박힌 천신도의 도병 부분을 본능적으로 꽉 부여잡고 있었기 때문이다. 그 때문에 도저히 칼을 빼낼 수가 없었다.

공중에서 내리찍어 오는 제정구의 검이 머리끝에 닿을 듯한 순간, 맹정우는 재빨리 종리진의 멱살을 잡더니 자세를 낮추면서 그의 몸을 끌어당겨 자신의 머리 위로 덮어버렸다. 그러자 종리진을 타고 넘으며 내리찍은 제정구의 검은 맹정우를 덮어버린 종리진의 등짝에 박혀 버렸다.

또 하나의 검이 등을 뚫고 들어오자 종리진의 몸이 학질에 걸린 듯 부르르 떨리며 천신도를 잡고 있던 손아귀의 힘도 감소되었다.

맹정우는 그 틈을 타 천신도를 그의 복부에서 빼냈다.

그리고는 앉은 자세에서 몸을 뒤로 비틀며 칼을 휘둘러 그를 넘어 착지하고 있는 제정구의 발목을 그어갔다.

스팟!

한줄기 피가 뿜어져 나왔으나 제정구의 발목을 끊어내지는 못했다. 복부에서 천신도를 빼내는 동안 제정구는 자신의 검까지 내팽개치고 몸을 굴렸기 때문에 시간적으로 손해를 덜 본 것이었다.

치욕적인 나려타곤(懶驢陀滾)을 시전한 제정구는 몸을 몇 번 더 굴려서 반대편 난간까지 굴러간 후 그대로 강으로 몸을 던졌다.

그게 신호인 듯, 추적대와 상대하고 있던 수적들도 동시다발적으로 물을 향해 뛰어들었다. 은소예가 재빨리 한 놈을 붙잡았으나 나머지는 모두 물로 뛰어들어 도망쳤다. 자신들의 두목을 한칼에 꿰어버린 맹정우의 신위가 어지간히 무서웠던 듯했다.

"맹 소협, 정말 수고했네!"

함토리가 반색을 하며 다가서자 제정구가 사라진 쪽을 보고 있던 맹정우가 갑자기 돌아서며 칼을 치켜 올렸다.

함토리는 깜짝 놀라 두 손을 내밀며 외쳤다.

"왜… 왜 그러나? 나야 나!"

그제야 맹정우는 치켜 올리던 동작을 멈추었다.

맹정우는 핏기 어린 눈으로 함토리를 노려보다가 천천히 칼을 내려
뜨렸다.

맹정우는 천신도를 칼집에 꽂고서야 긴 한숨을 토해내며 제 눈빛을
찾았다.

"끝났습니까?"

함토리가 얼떨떨한 표정으로 말했다.

"으응, 그런가 보이."

진소천 등이 가까이 붙어 있던 좌측 선박으로 뛰어들었으나 그곳에
있던 몇 안 되는 수적들 역시 강으로 몸을 던져 버렸고, 조금 떨어져
있던 우측 선박은 제정구가 강으로 뛰어들자마자 다급히 출발해 버려
붙잡을 수 없었다.

"휴우, 난 또 돈 몇 푼 떼어먹은 것 때문에 칼 맞는 건가 싶었네."

함토리가 한숨을 내쉬며 하는 말이었다.

맹정우는 옆구리를 어루만지며 말했다.

"놈에게 제대로 한 방 맞은 뒤로 지나치게 흥분했나 봅니다. 뭐, 말
씀하신 것도 마음에 없지는 않았습니다만."

"예끼, 이 사람아."

그러나 작금의 상황은 농지거리하고 있을 상황은 아니었다.

"피해가 너무 크군."

함토리가 눈살을 찌푸리며 말했다.

그의 말처럼 추적대가 입은 손실은 컸다. 양의문에서 지원한 아홉
명이 전원 몰살당했고, 쌍룡회 한 명, 일월문 세 명까지 전체 스물다섯
의 대원 중에 사망자가 열셋, 부상자도 다섯 명이 넘었다. 절반이 넘는
대원이 임무 시작도 하기 전에 사망한 것이다.

심문 들어가기도 전에 이미 잔뜩 얻어터진 수적은 고분고분하게 질문에 대답했다.

자신들은 그저 채주의 명령에 따라 출진했을 뿐이라고 했다. 그리고 이 여객선에 접근하여 시비를 걸었고, 싸움은 의도적으로 일어났던 것이라고 말했다. 물론 이유는 모르겠다는 대답이었다.

수적의 대답을 듣고 있던 은소예가 말했다.

"한 가지 이상한 점이 있어요. 이놈하고 몇몇은 무공이 약했던 반면 한 열 명 정도는 대단한 고수였어요. 결코 수적질이나 할 실력이 아닌 자들이 같이 포함되어 있었는데……."

함토리가 고개를 끄덕였다.

"노부도 그렇게 생각하오. 처음에 방심하고 있던 대원들을 죽인 실력은 분명 예사 수적의 솜씨가 아니었소. 직접 손을 섞어본 결과도 그랬고."

갑판에는 대원들의 시체 외에도 맹정우 등에게 당한 수적들의 시체가 널려 있었는데, 고수라 느꼈던 자들은 모두 제정구와 더불어 강물로 뛰어들었고 죽은 자들은 전부 실력이 떨어지는 자들이었다.

단엽이 수적에게 으르렁거렸다.

"어떻게 된 것이냐! 원래 그렇게 강한 자들이 너희 수채에 속해 있었나?"

수적은 황급히 고개를 저었다.

"아닙니다요! 그자들은 얼마 전 수채에 합류한 자들입니다. 모두 아까 그 붉은 옷의 적룡왕이 데려온 자들입니다."

"어디서 데려왔다더냐?"

"그게… 저희에게는 아무 말이 없었습니다."

이 이상 이 수적에게는 캐낼 정보가 없었다.

수적을 을러서 수채의 위치까지는 알아냈으나 그리 쓸모있는 정보는 아니었다.

"채주까지 죽은 마당에 수적들이 거기 있을 턱이 없겠지요. 적룡왕 패거리는 당연히 다른 곳으로 도망갔을 것이고요."

단엽의 분석에 함토리도 고개를 끄덕였다.

"잔챙이가 남아 있을지도 모르지만 이 근처 무림맹 분타에 연락하면 그 정도는 해결할 수 있을 거요. 이 상황은 그 선에서 마무리 짓고 중경으로 빨리 가서 향후 대책을 마련합시다."

일행은 둘의 의견에 따라 중경으로의 신속한 이동을 결정했다.

수적들의 시체가 강으로 던져진 후 배는 피가 뒤섞인 강을 뒤로하고 서쪽으로 다시 전진하기 시작했다.

제7장

영웅은 자신에게 어떤 역할이 주어지든
그것을 위해 최선을 다한다

영웅은 자신에게 어떤 역할이 주어지든
그것을 위해 최선을 다한다

사천에서 중부로 가는 길목이며 남쪽으로는 귀주, 북쪽으로는 섬서성으로 가는 길목인 중경은 수륙 교통의 중심지인만큼 도시도 무척 번화했다.

임무 시작도 하기 전에 전력에 막대한 타격을 입은 추적대는 번화가에서 조금 벗어난 곳에 위치한 한 객잔에서 대기하며 아미파에서 보낸 인물들을 기다리는 중이었다.

"아미파라면 여자들이 많기로 유명한 파 아니냐?"

맹정우가 묻는 말에 방구병은 코웃음을 쳤다.

"너무 기대하지는 마라, 대다수가 여승이니. 설마 여승도 꼬실 생각은 아니겠지?"

"여승? 설마 빡빡머리가 올 거란 말이냐?"

"이런 중요한 임무에 보낼 정도면 빡빡이든 아니든 나이도 꽤 많을

걸? 네 취향이 다양하다는 것은 익히 알고 있다만, 기대가 크면 실망도 클 것이란 것만 알아둬라. 이 몸은 이미 마음을 비웠다."

방구병이 으스대며 하는 말이었지만 애석하게도 그의 예상은 보기 좋게 빗나갔다.

객잔에 도착한 아미파의 세 여제자는 모두 젊었고, 아름다웠으며, 머리를 기르고 있었다.

입이 함지박만하게 벌어진 맹정우와 방구병 등이 그들을 맞이했다.

아리따운 세 여인은 각자 자기소개를 했다.

"오호호호! 근래 강호에서 가장 유명하신 맹 소협을 만나게 되어 정말 영광이에요! 아미파 삼대제자 이비향(李飛香)이에요."

키가 큰 여인이 호들갑스럽게 자신을 소개했다. 언뜻 보기에는 괜찮은 외양이라 생각했는데 자세히 보면 어딘가 조화가 안 맞는, 그래서 볼 적마다 점점 못생겨 보이는 아주 특이한 인상의 소유자였다.

"삼대 현선(現善)입니다."

"현진(現進)입니다."

나머지 둘도 맹정우 앞이라 상기된 듯한 목소리로 자신의 이름을 말했다.

함토리의 눈이 이채를 띠었다.

"두 분께서는 이미 법명을 받으셨군요?"

현선이 살짝 얼굴을 붉히며 대답했다.

"예, 현진 사매와 저는 그렇습니다. 이곳까지 가급적 모습을 드러내지 말고 오라 하셔서 변복을 한 것입니다."

맹정우의 표정이 살짝 일그러졌다.

"법명을 받으셨다면 비구니(比丘尼)시란 말인가요?"

"예, 그렇습니다."

"한데 왜 머리는……."

"아, 이거요? 가발이지요."

말과 함께 현선과 현진은 가발을 벗어제쳤다.

"윽……."

맹정우와 방구병은 작은 신음성을 흘렸다. 탐스러운 머릿결이 있을 때는 그렇게 예뻐 보이던 그녀들이 갑자기 민둥머리가 되어버리니 시각적 충격이 상당했다.

"어머, 두 분 그렇게 실망하지 마세요. 제가 있잖아요. 오호호호!"

눈치 빠른 이비향이 갑자기 어색해진 분위기를 만회하려 농을 띄웠지만, 맹정우와 방구병의 표정은 더욱 싸늘해졌다.

'차라리 네년이 빡빡이였으면 이리 실망하지는 않았을 것인데…….'

호들갑 떠는 이비향을 향한 두 청년의 공통적인 생각이었다.

추적대는 일단 조문객으로 가장하고 피해가 컸던 만민표국으로 향했다. 엄밀히 말하면 아미의 세 여제자는 실제 아미 장문인의 조문을 대신하는 것이기에 가장이라고 하기도 뭣한 행차였다.

중경에서 가장 큰 표국이었다는 만민표국의 본장은 규모가 큰 장원이었다.

그러나 마차가 드나들기 편하도록 넓게 세워진 대문 위에 걸려 있는 커다란 현판은 왠지 모르게 빛이 바랜 느낌이었고, 반쯤 열려져 있는 문안으로 들어서자 넓은 앞마당에는 개미 새끼 한 마리 보이지 않았다.

"아무도 안 계신가요?"

이비향이 낭랑하게 외쳤지만 감감무소식, 반 각쯤 지나고서야 삐거덕거리는 소리가 나더니 행랑채로 보이는 건물에서 누군가가 나왔다.

"뉘시오?"

나이가 일흔 살은 넘어 보이는 중노인은 하인처럼 보였다.

"아미파에서 온 제자들입니다. 조문을 하기 위해 왔는데요."

"흥, 참 일찍도 오셨구먼."

이비향의 말을 들은 노인이 중얼거리는 말이었다. 혼잣말을 하는 것이겠지만 무공이 뛰어난 조문객들의 귀에 들리지 않을 리 없었다.

이비향은 모른 척하며 다시 말했다.

"저희는 국주님의 따님인 호연 소저와 친분이 있답니다. 호연 소저는 어디 있지요?"

노인은 여전히 마뜩찮은 얼굴이었으나 모시고 있는 주인 얘기가 나오자 어쩔 수 없는 듯 따라오라 하며 앞장서 걷기 시작했다.

분향소에 다다르자 일행은 안으로 들어가 분향을 했다.

그러는 사이 잠시 사라졌던 노인은 한 여인을 끌고 나타났다.

갓 스물이나 되었을까? 나이에 어울리지 않게 수척한 얼굴의 여인은 아미 제자들과 안면이 있는 듯 나타나자마자 현진, 현선을 끌어안고 엉엉 울기 시작했다.

분향의 예가 끝난 후 일행은 대청으로 안내되었다.

간신히 감정을 추스른 여인, 표국주의 외동딸 상관호연은 울먹이며 표국이 습격받은 상황을 설명했다.

마지막 표행에 참여했던 전 인원이 전멸당했기 때문에 궤멸 당시의 상황은 누구도 알지 못했다. 다만 상관호연이 아는 것은 수송하던 물품이 사천에서 운반되어 온 비단이었다는 것, 그것을 호광성 중부로 전

달하러 가는 중이었다는 것뿐이었다.

"비단이라…… 의뢰인은 누구요?"

함토리가 묻는 말이었다.

"사천의 왕 대인이에요. 십수 년 전부터 거래를 하던 사람이라 신원
은 확실해요."

표물의 전달처 역시 오랜 기간 거래한 믿을 만한 상단이어서 딱히
수상하게 볼 부분이 없었다.

한편 관부 쪽에서는 이번 사건을 값비싼 비단을 노린 도적 떼의 소
행이라 보고 있었다.

"저는 그럴 리 없다고 확신해요. 저희 아버지와 표두님들의 무공 실
력으로 한낱 도적 떼에게 그렇게 당했을 리가 없어요."

상관호연의 말에 아미파 제자들도 동조했다. 표국주인 상관천은 사
천의 아미 속가제자 중에서도 다섯 손가락 안에 꼽힐 정도의 고수였다
는 것이다. 그리고 그 밑의 표두들도 그 못지않은 뛰어난 실력을 갖추
고 있다고 했다.

"그렇다고 하면 너무 막막하군. 도적 떼가 그런 식의 범행을 저질렀
다고 보는 것은 확실히 무리가 있어……."

함토리의 중얼거림을 듣던 방구병이 말했다.

"그럴 수도 있지 않나요? 상당한 규모의 비단 운송이었나 본데, 값
비싼 물건이니 제법 실력있는 도적 떼가 노렸을지도 모르잖아요."

"전멸에 가까운 피해를 입히는 것과 전멸을 시키는 것은 어감은 별
차이 없어 보이지만 실상은 큰 차이가 있다네."

함토리가 말했다.

"실력이 비슷한 세력끼리 싸워도 전세, 지형, 사기 등의 돌발 변수에

따라 한쪽이 일방적인 승리를 할 수는 있겠지. 그러나 한 명 남김없이 죽이는, 이른바 전멸이라면 얘기가 달라지네. 표국이 무슨 마교 같은 종교 단체가 아닌 다음에야 세가 불리해지면 달아나는 자가 있기 마련인데, 그런 자까지 잡아서 몽땅 죽여 버릴 정도라면 최소 표국 전력의 세 배 이상의 능력을 가지고 있어야 가능한 일이지. 그러나 그 정도 전력을 갖춘 도적 떼는 이 근방에는 없다네."

단엽이 상관호연에게 말했다.

"상관 소저, 마지막 표행에 대한 목격자가 없으니 그것만 가지고는 적의 실체를 파악하기가 막막하군요. 표국이 그간 벌여온 사업에 대해 듣고 싶은데, 실무자를 불러 오실 수 없는지요?"

상관호연은 처연한 표정을 지으며 말했다.

"실무자는…… 지금 없는걸요."

"없다고요? 저녁때라 퇴근했다면 내일 아침에라도……."

상관호연은 슬픈 얼굴로 고개를 저었다.

"모르겠어요. 내일 나올지 모레 나올지…… 표행이 그렇게 된 이후로 출근하는 사람도 없어요."

상관호연은 그 이상 말을 잇지도 못하고 눈물을 떨구기 시작했다.

갑작스러운 그녀의 눈물에 단엽을 비롯한 대원들은 당황한 표정을 지었다.

아미 제자들이 상관호연을 달래는 사이 결국 나머지는 대청 밖으로 나올 수밖에 없었다.

밖으로 나오니 아까의 노인이 눈에 띄었고, 대원들은 그를 붙잡고 표사들이 다 어디 갔느냐고 물었다.

"어디 가긴! 쓸개 빠진 놈들 같으니라고. 국주님 살아 계실 적에는 표국에 간이라도 빼놓을 듯이 설쳐 대더만 표국이 조금 어려워졌다고 하나같이 제 앞길 챙기는 것만 바빠서는…… 하나 남았던 표두 놈이나 표사들이나 코빼기도 비치지 않은 지 벌써 열흘이 넘어! 창고에는 표물이 아직 남아 있고 간간이 주문도 들어오는데…… 그저 주루만 지키고 있으면 단가? 지들이 표사지 장사꾼이야? 에잉, 괘씸한 놈들 같으니!"

노인의 말을 듣던 단엽이 의아한 얼굴로 물었다.

"주루라뇨? 그들이 주루에 가 있습니까?"

노인은 투덜거리면서도 표국의 남은 자들이 하고 있는 일을 대략적으로 설명해 주었다.

만민표국은 최근 번창일로였기에 표국업 외에도 주루업을 겸하고 있었다.

중경 시내의 커다란 객잔 세 곳과 주루 두 곳을 직접 운영하고 있었는데, 그 책임자가 바로 표국주의 동생인 상관호였다.

상관호는 표국이 궤멸에 가까운 타격을 입자 그나마 몇 명 남아 있던 표두 및 표사들을 객잔 보표 일을 시키겠다며 끌어갔다.

만민표국이 뒤를 봐줄 적에는 주변의 흑도방파들이 함부로 객잔 등에 행패를 부리지 못했는데, 표국이 무너지니 불안한 마음에 표사들을 데려간 것이다.

어깨가 축 처진 채 일할 마음이 달아나 있던 표사들도 보수도 후하게 준다는 상관호의 말을 거절하지 못하고 전부 그쪽으로 가버리고 말았다.

노인은 투덜거리며 말했지만 말미에 가서는 대원들에게 사정조로 얘기했다.

“사정이 이러니 자네들이 우리 아씨 좀 도와주게. 그간 우리 국주님이 아미파에 바친 헌금만 해도 건물 몇 채 지어 올릴 정도는 될 걸세. 그러니 이렇게 온 김에 표국이 제대로 돌아갈 때까지만이라도 좀 도와주게나.”

대원들은 자신들을 모두 아미파 제자로 알고 통사정하는 노인을 보며 그저 고소를 지을 수밖에 없었다.

“개방 중경 분타에서 보내온 정보에 따르면, 노인의 말처럼 만민표국은 숙박업에도 진출했던 모양입니다. 이곳은 물산의 왕래가 잦고 사람이 많이 다니는 지역이라 객잔이나 주루, 홍등가 등이 매우 발달해 있습니다. 그렇기에 거기서 발생하는 이권을 노리는 방파들이 집결해 있는 곳인데, 만민표국 역시 그중에 한자리를 차지하고 있었던 듯합니다.”

단엽의 보고를 듣고 있던 함토리가 물었다.

“그렇다면 이권 다툼을 하던 적수가 있었겠군.”

“예, 보고에 의하면 전에도 표사들이 상관호의 객잔으로 투입되어 흑도방파들과 싸움을 벌인 적이 있다고 합니다.”

“흑도방파라… 그럼 그중에 하나가 이 사건의 범인일 수도 있다는 얘기인가?”

“그렇게 단정 짓기가 곤란한 것이… 싸움을 벌인 방파들은 다 고만고만한 세력입니다. 대부분 표사들과의 싸움에서 패퇴했고 규모가 그리 크지 않은 놈들인지라 흑월회를 고용할 만큼의 금력이 있어 보이지는 않는군요.”

개방 분타에서 전해온 정보에 의하면, 만민표국은 상당히 좋은 자리에서 객잔을 운영하고 있었다. 세 개의 객잔은 표행이 가장 많이 다니는 길목에, 두 개의 주루는 도시의 번화가에 자리잡고 있어서 주변에서 군침을 흘리는 세력이 꽤 많았다.

"그전에 다툼이 있었든 없었든 만민표국이 보유한 상권을 노리고 한 짓이라면 분명 객잔에도 접근을 하겠구려. 대주, 우리도 보표 일이나 한번 해봄이 어떻겠소이까?"

함토리와 맹정우는 막역한 사이였으나 대원들 앞이기에 함토리는 대주에게 존댓말을 쓰고 있었다.

맹정우는 미간을 찌푸렸다.

"돈은 나오는 겁니까?"

"표국 사정이 이 지경인데 봉급까지 기대해서야 되겠소?"

맹정우는 인상을 쓰며 뒷목을 긁었다.

객잔 보표는 옛날에 세명로에서 몇 번 해본 일이었다. 지저분한 일이기도 하고 고생했던 과거가 생각나서 하기가 싫었다. 더군다나 돈도 나오지 않을 거라니, 이렇게 재미없는 일이 어디 있단 말인가.

그러나 이미 자신은 무림맹과의 계약에 매인 몸, 하기 싫다고 안 할 수도 없었다.

"좋습니다, 어디 한번 전공을 살려보지요."

이왕 하는 것, 한영영 앞에서 제대로 능력을 보이기로 작심하는 맹정우였다.

*　　　　*　　　　*

"야, 이 자식아! 이게 지금 뭐 하는 짓이야!"

커다란 호통이 만평객잔을 뒤흔들었다.

한 사내가 바지에 국물이 잔뜩 묻은 채로 점소이의 멱살을 쥔 채 흔들고 있었다.

점소이는 주눅 든 얼굴로 띄엄띄엄 말했다.

"저, 정말 죄송합니다."

"이게 죄송하다는 말로 끝날 일이야? 이놈의 객잔은 점소이 교육을 어떻게 시키기에 손님 바지에 국물을 쏟아 붓게 하는 거야!"

점소이가 억울해하는 표정으로 말했다.

"소, 손님이 갑자기 일어서시는 바람에……."

그는 사내의 일행이 주문한 탕을 들고 와 막 탁자에 내려놓던 참이었는데, 갑자기 의자에 앉아 있던 사내가 그를 향해 벌떡 일어서는 바람에 탕을 쏟을 수밖에 없었던 것이다.

사내는 눈에 쌍심지를 켰다.

"뭐야? 그럼 지금 이게 내 잘못이란 말이야? 이거 보통 돼먹지 않는 놈이 아니구나. 야 이 새끼야, 객잔에서 점소이가 손님을 신경 써야지 손님이 점소이를 신경 써야 하나?"

"그, 그러나……."

점소이가 억울한 얼굴로 뭐라 말하려 했지만 날아온 사내의 손바닥에 뺨을 맞는 바람에 하던 말을 중단할 수밖에 없었다.

"아이고오!"

점소이는 얼굴을 감싸고 주저앉았고, 사내는 목소리를 더욱 높였다.

"여기 주인 어디 있어! 당장 나와! 점소이 교육 이따위로 시키는 주인 놈팽이 얼굴 좀 보자!"

사태가 심상치 않아지자 출구 쪽 계산대에 앉아 있던 노인이 황급히 달려왔다.

"아이고, 손님, 고정하십시오."

"당신이 여기 주인이야?"

"관리인입니다."

"애들 교육을 대체 어떻게 시키는 거야? 국물을 쏟아놓고 지 잘못은 하나 없다고 큰소리 탕탕 쳐대기나 하고 말이야!"

노인은 깊숙이 고개를 조아리며 말했다.

"다 제 불찰입니다. 바지를 벗어주시면 새것같이 빨아 드리겠습니다."

사내는 어이가 없다는 표정으로 목청을 높였다.

"지금 장난하는 거야? 내가 누군 줄 알고 빨아주는 것으로 끝내겠다는 거야? 내가 탕국 냄새 저린 옷을 다시 입고 다닐 정도로 실없는 놈으로 보여? 웃기지 말고 당장 물어내!"

사내의 옷은 그리 비싸지도 않아 보였으나, 막무가내로 우겨대니 주변 손님을 의식해야 하는 노인은 할 수 없이 돈주머니를 꺼냈다.

"알겠습니다. 물어드리겠습니다. 얼마를 드리면 될지?"

"은자 열 냥!"

노인은 순간 자신이 잘못 들었는가 하여 반문했다.

"지금 얼마라고 하셨지요?"

"은자 열 냥이라고! 거기서 한 푼도 깎을 수 없어."

노인은 기가 막힌 표정을 지을 수밖에 없었다.

이 근방에서 가장 비싼 옷가게에 들어가서 가장 비싼 금의를 사도 그 절반 값이 안 나올 것이다. 한데 사내의 옷은 아무리 봐도 싸구려 면직물로 짠 옷이다. 은자 열 냥이면 그 정도 옷 몇백 벌은 살 수 있는 돈이다.

상황이 이쯤 되니 사내의 의도가 의심스럽지 않을 수 없었다. 음식물을 가져오는 점소이에게 의도적으로 몸을 부딪친 후 시비를 거는 것 같았다.

노인은 조심스럽게 말했다.

"저, 손님. 일단 밖으로 나가서 얘기하시죠. 다른 손님들도 계시고 하니……."

사내가 계속 험악한 분위기를 연출하는 바람에 들어오던 손님들이 발걸음을 돌려 나가고 있던 손님도 나갈 낌새를 보이고 있었다. 노인 입장에서는 상대가 의도적으로 시비를 건다 해도 손님 없는 곳에서 응해주고 싶었다.

그러나 사내는 꿈쩍도 하지 않았다.

"가긴 이 꼴로 어딜 나간다는 거야! 당장 옷값부터 물어내라고!"

"글쎄 옷을 사려면 일단 나가야 하니 우선 밖으로……."

노인은 애써 웃음 지으며 사내의 소매를 잡아끌었지만 사내는 잡힌 소매를 확 뿌리쳤다.

"이 영감이 어디서 은근슬쩍 넘어가려 해! 정말 꼭지 돌아가는 꼴 보고 싶은 거야?"

마치 그게 신호라도 되는 듯, 사내가 앉아 있던 탁자에 동석 중이던 사내의 열 명 남짓한 일행이 모두 벌떡 일어섰다.

"여기 손님 대하는 태도가 참으로 개판이구먼!"

"우리가 누군 줄 알고 이따위 대접이야? 장사 접고 싶나?"

마지막에 소리 지른 사내는 성질을 이기지 못하겠는 듯 앞에 있던 탁자를 잡더니 확 들어 엎었다.

음식 그릇이 가득 올려져 있던 탁자는 공중에서 뒤집어지면서 바로 옆의 장한 두 명이 앉아 있는 탁자 쪽으로 그릇들과 함께 쏟아져 내렸다.

와장창창 하는 그릇 깨지는 소리가 날 것을 모두가 예상했으나 뜻밖의 상황이 발생했다.

옆 탁자에 앉아 있던 장한 중 한 명이 벌떡 일어서더니 뒤집힌 채 떨어져 내리는 탁자를 받아 재빨리 다시 뒤집어 바닥에 사뿐히 내려놓은 것이다.

그 동작이 얼마나 빠른지 육안으로 움직임을 정확히 볼 수 없을 정도였는데, 신기하게도 바닥에 내려진 탁자 위에는 막 쏟아져 내리는 듯했던 그릇들이 처음 있었던 위치에 그대로 놓여 있었다.

공중에서 탁자를 뒤집는 순간 떨어져 내리는 그릇까지 같이 조종하여 제자리로 유지시킨 것인데, 참으로 놀라운 기술이 아닐 수 없었다.

탁자를 뒤집었던 사내는 어안이 벙벙한 표정으로 두 장한 쪽을 쳐다보다가 눈에 쌍심지를 켜고 다가갔다.

"어쭈, 여기 제법 한수 재간이 있는 놈들이 숨어 있었군 그래? 왜, 어르신들이 성질 좀 낸 것이 내심 못마땅하기라도 했느냐? 불만이면 직접 나서서 덤벼라. 잔재주 피우며 앉아 있지만 말고."

사내 딴에는 무지하게 자세 잡고 한 말이지만 장한들은 그를 쳐다보지도 않고 있었다.

무시당했다는 기분에 얼굴이 벌게진 사내는 장한들이 앉아 있는 탁자를 뒤집어엎으려 탁자 턱을 잡았다. 그리고는 있는 힘껏 뒤집었으나 불행히도 탁자는 꿈쩍도 하지 않았다.

낑낑거리며 용을 썼으나 탁자는 바닥에 못으로 박아놓기라도 한 듯

미동도 하지 않았다.

얼굴이 더욱 벌게진 사내는 탁자 밑을 흘끔 눈으로 살폈다.

아래를 보니 탁자 다리가 있고 다리와 다리를 연결하는 발걸이 부분이 있었는데, 그 발걸이 부분에 장한의 발 하나가 턱하니 올려져 있을 뿐이었다.

이쯤 되면 장한이 뭔가 갖추고 있는 자라는 낌새를 알아챘어야 하지만 이미 성질이 잔뜩 오른 사내는 거기까지 생각할 여유가 없었다. 오직 무시당했다는 기분에 자신의 칼을 빼 들었을 뿐이었다.

"죽어라!"

힘차게 날아간 칼은 장한이 막 안주를 집으려 빼 든 젓가락에 정확히 잡혀 버렸다.

당황한 사내는 칼을 빼내려 힘을 썼지만 젓가락 사이에 끼인 칼은 미동도 하지 않았다.

장한은 젓가락을 쳐든 채 맞은편의 동료에게 말했다.

"얘들은 수준이 너무 떨어지는군요."

"그래도 끝까지 확인해 보라는 대주님의 명이시니 그리해야겠지요."

그러는 사이 사내의 동료들이 칼을 빼 들고 탁자로 달려들었다.

장한은 아직껏 용쓰고 있는 사내를 힐끔 보더니 젓가락을 슬쩍 벌렸고, 있는 힘껏 잡아당기고 있던 사내는 당기던 힘을 이기지 못하고 뒤로 넘어지며 달려오던 동료와 부딪쳐 버렸다.

그와 동시에 장한 둘은 전광석화같이 자리에서 튀어나왔다. 그리고는 우왕좌왕하고 있는 사내들 사이를 누비며 손을 휙휙 내질렀고, 사내들은 빼 든 칼을 내려칠 새도 없이 몸이 마비됨을 느끼며 그 자리에 픽 픽 쓰러져 버렸다.

시비 걸러 왔던 사내들, 흑도방파 마천방의 졸자들은 자신들이 혈도를 짚여 쓰러지는 것인 줄도 모른 채 바닥에 몽땅 엎어져 버렸다.

맹정우의 지시대로 객잔의 기물 파손을 최대한 줄이며 시끄럽지 않게 적을 제압한 진소천과 정태승은 맨 처음 떠든 졸자를 붙잡고 물었다.

"네놈들은 어디서 왔느냐?"

아직 입은 살아 있는 졸자는 악다구니를 쓰며 외쳤다.

"마천방에서 왔다! 네놈들이 감히 우리를 이렇게 취급하고도 중경에서 살아 나갈 수 있을 성싶으냐!"

만평객잔 부근에 본거지를 두고 있는 마천방에서는 만민표국이 타격을 입은 틈을 타서 목이 좋고 장사가 잘되는 만평객잔을 노리고 있었다. 그래서 졸자들로 하여금 객잔에서 소란을 피우게 하여 손님들을 쫓아낸 다음 자신들이 영업권을 차지하려는 의도였는데, 뜻밖의 상황이 벌어지고 있는 것이었다.

졸자는 아직 기가 죽지 않은 듯 힘찬 목소리로 나불거렸다.

"두고 봐라, 이놈들! 조금 있다 우리 방주님만 오시면 니네 다 죽었어!"

"그래? 그럼 기다릴 것도 없지. 어디 한번 불러 와봐."

졸자는 갑자기 마비되었던 몸이 풀림을 느끼고는 벌떡 일어섰다.

그는 재빨리 문밖으로 튀어 나가며 외쳤다.

"방주님 오시면 지금과는 반대로 네놈들이 납죽 엎드려 싹싹 빌어야 할 것이다! 그전에 엎드리기 좋게 바닥이나 잘 닦아두어라!"

이각 후, 마천방의 방주는 아까 전 졸자가 취하던 자세 그대로 만평 객잔 바닥에 납죽 엎드려 있었다.

방주는 낮은 포복 자세로 열심히 입을 나불거렸다.

"제발 목숨만 살려주십시오. 이놈들이 아둔하고 멍청하여 초고수님 들을 몰라 뵈었습니다. 한 번만 봐주시면 다시는 이 근처에 얼씬도 하 지 않겠습니다."

정태승은 피식거리며 말했다.

"좋아, 그 거짓말 한 번만 믿어주지. 그러나 한 가지는 더 얘기해야 봐주든 말든 하겠어. 네놈들 말고 만민표국 계열의 객잔을 노리는 놈 들이 또 누가 있지?"

방주가 다급히 대답했다.

"아주 많습니다! 만민표국에서 워낙 터를 잘 잡아놓고 가꾼 터 라…… 여기보다 수수객잔이랑 은마객잔, 천금루 등을 노리는 방회들 이 훨씬 많습니다. 그나마 여기는 노리는 자가 적을 거라 예상해서 쳐 들어온 건데……."

정태승과 진소천은 걱정스러운 표정으로 마주 보았다.

"다른 조들은 잘하고 있는지 모르겠군."

만평객잔에서 소란이 있은 지 이틀 후, 만민표국에서 운영하고 있는 은마객잔.

"그럼 함 노사께서는 지원군을 데리러 나가신 거로군요?"

"그렇습니다. 대원수가 워낙 모자라니까요. 정우 놈이… 아니, 대주 가 쓸 만한 인맥이 있기는 한 거냐고 비아냥대니까 화가 나셔서는 '최 고의 방수를 데려올 테니 고마워서 절할 준비나 하고 있거라!' 하고 큰 소리를 치고 나가시더군요.”

터가 좋고 음식 맛이 정갈하여 늘 객들로 북적대는 객잔의 한구석에서 두 청년이 술대작을 벌이며 하는 말이었다.

키가 작고 얼굴이 조금 얽은 청년이 맞은편의 키 큰 청년에게 한 잔 따르며 말했다.

“그나저나 비영각에서는 연락이 왔습니까? 배에서 습격했던 놈들의 정체에 대한 어떤 정보라도…….”

“연락이 오긴 왔습니다만 특별한 것은 없었습니다. 맹의 분타와 관이 공조하여 수채를 급습했습니다만 저희가 예상한 바대로 남아 있는 것은 잔챙이뿐이었고, 놈들이 자백한 내용은 우리가 그 수적 놈에게서 얻은 정보와 대동소이했습니다. 적룡왕이 빈객들을 데리고 삼 개월 전쯤 수채에 합류했고, 그저 폭룡왕이 출동하자고 명하여 출동했을 따름이라는 것이지요.”

“결국 그 적룡왕이란 놈을 잡아야 의문이 풀리겠군요.”

“그렇습니다. 우리인지 알고 습격한 것인지, 우연인지 혹은 의도적인 것인지 그것을 알아야 적이 우리를 주시하고 있는 것인가 아닌가를 판별할 수 있으니까요.”

둘은 무거운 표정으로 침묵에 잠겼다. 시작부터 부딪쳤던 강력한 적, 과연 추적대인지 알고 습격한 것일까. 알았다면 대관절 어디까지 알고 있는 것일까. 정체를 알 수 없는 적에 대한 불안감이 가시질 않았다.

잠깐의 침묵이 흐른 후, 작은 청년이 분위기를 환기하려는 듯 술을 따라주며 입을 열었다.

“단 형, 아무리 생각해도 인생이 불공평한 것 같지 않소?”

다른 청년이 술을 받으며 말했다.

"예? 뭐가 말입니까?"

"어떤 놈은 이른 저녁부터 고급 주루에서 양쪽 겨드랑이에 여자 하나씩 끼고서 최고급 명주를 처마시고 앉아 있을 텐데, 어떤 놈들은 객잔 한구석에 처박혀서 맹물을 대작하며 술 먹는 흉내나 내고 앉아 있는 이 현실이 말이오."

키 큰 청년은 쓴웃음을 지으며 대꾸했다.

"어쩔 수 없지 않습니까. 대주님이야 워낙 내공이 높으셔서 술을 드셔도 취하지 않는다고 하시니……. 저희야 취한 채로 적의 습격에 대비할 수 있을 정도의 수준은 아니니까요."

작은 청년은 자신의 잔에 채워진 맹물을 술처럼 들이킨 후 말했다.

"캬~ 정말 기분 안 나는군! 내 정말 더러워서 고수가 되어야지! 그리고 술을 처마실 거면 지 혼자 처마시면 될 것이지 대관절 왜 소저들은 끼고 다니는 거야?"

같은 시각, 천금루.

은마객잔에 있던 작은 청년의 말처럼 웬 화화공자(花花公子) 하나가 가장 전망 좋은 자리에 앉아서 어여쁜 기녀 둘을 양쪽에 끼고서는 술을 홀짝이고 있었다.

그가 마시는 술은 소흥주를 숙성해서 만들었다는 소흥선양주라는 고급술이었다.

소흥선양주는 삼 년 이상 저장한 소흥주를 다시 담근 술로, 술을 재료로 다시 만든 술인지라 호사스러운 술로 유명했다.

화화공자는 왼쪽의 기녀가 따라주는 술을 냉큼 받아 마셨다.

"캬아~ 술맛 좋구먼!"

그러면서 그의 한 손이 슬그머니 오른쪽으로 뻗어 나갔다.

"어맛, 대주님! 어딜 만지는 거예요!"

화화공자의 오른쪽 옆에 앉은 기녀가 누가 들을세라 속삭이듯 외치는 말이었다.

화화공자가 오른팔로 그녀의 허리를 둘러 안은 것 때문에 그러는 듯했는데, 기녀답지 않게 얼굴이 새빨개져서는 화화공자의 팔에서 빠져나오려 바둥거렸다.

화화공자는 혀를 차며 그녀의 귀에 대고 속삭였다.

"어허, 현선 스님! 지금 스님은 기녀입니다, 기녀. 모시고 있는 공자한테 극진한 모습을 보여야죠. 이것도 엄연한 임무입니다. 기녀 노릇에 충실해 주시길."

화화공자는 말하면서 더욱 엉겨 붙었고, 기녀는 어쩔 줄 몰라 하며 움찔거렸다.

그러는 외중에 화화공자의 왼쪽에 앉아 있던 키 큰 기녀가 그에게로 찰싹 붙어왔다.

"아이, 공자님, 왜 그 아이만 이뻐하시는 거예요. 제가 훨씬 낫지 않아요?"

오른편 기녀에게 열심히 추파를 던지던 화화공자였지만 왼쪽 기녀가 붙어오자 조금 불편한 표정을 지었다. 그도 그럴 것이 두 기녀의 미색은 상당한 차이가 있었던 것이다.

화화공자는 붙어오는 왼쪽 기녀를 손으로 밀어내며 말했다.

"너는 그냥 술이나 따르는 게… 아으으으!"

갑자기 엄청난 통증이 왼팔을 향해 밀려들어 옴을 느낀 화화공자는 고통에 찬 신음을 남이 들을까 봐 이를 악물고 참아냈다.

왼쪽 기녀를 팔로 밀어낼 찰나, 기녀가 그의 팔을 잡더니 팔꿈치 부근의 소해혈을 꽉 눌렀던 것이다. 손가락으로 살짝 찌르기만 해도 찌르르 통증이 오는 혈을 엄지손가락에 잔뜩 힘을 줘서 꽉 눌러대니 비명이 아니 나올 수 없었다.

화화공자는 왼쪽 기녀에게 눈을 부라리며 나직하게 외쳤다.

"이게 무슨 짓입니까, 이 소저!"

왼쪽 기녀는 아무렇지도 않은 얼굴로 속삭였다.

"조금 취하신 것 같아서요. 정신 들게 하는 데는 혈을 누르는 게 최고거든요. 앞으로도 또 취한 듯한 행동을 하시면 왕왕 눌러 드리죠."

"으음……."

화화공자는 대꾸할 말을 잃었다. 그 뒤로도 오른쪽 기녀에게 무슨 짓거리를 하려 하기만 하면 왼쪽 기녀가 달려드니 당해낼 재간이 없었다.

그는 한숨을 내쉬며 중얼거렸다.

"한 소저나 현진 스님을 데려왔어야 하는데… 왜 하필 이 소저랑 같은 조가 되어서……."

"지금 뭐라고 하셨죠?"

왼쪽 기녀가 묻는 말에 화화공자는 화들짝 놀라 얼버무렸다.

"아, 아무것도 아닙니다. 소저랑 같은 조가 되어서 좋다구요."

"어머, 무슨 그런 당연한 말씀을."

'뻔뻔한 것!'

화화공자가 속으로 기녀에게 갖은 욕을 해대는 찰나, 한 사내가 술병을 잡고 비틀거리며 다가왔다.

보아하니 아까 전부터 중앙 탁자를 차지하고 떠들썩하게 술판을 벌이던 무리 중에 하나였다.

사내는 변소라도 가는 듯 비틀거리며 탁자를 지나치다가 힐끔 화화공자와 기녀들을 보더니 손으로 탁자를 쾅 하고 내려쳤다.

"어이, 형씨!"

화화공자를 부르는 것이었지만 화화공자는 그에게 대꾸하지 않고 양 옆의 기녀들에게 나직하게 소곤거렸다.

"시비 걸러 온 놈인 모양인데?"

왼쪽 기녀가 고개를 끄덕였다.

"이놈 동료들도 모두 칼을 차고 있는 걸로 보아 그런 것 같군요."

화화공자가 자신을 쳐다보지도 않자 사내는 인상을 쓰며 다시 탁자를 두들겼다.

"어이, 형씨, 사람 말이 말 같지 않나?"

그제야 화화공자는 힐끔 사내를 보며 입을 열었다.

"왜 그러시는지요?"

사내는 그가 아니꼬운 듯 눈을 치뜨며 말했다.

"형씨가 참 부러워서 말이야. 어떻게 하면 그렇게 비싼 옷을 입고 비싼 술을 마시고 비싼 여자를 끼고 다닐 수가 있는지, 그 요령 좀 나한테 가르쳐 줄 수 없나?"

명백히 시비를 거는 말이었지만 화화공자는 웃으며 답했다.

"그야 간단하지요. 고급 옷가게에 가서 비싼 옷을 사면 되고, 여기 와서 비싼 술을 주문하면 되고, 기루에 가서 제일 비싼 기녀를 부르면 되는 것입니다."

잠시 어리둥절해하던 사내는 대답의 뜻을 파악하고는 곧 화를 버럭

냈다.

"제미럴, 그걸 누가 몰라서 묻나! 이런 육시럴 놈 같으니, 지금 돈 있다고 뻐기는 거야?"

사내는 분을 참지 못하고 차고 있던 칼을 빼 들려 했다. 그때 화화공자가 다급히 손을 들며 외쳤다.

"잠깐!"

"뭐야?"

"굳이 아까 말씀하신 것들이 부럽다면 제가 드리겠습니다."

"뭐?"

화화공자는 술병을 내밀며 말했다.

"여기 고급 술이 있으니 가져가서 드십시오. 옷은 지금 입고 있으니 벗어드릴 수는 없지만, 여자는 드리지요. 여기 애 가져가셔도 좋습니다."

그러면서 왼쪽 편 기녀를 사내 쪽으로 툭 미는 것이었다.

사내가 뭐라 대답할 새도 없이 왼쪽 기녀가 발끈해서 외쳤다.

"대… 아니, 공자님! 무슨 짓이에요?"

화화공자는 찔끔한 표정을 짓다가 기녀만 들을 수 있게 목소리를 낮추어 대꾸했다.

"아니, 그게… 내가 강조했지 않소? 주루에 피해가 가지 않게 말끔히 처리하는 것이 최우선 준수 사항이라고……. 그러니 소저가 저놈을 데리고 나가서 조용히 처리하면 같이 온 놈들도 따라 나갈 것이고……."

화가 나서 인상을 박박 긁고 있던 기녀는 화화공자가 말도 안 되는 소리를 하고 있다는 것을 알았지만 명색이 대주이니 말을 들어주기로 마음을 고쳐 먹었다.

그녀는 인상을 펴며 술병을 들고 일어서서 사내에게 다정스레 말했다.

"대협! 공자가 허락하셨으니 저랑 같이 나가요!"

예상치 못한 돌발 상황에 어리둥절해하던 사내는 화화공자 옆에 있던 기녀와 일어선 기녀를 번갈아 보더니 멍청한 표정으로 말했다.

"저기… 이왕 줄 거면 저쪽에 앉아 있는 애가 나은데……."

그 말에 아까부터 성질을 꾹꾹 누르고 있던 왼쪽 기녀의 화가 폭발했다.

"이런 멍청하다 못해 보는 눈까지 없는 놈!"

말과 함께 솟구친 그녀의 발이 사내의 배를 정확히 강타했고, 걷어채인 사내의 몸은 붕 떠서 사내 동료들이 있는 곳까지 날아가 탁자 위에 떨어져 내렸다.

우당탕, 쿵쾅!

탁자가 무너지며 깨진 그릇들이 사방으로 튀는 가운데, 앉아 있던 사내의 동료들이 모두 벌떡 일어나 칼을 빼 들었다.

그러나 그들이 달려들기도 전에 사내를 걷어찼던 기녀가 득달같이 달려들었다.

그녀는 달려가는 길에 집어 든 긴 의자를 휘두르며 사내들 속으로 뛰어들었다.

분노를 폭발시키는 그녀의 의자 공격에 사내들은 빼 든 칼을 휘두를 새도 없이 얻어터지고 나가떨어지기 일쑤였고, 장장 일 다경 동안 매타작이 이어졌다.

화화공자는 긴 의자로 사내들을 패고 있는 기녀를 보며 가슴을 쓸어

내렸다.

만일 사내의 동료들이 없었다면 지금쯤 자신이 저 의자로 맞고 있었을지도 모르지 않은가?

장시간에 걸친 보리 타작이 끝난 후 처참한 잔해들을 바라보며 화화공자는 혀를 찼다.

"내 그렇게 일렀거늘…… 주루 기물은 되도록 파손하지 말라고 말이오. 이게 뭡니까?"

그의 말처럼 주루 꼴은 말이 아니었다. 의자 든 기녀가 사내들을 패면서 워낙 무식하게 의자를 휘두른 통에 일층에 있던 가구의 절반은 부서진 상황이었다.

그러나 정작 사건의 당사자는 당당한 표정이었다. 기녀는 웃음기까지 띤 얼굴로 말했다.

"싸움이 일어나다 보면 이럴 수도 있고 저럴 수도 있는 법이지요. 보는 눈도 없는 놈들을 징벌하는 과정에서 생긴 피해이니 어쩔 수 없잖아요?"

'이런 뻔뻔한……'

끝까지 자신의 외모보다는 사내의 보는 눈 탓을 하는 것을 보면 보통 철면피가 아니었다.

"어쨌든 오늘 일은 이것으로 종료된 것 같군. 요놈들 본거지로 대원들과 표사들이 쳐들어갔으니 결과를 물어오겠지만 이놈들 무위로 봐서는 또 허탕일 것 같은데……."

화화공자로 분장하고 있던 맹정우의 말이었다.

지난 열흘간 추적대는 다섯 개의 객잔, 주루에 순번을 짜서 돌아가며 손님으로 잠입해 있었다.

이제껏 세 군데의 객잔과 한 군데의 주루에서 다섯 번의 시비가 있었고, 시비를 걸어 만민표국의 객잔을 빼앗으려던 방파들의 본거지까지 모두 쳐들어가 제압했다.

대원이 고작 열다섯 명뿐이었음에도 불구하고 올린 놀라운 전과였으나, 역으로 말하면 그만큼 객잔을 노리던 흑도방파들의 수준이 낮다는 것을 의미했다. 그저 하오문 수준을 약간 벗어난 지역 방파들이 패가망신 직전인 만민표국의 객잔을 한번 먹어보겠다고 용을 쓴 것에 지나지 않았다.

그들의 전력, 금력 등을 따져 볼 때 흑월회 같은 청부 단체를 고용하여 만민표국의 표행을 몰살시킨 용의자라고는 도저히 볼 수 없었다.

오늘 걸린 제금방이라는 놈들도 마찬가지. 칼질 한 번 제대로 못해보고 이비향에게 얻어터지는 꼴을 보아하니 남은 놈들의 무위도 훤히 예상할 수 있었다.

맹정우와 기녀로 분장하고 있던 이비향, 현선은 상황이 종료된 천금루를 나섰다.

이비향이 밖으로 나오는 도중에 맹정우에게 말했다.

"참, 대주님. 단 공자와 진 공자, 정 대협이 아까 그놈들 본거지로 쳐들어가셨으니 황룡루에 남은 인원이 한 명뿐인데… 우리가 대신 가서 지켜야 하지 않을까요?"

황룡루는 만민표국의 다섯 객잔 가운데 유일하게 아직 아무 소동도 없는 곳이었다.

"그런가… 그럼 가봐야겠군요. 거기 남아 있는 한 명이 누구죠?"

"은 소저요."

맹정우는 난감한 표정을 지었다. 얼굴 대면하고 한 탁자에 앉아 장시간 있어야 하는 임무의 특성상, 자신과의 사연이 많은 은소예와 같이하기는 매우 거북스러운 일이었다.

그래서 조를 짤 때도 그녀를 요리조리 피해 들어가도록 편성을 했었는데, 하필 오늘 터진 일로 인해 빼도 박도 못할 듯싶었다.

맹정우는 어렵사리 입을 열었다.

"저… 제가 좀 피곤해서 그러는데, 두 분 소저께서 좀 가주시면 안 될까요? 저는 좀 들어가서 쉬었으면 하는데……."

잔머리를 굴려보았지만 아까의 원한도 있는 이비향이 그냥 넘어갈 리가 없었다.

"어머머! 대주님, 정말 실망이에요. 위부터 모범을 보여야 아래가 잘 따라간다는 진리도 모르시나요? 대주님, 이때껏 본거지 습격 때도 한 번도 안 끼셨잖아요. 저희는 청사방과 교룡회 본거지 쳐들어갈 때 이 아녀자의 연약한 몸을 이끌고 동참했었다구요. 그런데 오늘도 또 빼시겠다고요? 쉬려면 저희가 쉬어야지 대주님이 그러시면 안 되죠!"

'연약하긴 개뿔이……. 나라도 그 길쭉한 의자를 한 식경씩 휘두르진 못할 거다.'

속으로 투덜대는 맹정우였지만 이비향의 지적에 대꾸할 건덕지를 찾지는 못했다. 어쩌다 보니 그가 잠복해 있던 곳에서 먼 쪽의 객잔에서 죄다 일이 터지는 바람에 공교롭게도 큰 싸움에 한 번도 참여하지 못했던 것이다.

맹정우는 어쩔 수 없다는 듯 말했다.

"그럼 이 소저는 가서 쉬시고… 저랑 현선 스님 둘이서……."

다시 한 번 잔머리를 굴렸지만 어림도 없었다. 어찌할 바를 모르고

우물쭈물하는 현선을 이비향은 독수리가 병아리 낚아채듯 채가 버렸
다.

결국 맹정우 혼자 털레털레 황룡루로 걸어갈 수밖에 없었다.

한참을 걸어 번화가의 끝자락에 위치한 황룡루에 들어서니 묘한 광
경이 벌어지고 있었다.

주루 한구석에 앉아 있는 은소예 앞에서 두 청년이 집적대는 것이
보였던 것이다.

"소저, 무슨 큰 실례를 범한 것도 아니고 잠시 합석만 하자는 것이었
는데, 말이 조금 심하지 않소!"

한 청년이 흥분하여 말하고 있었고 그 옆의 청년은 여유롭게 부채를
살랑거리며 그를 만류했다.

"허허, 석성! 아름다운 꽃에는 가시가 있다는 말도 못 들어보았는가.
이처럼 아름다운 소저께서 홀로 고독을 즐기고 계시는데 그것을 방해
한 우리 잘못이 크지. 자자, 소저. 우리가 백 배 사죄하겠소. 사죄의 뜻
에서 술이라도 한잔 사드리고 싶은데, 이번에는 합석을 허락하심이 어
떨지?"

은소예는 부채청년의 느끼한 말이 역겨운 듯 인상을 쓰며 한마디 내
뱉었다.

"꺼지라고 한 말 못 들었니?"

청년들의 표정이 한꺼번에 굳어졌다.

이들은 중경의 부유한 대상의 자제들로, 고급 주루인 황룡루에 놀러
왔다가 혼자 앉아 있는 은소예를 보고 그 아름다움에 반해 수작을 걸
고 있었다. 그런데 은소예가 두 번씩이나 꺼지라는 말을 하니 자존심
이 상하지 않을 수 없었다.

꼭 아버지가 누구란 얘기 안 해도 비단옷에 옥대를 찬 화려한 차림 새에 번듯한 외모까지 갖춘 터라 중경 이공자라고 칭해지며 뭇 여인들 이 줄을 서서 따르는 이들이었기에 이처럼 여인에게 무시당한 적이 없 었기 때문이다.

"보자 보자 하니……!"

석성이 다시금 화를 터뜨릴 찰나, 누군가가 그의 어깨를 툭툭 쳤다.

고개를 돌리니 자기 또래의 웬 청년 하나가 서 있었다.

"뭐야, 넌?"

맹정우가 대답했다.

"이 여자 애인."

그러면서 맹정우는 두 청년 사이를 지나쳐 은소예 앞에 털썩 앉았 다.

그리고는 고개를 돌려 두 청년에게 말했다.

"볼일 다 봤으면 그만 가주지 않겠나?"

두 청년은 순간 머쓱해져서 어찌할 바를 몰랐다. 평소 성질대로라면 당연히 상대에게 화를 내고 시비를 걸어야겠지만 왠지 모를 위압감이 들어 그러지도 못했다.

방금 앉은 청년은 자신들 못지않은 화려한 옷차림―현재 화화공자로 꾸미고 있었기에―에다가 생긴 것도 매우 귀티나게 보이는 것이 고관대 작의 자제 같았다. 게다가 여자의 애인이라 자처하니 명분을 따져 봐 도 남자 있는 여자에게 찝쩍댄 자신들의 잘못이 컸다.

결국 두 청년은 뻘쭘한 표정으로 물러날 수밖에 없었다.

청년들이 물러난 후 은소예는 기가 차다는 듯 한마디를 던졌다.

"뭐야, 넌? 왜 갑자기 와서 말 같지도 않은 말을 내뱉는 거지?"

맹정우는 어이없다는 듯한 표정으로 말했다.

"하여간 대주한테 말버릇하고는……. 이봐, 여기서 내가 애인이라고 하지 않았다면 저놈들이 순순히 물러났을 것 같아? 딱 봐도 부유한 집에서 버릇없이 자란 티가 팍팍 나잖아. 저런 놈들은 인생이 항상 지들 뜻대로 되지 않으면 안 되는 놈들이라고. 보나마나 무슨 트집을 잡아서라도 나를 쫓아내고 너한테 계속 찝쩍거렸을걸?"

"흥! 그깟 놈들 계속 붙어 달리면 배에다가 검을 쑤셔 버리지 뭐."

살벌한 말에 맹정우는 혀를 찼다.

"이봐, 내가 신신당부했잖아. 지금 우리 임무는 가급적 조용히, 주루에 피해가 가지 않게 하는 것이 최선이라고. 우리가 노리고 있는 대상이 아니라면 여기서는 검보다는 말이 먼저여야 해."

모처럼 진지하게 하는 얘기였지만 은소예는 그를 외면하며 코웃음 칠 따름이었다.

대화가 단절된 이후 어색한 침묵의 시간이 한참 흘렀다.

맹정우는 시선을 다른 곳으로 향하고 있는 은소예를 찬찬히 살펴볼 기회를 가졌다.

허리까지 내려온 흑단 같은 머리, 붓으로 그린 듯한 눈썹, 흑요석 같은 눈동자, 완벽한 각도를 그려내는 코, 주사를 칠한 듯한 붉디붉은 입술까지…… 이제껏 지금처럼 제대로 오랫동안 얼굴을 쳐다본 기억이 없었기에 지금에야 비로소 그녀가 얼마나 미인인지 깨달을 수 있었다.

맹정우가 자신을 쳐다보는 것을 눈치챈듯 은소예의 시선이 그에게로 향했다.

눈과 눈이 마주치자 은소예는 지지 않겠다는 듯 시선을 돌리지 않았다.

흑요석같이 까만 눈동자가 뚫어져라 자신을 응시하자 외려 거북해진 맹정우가 이번에는 시선을 돌려 버렸다.

맹정우는 가벼운 한숨을 내쉰 후 다시 그녀를 보며 말했다.

"이봐, 정말 궁금한 게 있는데 말이야."

그녀와 독대하길 꺼렸던 맹정우지만 이왕 이렇게 마주 앉은 김에 이 골치 아픈 여인과 확실히 매듭을 짓고 싶었다.

"대관절 무슨 이유로 여기까지 따라온 것인지 도저히 이해가 안 가서 말이지. 형산에서 잠시 동고동락했다고 해서 무슨 애틋한 동지애가 생겼다고 볼 수도 없고, 강호사미라지만 한영영 소저와 친분이 있었던 것도 아니고, 그렇다면 결국 나 때문에 여기까지 온 것이 아닌가, 하는 생각이 들거든? 그게 증오든 혹은 다른 이유에서든 말이지."

나 때문에 여기까지 온 것이 아니냐는 마지막 말에 '헛소리하고 있네' 같은 날카로운 반박이 나올 것을 예상했지만 뜻밖에도 은소예는 순순히 고개를 끄덕였다.

"그래, 내가 여기까지 온 것은 당신 때문이야."

의외의 긍정에 오히려 맹정우가 당황했다.

"그, 그래? 나 때문이라고?"

은소예는 작심한 듯 눈을 빛내며 말했다.

"그래, 바로 맹정우, 너 때문이야."

잠시 그녀를 응시하던 맹정우는 다시 입을 열었다.

"그렇다면 내게 뭔가 바라는 것이 있나? 하다못해 죽기를 바란다던가……."

은소예는 모처럼 피식 웃었다.

"그간 별로 인정하고 싶진 않았지만, 당신이 내 목숨을 구해준 것만

큼은 사실이야. 그러니 죽는 꼴 보겠다고 따라온 것은 아니지. 그러
나…….”

맹정우를 보는 은소예의 눈빛이 갑자기 강렬해졌다.

“나에게 행한 짓을 잊었다는 뜻은 아니니 너무 좋아하지 말아. 다
만… 애당초 당신의 의도 자체가 나쁘지는 않았던 것 같아. 지금까지
따라다니면서 당신의 행동을 주시하며 판단한 결과야. 지금껏 쫓아다
닌 것은 어찌 보면 당신의 성정을 판단하기 위함이라고 보면 될 거야.
조금이라도 사악한 놈이라는 기미가 보였다면 벌써 내가 검을 뽑았을
거야. 내 무위가 부족하다 해도 최소한 동귀어진은 했겠지.”

여기까지 듣자 맹정우는 소름이 돋았다. 그녀의 말대로라면 이제껏
등 뒤에 칼 하나를 달고 다녔다는 얘기 아닌가.

“섬서나 하북팽가에서 있었던 일은 얘기만 들었지만, 형산에서 직접
눈으로 보았던 삼파의 청년들을 구해내는 과정, 또 여기 와서 망해 버
리기 일보 직전이던 표국과 객잔들을 신경 쓰는 모습까지는 그런대로
괜찮았어. 내 기준에 비춰볼 때 죽여야 될 놈은 아니었단 말이야. 그러
나…… 추후에라도 내 눈에 어긋나는 행동을 한다면, 주저없이 칼을
뽑겠어.”

맹정우는 입을 딱 벌렸다. 칼을 뽑겠다는 마지막 말을 할 적의 은소
예의 눈은 살기까지 감돌고 있었던 것이다.

“이봐, 어째서 내가 네 기준에 맞춰야 하지? 대관절 내가 어째서 너
를 신경 쓰며 네 입맛에 맞는 삶을 살아야 하냐고! 너는 내 죽는 꼴 보
지 않겠다고 하면서 어째서 네가 직접 죽일 생각은 하는 거냐? 대체
왜?”

은소예는 잠시 아무런 대답도 하지 않았다. 그녀는 뚫어져라 쳐다보

는 맹정우의 눈을 슬그머니 외면하더니 얼굴에 살짝 홍조까지 띠며 대답했다.

"몰라서 물어? 그…… 것까지 했으니 당연히 네가 날 책임져야 할 것 아냐. 그러니 네가 내 낭군이 될 자격이 있는지 지켜보는 것이 당연하지. 만일 그 자격이 없다고 판단되면, 정말 세상에 득될 것이 없는 놈이라면…… 부부는 일심동체이니 같이 죽는 거지 뭐."

쿠쿵!

맹정우의 귀에 벼락이 쳤다.

그간 수많은 애정 행각을 벌이면서 코가 꿰인 적은 꽤 여러 번 있었다. 그러나 그때마다 신묘한 화술과 임기응변으로 꿰인 코를 빼며 도망친 그였는데, 지금 같은 강적은 처음이었다. 마음에 안 들면 같이 죽겠다니! 별호가 화화선녀라더니 진정 화끈하다 못해 폭발할 지경이었다.

맹정우는 이 위기를 벗어날 신묘한 계측을 짜내려 부단히 잔머리를 굴렸다.

"자, 잠깐만. 그래, 부부가 일심동체이고 네 기준에 따라 나를 판단하겠다, 그것까지는 좋다고 치자. 그렇다면 내가 너를 판단할 기회도 줘야 공평한 것 아냐, 안 그래?"

잠시 얼떨떨한 표정이던 은소예는 무심코 고개를 끄덕였다.

"……그렇긴 하지."

"좋아, 그렇다면 말하지. 내 기준은 간단해. 나는 누구든지 자기 기준으로 다른 사람을 판단하는 행위 자체를 지극히 싫어하는 사람이야. 한 가지 물어보자. 네가 나를 죽이고 살리고 하겠다는 판단 기준의 근거는 뭐지? 도덕적 잣대인가?"

은소예는 고개를 끄덕였다.

"그렇다고 볼 수도 있지."

"좋아. 그런데 그건 어디까지나 네 도덕적 잣대, 네 가치관일 뿐이야. 나는 너와 아주 다른 환경에서 자라온 사람이라고. 환경이 다른 사람은 사고방식도 지극히 달라. 네가 정말 중요시 여기는 것을 내가 아주 하찮게 여길 수도 있고, 또 그 반대일 수도 있는 거야. 그런 차이를 무시하고 그저 네 마음에 들지 않게 행동하면 찔러 버리겠다는 얘기인가?"

은소예는 잠시 아무 말이 없다가 고개를 저었다.

"그 정도 차이도 내가 변별해 내지 못하리라고 생각해? 이제껏 봐온 네 행동이 마냥 내 마음에 들었던 것도 아니야. 특히 추적대의 여자들, 심지어 비구니에게까지 찝쩍대는 것은 정말 못 봐주겠더군."

맹정우는 뜨끔한 표정을 지었다. 그런 것까지 세세히 살피고 있었던가?

"내가 널 죽이고자 한다면 그건 네가 협의 길에서 벗어났을 때일 거야. 나는 내 낭군이 되는 사람이 대협 소리는 못 들어도 최소한 협의지사 소리는 들어야 한다고 생각해. 악행을 저지르는 것 따위는 말할 필요도 없고, 사사로운 이익에 사로잡혀 대의를 외면한다면 그 또한 용납할 수 없어. 그러나 그 외의 소소한 잘못은…… 차차 내가 고쳐 주면 되지 뭐."

맹정우는 골치가 아픈 듯 한 손으로 이마를 문질렀다.

코가 꿰여도 보통 심하게 꿰인 것이 아닌 듯했다. 그저 철부지 같은 심성으로 억지를 쓰는 거라면 시간을 갖고 살살 달래면 다 떨어뜨릴 수가 있지만 이 여자는 보기보다 생각이 깊었다. 똑똑하면 똑똑할수록 떼어내기는 더 골치 아프다.

은소예의 마지막 말은 이미 그의 가치관과 궤를 달리하고 있었다.

맹정우는 세상이야 어떻게 돌아가든 자신에게 이익이 돌아온다면 딱히 신경 쓸 것 없다는 주의였다. 대의를 외면하고 자시고 하는 것은 따질 것도 없는 것이, 힘겹게 살아온 그에게 있어서 누구도 그런 것을 요구한 적도 없고, 그 자신도 의식한 적이 없었기 때문이다.

그러나 현 상황에서 은소예에게 '너의 생각은 나와 다르다' 라고 지적할 수는 없었다. 왜냐하면 현재 그의 위치는 대의나 협의 따위 의식할 필요 없이 열심히 살기만 하면 되는 한량이 아닌 강호의 협객— 그 중에서도 온 무림의 기대를 한 몸에 받고 있는 청년 영웅이었기 때문이다.

당장 이러한 지위를 때려치울 마음이 없는 이상 대의명분을 지키려 애쓰는 모습을 보여야만 했고, 그렇기에 은소예의 생각이 자신과 다르다고 지적할 수도 없었다.

'염병, 이제 등에다 칼까지 달고 영웅 노릇을 해야 할 판이군.'

문득 자신의 신세가 고달파지는 맹정우였다.

제8장

영웅은 탁월한 통찰력으로 범인(凡人)이
놓친 중요한 사실들을 재발견한다

영웅은 탁월한 통찰력으로 범인(凡人)이
놓친 중요한 사실들을 재발견한다

그날 황룡루에서는 아무 일도 발생하지 않았지만 그 이후 비슷한 사건이 두 차례 정도 더 발생했다. 그 건까지 말끔히 정리된 후 만민표국이 부활했다는 소문이 돌면서 더 이상 인근 흑도방파들의 시비는 없어졌다.

시비가 끊길 무렵 만민표국 본장에서는 추적대 회의가 열렸다.

회의 개최 직전, 만민표국 계열 객잔의 총책임자 상관호가 달덩이같이 밝은 얼굴로 찾아와 객잔을 보호해 준 아미파 제자들—그는 추적대를 모두 아미 제자로 알고 있었다—에게 감사를 표했다.

특히 책임자로 꼽힌 맹정우에게 거듭 감사했는데, 맹정우는 별말씀을 다 하신다면서 부끄러우니 안에 들어가 얘기하자며 그의 손을 붙잡고 자신의 방으로 끌고 들어갔다.

방으로 들어갔다 나온 상관호의 얼굴은 그 밝기가 약간 가신 반면,

맹정우의 얼굴은 몹시 밝아져 있었다.

안에서 무슨 일이 있었는지 짐작한 방구병이 날카로운 눈초리를 맹정우에게 쏘아 보냈지만 맹정우는 애써 무시하며 회의를 개시했다.

회의가 시작되었고 단엽이 먼저 일어서서 그간의 상황 보고를 했다.

"이틀 전의 흑묘방까지 총 다섯 곳의 방회에서 만민표국 계열 객잔을 노리고 습격을 했었습니다. 그리고 대원들과 표사들의 활약으로 다섯 곳 모두를 징치(懲治)하고 다시는 객잔을 노리지 않겠다는 각서까지 받아내었습니다. 이로서 만민표국도 어느 정도 안정을 찾지 않을까 싶습니다."

정태승이 말했다.

"지금 우리의 목적은 이 만민표국의 안정이 아니지 않소? 그놈들과 흑월회의 상관 관계는 어떻소?"

단엽이 말을 이었다.

"정 대협의 지적처럼 우리가 만민표국 계열의 객잔에 주둔하면서 그곳을 노리는 세력을 다스린 것은 흑월회와의 연관성, 혹은 흑월회에 표행의 습격을 청부한 자와의 연관성을 캐내기 위함이었습니다. 그러나 애석하게도 객잔을 노렸던 다섯 곳 모두 하오문 수준을 간신히 웃도는 이류급 방파들이었습니다. 흑월회 같은 정에 조직을 값비싸게 부릴 정도의 여력은 전혀 없다는 것이 저의 분석입니다."

나머지 대원들도 그의 분석에 토를 달지 않았다. 객잔을 노린 흑도 방파들을 응징하면서 이미 몸으로 그들의 실력을 충분히 느낄 수 있었기에.

"여기 말고 흑월회가 또 다른 활동을 했다는 소문은 없소?"

"구체적인 소문은 없습니다만 최근 철혈방의 섬서 진출로 인해 용담

호혈로 변해 버린 이곳인지라 사건 사고가 끊이질 않고 있습니다. 그 와중에 제법 강한 세력이나 고수가 죽어가는 일도 비일비재하고요. 오늘 아침 도착한 비영각의 보고서에 최근의 사건 일지가 기록되어 있습니다. 다만 구체적인 인과 관계까지는 밝혀져 있지 않은 것이 대부분이어서 흑월회의 연관성 부분은 추후 이차 보고가 들어와야 알 수 있겠습니다."

"지원군은 어떻게 되었소? 아미파의 세 소저가 보강되긴 했으나 이 인원 가지고서 제대로 된 활동을 하기는 어려운 판국인데……."

단엽은 난감한 표정을 지으며 말했다.

"맹에서도 애를 쓰고 있는 모양입니다만, 지금 맹의 전 인원을 풀어 강북 전체를 이 잡듯 뒤지고 있는 형편인지라 여기까지 인원을 차출하기가 몹시 어려운 듯합니다. 이곳 추적대는 아무래도 주력이라기보다는 보조적인 역할이니까요. 지원군은 조금 더 기다려야 할 것 같습니다."

그 이후로 논의가 계속되었지만 정보도 부족하고 인력도 부족한 상황이기에 딱히 새로운 제안이 나올 수가 없었다.

여기서 좀 더 기다리며 비영각의 정보와 맹의 지원을 기다리자는 결론으로 회의는 끝나 버렸다.

회의 종료 후 자신의 거처로 돌아온 맹정우는 내내 참았던 하품과 기지개를 마음껏 하며 침상에 몸을 던졌다.

그는 누운 채로 천장을 바라보며 곰곰이 생각했다.

'참 지루한 일이군. 무슨 돈벌이가 되는 것도 아니고, 실체도 없어 보이는 놈들 무작정 언제까지 쫓아다니라는 건지…….'

비록 그 자신은 이천 냥을 받기로 하고 계약서까지 쓰고 하는 일이었지만 쫓고 있는 놈들의 머리털 하나도 발견하지 못한 채 마냥 기다리는 상황이 되고 보니 재미가 하나도 없었다. 만약 이 상황이 오래 지속된다면 대관절 언제 임무를 마치고 돈을 받을 수 있단 말인가.

'설마 이러다가 이 일이 몇 년 걸리는 거 아냐?'

맹정우는 문득 불길한 생각이 들기 시작했다.

무림맹과 구파일방의 정예가 총출동하여 강북을 샅샅이 뒤지고 있는 지도 벌써 삼 개월이 넘었다. 그러나 아직 귀령곡의 흔적조차 발견하지 못했다고 하는데, 여기서도 일이 풀리는 꼬락서니를 보아하니 금세 적의 꼬리를 잡아내기 어려울 듯싶었다.

'몇 개월도 아니고 몇 년이라면, 현재 나의 위치로 따져 볼 때 이천 냥이 결코 비싼 몸값이 아닌데……'

그의 생각처럼 현 강호에서 일검탈명 맹정우의 명성이라면 칠패 정도의 세력에서 얼마든지 더 비싼 보수를 받고 일할 수 있었다.

그러나 현재 자신의 처지는 계약서 한 장에 매인 몸, 용의주도한 함 영감은 계약 파기 시 위약금 조항까지 넣어놓은 상태! 사건이 일단락될 때까지는 빼도 박도 못할 형편이었다.

'망할 영감 같으니……. 이렇게 된 이상 이 사건 해결에 최선을 다할 수밖에 없다는 얘기로군.'

맹정우는 속으로 함토리 욕을 하며 몸을 벌떡 일으켰다. 그리고는 눈앞의 탁자에 놓여 있는 서류를 펼쳐 들었다.

비영각에서 보냈다며 단엽이 건네준 보고서들이었다.

사천 지역 전체 동향을 서술한 보고서와 최근 이 근방에서 벌어진 사건 사고에 관한 보고서였다.

단엽에게 건네받은 후 바로 탁자 위에 던져 놓고 일별하지도 않았었으나 이왕 사건을 빨리 해결하겠다고 마음을 먹었으니 한번 자세히 읽어봐야 할 듯싶었다.

그렇게 마음을 다잡고 한동안 찬찬히 서류를 넘기던 맹정우의 손이 어느 순간 한곳에서 딱 멈춰졌고, 그의 눈이 번득였다. 막 방으로 들어서던 방구병이 눈에서 검기가 뿜어져 나온다며 놀랄 정도로.

다음날, 맹정우는 긴급 회의를 열겠다며 대원들을 소집했다.

전날 회의에서 큰 소득이 없었는데 또다시 회의를 열겠다 하니 대원들은 의아해하며 모여들었다.

회의에서 맹정우는 자신의 계획을 공표했고, 듣고 있던 모든 대원들은 대경실색했다.

추적대를 가지고 살수 단체를 하나 만들겠다고 하니 놀라지 않을 대원이 없었다.

당연히 강력한 반발의 목소리가 흘러나왔다.

"그, 그렇다면 사람을 죽이자는 말입니까?"

"그것도 다 대책이 있습니다, 결코 무고한 사람은 해하지 않을."

"하오나……."

갑론을박이 벌어졌으나 맹정우는 자신의 고집을 굽히지 않고 강력하게 밀어붙였다.

그의 설명이 이어지자 처음에는 극력 반대하던 대원들도 조금씩 동화되기 시작했다.

"그렇다면 그 대책을 명확히 설명해 주셔야……."

"지금은 아까 말씀드린 원론적인 대책 외에는 구체적으로 말씀드리기 어렵습니다. 그 점은 양해해 주시길 바라오."

결국 대주의 강력한 주장에 대원들이 한 발짝 물러섰다.

살수 단체로 활동하며 흑월회를 자극시키자는 제안, 그렇게 하면 추적대로 그들을 쫓는 것과는 전혀 다른 방식으로, 경쟁자로서 맞부딪치게 될 것이라는 발상이 일견 그럴듯해 보였기 때문이었다.

"어이, 대주. 진짜 살수 단체로 나설 참이야?"

회의가 끝난 후 방으로 쫓아와 묻는 방구병에게 맹정우가 대답했다.

"그럼. 이렇게 된 마당에 망설일 게 뭐겠냐."

"그럼 청부받아서 사람도 죽일 거야?"

맹정우는 귀찮다는 듯 대꾸했다.

"아까 회의 때 말하는 것 못 들었냐. 다 대책이 있다고 했잖아."

"네가 직접 나서서 청부를 가려서 받고 죽어 마땅한 자에게만 살업을 행할 계획이라는 거짓말 말이냐? 그게 말도 안 되는 얘기란 거 너도 잘 알고 있잖아? 자, 이 형님한테까지 구라칠 생각 말고 솔직히 이실직고해라. 대관절 무슨 꿍꿍이 속이냐?"

맹정우는 못 들은 척하고 침상에 고개를 박아버렸지만 끈덕진 방구병은 계속 옆에서 그를 채근했다.

그의 성화에 결국 맹정우는 자는 것을 포기하고 몸을 일으켜야 했다.

"그놈 참 귀찮군. 좋아, 어차피 곧 알게 될 일, 너 먼저 가르쳐 주마. 우선 청부를 가려 받겠다는 말은 사실이다. 우리가 해야 할 청부는 딱 네 가지, 그뿐이다."

"네 가지? 겨우 고거 가지고 흑월회를 자극할 수 있겠나?"

"멍청하긴. 잘 들어라. 명성이란 것은 일의 횟수가 아니라 일의 비중에 따라 붙는 것이다. 골백번 살행을 해봐야 살해 대상이 모두 이름이 알려지지 않은 무명이라면 그 살수는 절대 유명해질 수 없다. 그러나 단 한 번 살행을 해도 그 살해 대상자가 천하제일인이었다면 그 살수는 단박에 천하제일 살수가 되겠지.”

“어쭈? 그럴듯한데? 그럼 그 네 가지가 단박에 우리 청부 단체의 명성을 올릴 수 있을 정도의 일이라는 거야?”

“그렇지! 바로 사천의 사대청부(四大請負)라고 하는 일이다.”

“사천의 사대청부?”

“어제 단엽에게 받아본 최근 사천의 동향에 관련된 보고서에서 본 것인데, 이 사천 땅에는 어마어마한 액수가 걸린 청부 일이 네 가지 있다더군. 그런데 그 네 가지 청부를 아직까지 완수한 자가 단 한 명도 없다는 거야. 만약 우리가 그 청부를 받아 완수할 수 있다면 우리가 만든 청부 단체의 명성은 단숨에 올라가겠지.”

맹정우는 보고서의 사대청부 부분을 펼쳐 방구병에게 보여주었다.

“응? 여기는 삼대난제라고 나와 있는데? 사대청부는 어디 있는 거야?”

“내가 하나 덧붙였다. 일단 그 세 개부터 읽어봐.”

보고서에는 사천의 삼대난제란 것이 적혀 있었다.

첫 번째, 사천삼대갑부 중에 하나라 일컬어지는 만금산장(萬金山莊)의 주인인 왕추봉(王秋峯)은 자신의 지병을 고치기 위해 최대의 영약이라는 만령진액(滿靈眞液)을 찾고 있었는데, 누구든지 이 약을 찾아오는 이는 어마어마한 포상을 한다고 공언하고 있었다. 그러나 공포한 지 오 년이 지나도록 아직 그 약을 찾아온 이가 없다.

두 번째, 중경제일갑부인 목완(木完)는 자신의 아들을 살해한 흉수를 죽여줄 청부업자를 공개적으로 모집하고 있었다. 전 재산의 절반을 내건 엄청난 포상 조건을 내놓고 있었으나 한 가지 문제는 아들을 죽인 흉수가 누군지 모른다는 것.

세 번째, 성도에 위치한 사천당가에서는 왕수(王水)를 구하고 있었다. 역시 만만치 않은 포상금을 걸고 있었으나 공포한 지 칠 년이 지나도록 아직 그 물을 찾아온 사람이 없었다.

"뭐야, 살인 청부는 고작 하나뿐이잖아. 나머지는 청부라기보다는 그냥 물건을 수소문하는 거 아냐?"

"업어치나 메치나지. 우리 명성만 널리 알려지면 그만 아니냐. 워낙 유명한 난제들이니까 그것을 아무개 청부 업체가 풀었다! 하는 소문만 나면 단박에 유망 청부 집단으로 떠오를 수가 있을걸? 특히 유일한 살인 청부가 바로 이곳 중경이니 여기선 더 더욱 그럴 것이고."

"크흠……."

방구병은 미심쩍은 눈초리로 맹정우와 보고서를 번갈아 쳐다보았다.

어째 녀석의 설명은 미진한 구석이 있었다. 뭔가 변명을 하는 듯한, 자신의 의도를 감추고 표면적인 이유를 덧칠하려는 듯한 불순한 기색이 섞여 있는 대답이었다.

보고서를 다시 눈여겨보던 방구병은 그제야 세 사안의 큰 공통점을 찾을 수 있었다.

"역시…… 네놈의 의도를 뻔히 알겠군!"

"네까짓 게 이 형님의 대의를 알 수 있겠냐?"

"대의는 얼어죽을……. 세 가지 난제의 공통점이 빤히 보이는구나. 하나같이 걸린 상금이 막대하군! 최소 일만 냥! 이제 알았어! 네놈은 흑월회를 노리고자 이 제안을 내놓은 게 아니군! 그저 포상금이 욕심 났던 거다!"

맹정우는 난감한 표정을 지었다. 자신의 속을 훤히 들여다보는 놈을 측근에 두는 것은 역시 이럴 때 불편했다.

"강호의 기대를 한 몸에 받으며 추적대주를 맡았으면 임무에나 충실할 것이지 지위를 이용해 돈벌이를 하려 들어? 그러고도 네가 계속 영웅 행세를 하려 한단 말이냐? 내 당장 이 사실을 만천하에게 공포하고 말리라!"

열을 내며 방방 뜨는 방구병을 골치 아파하는 표정으로 쳐다보던 맹정우는 슬그머니 침상에서 일어섰다. 그리고 옆에 있던 의자를 거꾸로 들더니 다리 하나를 잡아 뺐다.

분위기가 심상치 않음을 감지한 방구병이 떨리는 목소리로 외쳤다.

"무, 무슨 짓을 하려는 게냐!"

"무슨 짓은. 살인멸구라고 들어봤지?"

조용하던 맹정우의 거처는 비명과 고함과 욕설로 한바탕 시끌벅적해졌고, 결국 돈의 일정지분을 떼줄 것을 약속하여 방구병을 공범화시킨 다음에야 대화가 재개되었다.

"다시 한 번 말하지만, 난 결코 돈에 욕심이 있어서 너의 계략에 동참하는 게 아냐. 어디까지나 추적대의 목표인 흑월회에 조금이라도 근접할 수 있는 방법이라고 판단하여 동참하는 것이지. 알겠냐?"

"알았다, 알았어. 곧 죽어도 그놈의 협객 흉내는. 그럼 포상금 떼주기로 한 거 없던 일로 할까?"

"어허! 무슨 그런 망언을! 난 그저 그 돈을 받아 강호의 안녕과 무림의 평화를 위해 쓰려고……."

방구병의 장광설을 듣기 지겨운 맹정우가 그의 말을 중간에서 끊었다.

"알겠다, 알겠어. 쓸데없는 소리 그만 하고, 청부를 해결할 방법이나 구상해 보자."

"후후, 역시 이 경천객의 천부적인 두뇌 없이는 사건을 해결할 수 없다는 거로군."

'……역시 살인멸구를 선택할 걸 그랬나?

자아 도취에 빠져 헛소리를 연발하는 방구병을 보며 다시금 손이 근질근질해지는 맹정우였다.

"그런데 이거, 쉽게 풀릴 문제들이 아닌데? 오죽하면 삼대난제라고 하겠어? 돈이 그렇게 많이 걸려 있는데도 다 몇 년씩 해결자가 나타나지 않고 있는 사안들인데."

보고서를 면밀히 검토한 후 방구병이 하는 말이었다.

"후후후, 그러니까 포상 금액도 그렇게 높겠지. 그러나 우리에겐 강호 최고의 정보력을 가진 무림맹의 비영각이 있고, 강호 최정에 무인들로 구성된 추적대가 있다. 이들을 잘 이용하면 그 정도도 못 해결하랴?"

"하지만……."

방구병은 맹정우의 말에 쉽게 동의하지 못했다. 만령진액 같은 영약은 그걸 찾으러 평생을 헤매고 다녀도 하늘이 허락하지 않으면 찾기 어렵다는 보물이고, 왕수란 액체는 강호 야사에 통달한 자신조차도 처음 들어보는 물건이었다. 게다가 청부 살인을 해야 할 대상이 누군지도 모르는 청부까지, 하나같이 불가능해 보이는 난제들이었다.

"설사 풀 수 있다 해도 근시일 내에 해결할 수 있는 문제들이 아닌 것 같은데…… 이거 해결하느라 애쓰느니 차라리 중경을 이 잡듯 뒤지며 흑월회의 꼬리를 찾는 편이 훨씬 빠르겠다."

"후후, 일반적인 시각에서 보면 그렇지. 그러나 만약 이 몸이 그 세 난제 중에 두 개를 벌써 풀었다면?"

"뭣이?"

방구병은 기겁을 했다. 자신의 친구 놈이 방구석에 앉아서 세상 돌아가는 것을 꿰뚫어 본다는 무불통(無不通)도 아닐진대 대관절 어떻게 보고서 하나만 보고 삼대난제 중 두 개를 풀었단 말인가?

"어, 어떤 걸 풀었는데?"

"첫째와 셋째."

"첫째와 셋째라면… 만령진액과 왕수? 이것들의 위치를 알고 있단 말이냐?"

맹정우는 탁자 위에 올려져 있던 또 하나의 보고서, 최근 사천 지역의 사건 사고가 기록된 보고서의 한곳을 펴서 방구병에게 보여주었다.

"거기를 읽어봐라."

방구병이 읽어 내려간 부분에는 이렇게 적혀 있었다.

최근 각 세력 간의 암투가 끊이지 않고 있는 사천 지역에서 기이한 사건이 발생했다.

한 달 전 사천 동부 무산에 위치한 작은 도관인 현무관에 있던 도사들이 모두 목이 뽑힌 시체로 발견된 것이다. 이익 집단끼리의 충돌은 비일비재하지만 속세에 물들지 않은 도관이나 절이 피해를 보는 것은 드문 일인지라 맹의 무산 분타에서 조사에 들어갔는데, 조사 결과 대파산(大巴山) 녹림채 두목인 비발두(臂拔頭) 후도(后渡)의 소행으로 보였다.

목을 잔인하게 뽑아낸 수법이 비발두란 그의 별호와 맞는 데다가 사건 당시 무산 녹림채의 친구를 방문하던 중이었기에 시기적으로도 맞아떨어진다.

현무관이 연단술(鍊丹術)을 전문으로 하는 도관이고 또 최근 장백산에 갔던 그 도관 소속의 도사가 영약을 가져왔다는 소문이 인근 도관에 돌았던 것으로 미루어볼 때 평소 영약 욕심이 많은 후도가 그 소문을 듣고 도관을 습격했던 것으로 추정된다.

"뭐야, 겨우 이거야? 이것만 가지고 그 영약이 만령진액이란 결론을 어떻게 내릴 수 있냐."

"어허, 성급하게 판단하지 마라. 그 몇 장 뒤에 접어놓은 부분을 마저 보라고."

방구병은 시키는 대로 몇 장을 넘겼다.

사천삼대갑부 중에 하나로 꼽히는 왕추봉의 만금산장에서 본 각에 청탁을 해왔다.

대파산 산왕채에 대한 정보를 의뢰한 것이다.

산장 밑에 금을 쌓아놓고 산다는 왕추봉이지만 그간 무림과는 별 인연이 없던 자인지라 그 행동이 귀추가 주목된다.

조사한 결과 본 각뿐 아니라 개방 분타 등에도 그들의 전력에 대해 조사를 의뢰했고, 혈각과 접촉하고 있다는 소문까지 들려오는 것을 보아 산왕채와 만금상단과 어떤 알력이 있었던 것으로 예상된다.

산왕채도 그것을 눈치챘는지 황산의 총채에 지원을 요청한 듯하다.

녹림을 통틀어 내가고수로 유명한 적발귀(赤髮鬼) 제태(齊太)와 태산호(泰山虎) 노간(盧簡)이 사천으로 향하고 있다는 정보가 들어온 상태이다.

"어, 설마…… 그 후도란 놈이 뺏어낸 것이 만령진액이라는?"

방구병의 말에 맹정우는 힘차게 고개를 끄덕였다.

"그렇지! 그렇지 않고서야 뭣 하러 만금산장에서 그깟 산적 나부랭이에게 관심을 가지겠느냐?"

"비영각 분석대로 만금상단과 무슨 알력이 있을지도 모르잖아."

방구병의 말에 맹정우가 답답하다는 듯 대꾸했다.

"이런 바보 같은 놈, 강호에 뛰어들었다고 벌써 우리가 몸담았던 상계의 일을 다 까먹은 거냐. 비영각의 멍청이들은 모르는 걸 우리는 알고 있잖아!"

"그게 뭔데?"

"왕추봉의 만금상단이 다루는 품목이 뭐더냐?"

방구병은 곰곰이 생각하며 옛적에 들었던 정보들을 떠올렸다.

"염상 아니었나? 사천에서 제일가는 소금쟁이!"

"그렇지! 만금상단은 관염(官鹽)을 수송하는 사천에서 가장 큰 상단이다. 그것 외에 다른 품목에 전혀 손을 대지 않았기에 그동안 왕추봉이 무림과 연관될 일은 일체 없었던 거지."

맹정우의 말처럼 왕추봉은 관염을 다루는 관상이기에 굳이 무림과 결부될 일이 없었다. 무림과 관은 물과 기름 같은 관계, 따라서 관상인 왕추봉은 대상치고는 드물게 무림 정세에 관여하지 않는 인물이었다.

“그런데 그게, 뭐?”

“왕추봉이 삼십여 년간 관철해 온 한 우물 파기의 신념을 접지 않은 한, 대파산 녹림채와 장사와 연관해서 부딪칠 일은 결코 없다는 거지. 생각을 해봐라. 그가 생산하는 소금은 어디서 나지?”

“염지(鹽地)가 사천 남부에 있다고 들었는데?”

“그래, 남부에서 생산된 소금은 대표적인 소금 부족 지역인 호광성으로 흘러간다. 그리고 소금의 수송은 당연히 남쪽에서 발원하는 장강을 이용한 뱃길 수송이지. 그런데 대관절 동북부의 대파산 산채와 어떻게 알력이 생길 수 있단 말이냐?”

“아하!”

듣고 보니 맹정우의 말이 맞았다. 대파산 산채와 왕추봉은 도저히 상거래 쪽으로는 연결할 수가 없는 상대들이었다.

“그런데 비영각은 왜 그렇게 분석한 걸까?”

“사람은 세상 돌아가는 이치를 전체를 보는 것이 아니라 자기가 보는 만큼만 보게 되지. 그리고 그걸 진리로 아는 법이라고. 비영각원들은 무림에 몸을 담고 있으니 무슨 사건이 벌어지면 무림과 연관된 일로밖에 보이질 않는 거다. 상계에 대한 지식이 조금만 있어도 그런 판단은 나올 수 없는 것인데도 불구하고.”

방구병은 그제야 알겠다는 듯 고개를 끄덕였다.

“그런데 벌써 상황 종료된 거 아닐까? 후도란 놈이 그 만령진액을 꿀떡 마셔 버렸으면 더 이상 어떻게 할 도리도 없는 거 아냐.”

당연한 지적이었지만 맹정우는 고개를 저었다.

“그렇지 않다는 증거가 보고서 맨 아래쪽에 나와 있지 않느냐.”

“맨 아래쪽?”

방구병은 보고서로 눈을 돌렸다.

"적발귀와 태산호가 지원 나갔다는 거?"

"그래, 그놈들이 사천으로 오고 있다는 것이 바로 후도가 영약을 아직 섭취하지 않았다는 증거이지."

"어째서?"

맹정우는 혀를 찼다.

"쯧쯧, 무림 야사 전문이라는 놈이 나보다도 상황 파악을 못해서야……. 헛공부했군. 잘 들어보라고. 무공을 급증진시키는 영약이란 것은 말이지, 그걸 섭취했다고 무공이 거짓말처럼 확 늘어나는 게 아니야. 반드시 내공 공부가 뛰어난 고수가 옆에서 보조를 해주며 약이 완벽히 용해될 때까지 지속적으로 도와줘야 하는 거다. 한데 사천의 정세를 서술한 보고서에 보니 산왕채에는 후도 이상 가는 고수가 없는데 그마저도 외공의 고수라 하더군. 그러니 영약을 완벽히 섭취하기 위해서는 내가고수인 보조자가 필요할 것이고, 그 보조자는 황산 총채에 연락하여 불러낸 적발귀와 태산호일 것이라는 계산이 딱 나오게 되는 것이지."

방구병은 입을 딱 벌렸다. 돈과 여자밖에 모르던 놈이 이렇게 천재적인 능력을 발휘할 줄이야!

"아니, 다른 것은 그렇다 치고 대관절 영약 섭취에 대해서는 어찌 그리 잘 아냐?"

맹정우는 씩 웃으며 답했다.

"함 노사한테서 그간 틈날 적마다 귀에 못이 박히도록 들었거든. 왜 그 얘기를 그렇게 지겹도록 되풀이하는지 모르겠는데, 꼭 그 얘기하면서 자기가 날 물에서 건져 준 날 얘기까지 들먹이더라고. 뭘 알아달라는 뜻 같기는 한데 제대로 말은 또 안 하니 뭔지를 모르겠어.”

함토리가 그에게 영약 섭취에 대한 설명을 그렇게 반복한 것은 대환단을 섭취한 채 기절해 있던 맹정우를 건져 주고 그것의 용해까지 도와준 것을 알아달라는 의미였다.

차마 낯간지럽게 대놓고 ‘내가 자네를 이렇게 만들었네’ 하지는 못하겠어서 빙빙 돌려 몇 번을 말한 것인데 애석하게도 맹정우는 자신이 잠시 기절했던 순간을 기억하지 못하고 있었다.

“그렇다면 황산에서 출발했다는 고수들이 도착하기 전에 빨리 행동 개시를 해야겠네?”

“그럼! 네 가지 중에 이게 최우선이야. 함 노사가 내일쯤 지원군을 데리고 도착한다 했으니 바로 대파산으로 출발해야지.”

“알겠어. 그건 그렇다 치고, 또 하나 풀었다고 했잖아? 그 왕수란 게 어디 있는지도 아는 거야?”

맹정우는 의미 심장한 미소를 지으며 고개를 끄덕였다.

“알다마다. 나뿐 아니라 너도 알고 있지. 그렇기에 너를 붙잡고 미리 이 사대청부를 설명해 주고 있는 것이다.”

맹정우의 말에 방구병은 깜짝 놀랐다.

“응? 내가 안다고? 난 왕수란 액체는 들어본 기억도 없는데?”

맹정우는 신중한 표정으로 말을 이었다.

“나도 보고서를 읽을 때까지는 그게 뭔지도 몰랐다. 그래서 회의 시작 전에 단엽에게 물었지. 그도 사천의 무인이니까 당가와 관련된 소식을 좀 잘 알 듯해서 말이야. 그의 설명에 의하면 왕수란 세상에서 가장 부식성이 강한 액체라 하더군. 화골산같이 부식이 심한 액체도 은이나 금을 녹일 수는 없는데, 이 액체는 그러한 귀금속까지 몽땅 녹여 버린다고 하더라고. 당가에서 그것을 찾는 이유는 그걸로 세상에서 가장 강력한 암기를 만들 수 있기 때문이라나.”

방구병은 눈을 동그랗게 떴다.

“가장 강력한 암기? 그런 것에 사용하는 재료를 내가 봤다고?”

맹정우는 답답해하는 표정으로 말했다.

“암기가 중요한 게 아니라 은까지 녹여 버린다는 거, 예전에 본 기억 안 나? 왜 옛날에 철광촌 지나가다가…….”

방구병은 그제야 생각난 듯 탄성을 질렀다.

“아 그래! 사수(死水)! 그 연못 이름이 사수호였어. 은수저도 녹여 버렸다고 했었지 아마?”

맹정우와 방구병이 인근 성을 돌며 보따리 장사를 하던 시절, 사천성 북부의 산속 깊숙한 곳에 위치한 철광촌에 들른 적이 있었다.

촌으로 들어가기 전 철광을 지나칠 무렵이었다. 목이 말랐던 둘은 못이 하나 보이는 것을 보고 목이나 축이려 다가갔는데, 마침 밖으로 나오던 광부들이 큰 소리로 못에 다가가지 말라고 외쳤다. 나중에 이유를 들어보니 그 못은 각종 광물이 지하수와 뒤섞인 채 흘러나와 그 자리에 고인 것이었는데, 지독한 독성을 띠고 있어서 무슨 물건이든 넣자마자 모두 부식된다고 했다. 광부들이 직접 시범을 보이기도 했는데, 못쓰게 된 괭이를 넣자 진짜 흔적도 없이 녹아 들어감을 보고 둘은 모골이 송연해짐을 느꼈다. 광부들 말에 의하면 시험 삼아 얼마나 독한지 알아보려 은수저를 담가보았더니 그것조차 남김없이 녹아 없어졌다고 했다.

바로 그 기억을 맹정우가 일깨워 준 것이다.

"그럼 그게 왕수란 말이군!"

맹정우가 맞장구를 쳤다.

"그렇지! 그런데 내가 혼자 곰곰이 생각해도 그 철광촌 위치가 정확히 기억이 안 나서 너한테 이렇게 얘기하는 것이다. 너는 기억하겠지?"

방구병은 잠시 생각에 잠겼다.

"으음…… 분명 무당산과 죽산 사이였어. 그보다 조금 북쪽이었나? 어쨌든 가보면 틀림없이 찾을 수 있을 거야."

"좋아! 그럼 됐어! 그럼 두 가지 청부는 이미 달성한 것이나 마찬가지야!"

만족한 듯 손뼉을 딱 하고 치는 맹정우였다.

"아직 좋아하긴 이르지. 내가 보기에는 흑월회를 자극시킬 수 있고 우리가 살수 단체라는 것을 가장 제대로 알리려면 풀리지 않은 한 가지 난제, 중경제일갑부의 아들을 죽인 흉수를 찾아 죽이는 청부가 가장 중요할 듯한데. 그건 어떻게 해결할 셈이야?"

방구병의 지적이었지만 맹정우는 여유가 있었다.

"크흐흐, 그것 또한 이 형님께서 다 생각이 있다."

다음날 저녁, 그간 만민표국 계열 객잔을 노리다가 추적대에게 쓴맛을 보았던 일곱 방파의 우두머리들이 모두 표국으로 호출되었다.

우두머리들은 긴장된 표정으로 건물 안으로 들어섰다.

그들이 안내된 실내는 불이 많이 켜져 있지 않아 어둑어둑했다.

중앙에는 커다란 탁자가 구비되어 있었는데, 술과 안주가 차려져 있었고 탁자의 상석에 몇 사람이 앉아 있는 것이 보였다.

일곱 명의 우두머리는 긴장된 표정으로 그들의 맞은편에 착석했다.

모두 다 우두머리란 죄로 추적대가 쳐들어왔을 때 비참하게 얻어터진 기억이 있기에 결코 평상시처럼 함부로 행동할 수 없었다.

상석에 앉은 자 중 한 명이 나직한 목소리로 말했다.

"모두 왔소?"

일곱 우두머리 중 나이도 제일 많고 중경에서 터를 잡은 지 가장 오래 된 흑묘방의 방주, 흑혈조 막광이 긴장한 얼굴로 대답했다.

"예, 일곱 명 모두 참석했습니다."

나직한 목소리가 다시 말했다.

"일단 한잔합시다."

말과 함께 상석에 앉은 자들이 일제히 술잔을 들었다.

일곱 명의 우두머리는 얼결에 자신들의 앞에 놓인 술대접을 들어 올릴 수밖에 없었다.

상석 가장 윗자리에 앉은 자가 힘있는 목소리로 말했다.

"여기 모인 모든 사람들의 번영을 위하여."

그 말과 함께 그는 술대접을 입에 대고 단번에 털어 넣었다.

그러자 상석의 나머지 사람들도 모두 같은 동작으로 술대접을 입 안에 털어 넣었다.

상황이 이렇게 되니 얼결에 술대접을 쳐든 우두머리들도 같은 행동을 취하지 않을 수 없었다. 모두 '번영을 위하여!' 라고 외치며 앞선 사람들처럼 술대접을 입 안에 털어 넣었다.

"크읍!"

술은 대단히 독했다. 술이 아주 강한 두어 명을 뺀 나머지 우두머리들은 혀를 빼고 헉헉거렸다.

상석에서 건배를 선창했던 자의 목소리가 들려왔다.

"한마음으로 서로의 번영을 기원했으니 이제 우리는 형제나 다름이 없소. 거두절미하고 일곱 명에게 묻겠소. 만민표국은 이제 이곳 중경 남부에 만족하지 않고 동부, 서부, 나아가 북부까지 세력을 확장하여 중경제일세가 되고자 하는 것이 꿈이오. 어떻소, 옷깃만 스쳐도 인연이라 하는데 여러분도 우리의 꿈에 함께 동참하지 않겠소?"

그의 제안은 뜻밖이었지만 일곱 우두머리는 크게 놀라지는 않았다.

힘이 강대한 방파가 주변 세력을 흡수하며 세를 불리는 것은 강호에서 그리 드문 일이 아니다.

표행에 나간 표국주 등이 떼죽음을 당했을 때만 해도 망하기 일보 직전이라 예상했던 만민표국의 숨겨진 힘은 실로 놀라웠다. 시비 한번 잘못 걸었다가 지옥 문턱까지 도달했었던 일곱 우두머리는 그 힘의 강대함을 몸으로 확실히 체득한 상태였다. 그러니 만민표국이 세를 확장한다고 선언해도, 또 자신들을 휘하에 두고 싶다는 제안을 하는 것도 충분히 수긍할 만한 일이었다.

강호에 몸담고 있는 자라면 누군들 강대한 세력에 속하고 싶지 않겠는가. 삼류 흑도방파를 운영하면서 상인들이나 협박하며 평생을 사느니 중경제일세로 발돋움하려는 만민표국에 동참하는 것도 좋을 듯했다.

그러나 아는 길도 살펴가야 하는 법, 강호에서 잔뼈가 굵은 일곱 우두머리는 무턱대고 고개를 끄덕일 수는 없었다.

현재 중경의 가장 노른자위 땅인 북부는 철혈방 중경 분타가 꽉 잡고 있어서 감히 거기까지 넘볼 수는 없었다. 제아무리 철혈방의 전력이 섬서로 분산된 상태라 해도 칠패를 넘어서서 천하제일패를 바라보는 그들을 건드리는 것은 참으로 무모한 짓이었다.

그에 반해 동부와 서부는 남부와 같이 비슷비슷한 전력의 방회들이 이전투구하는 형상, 만민표국이 보유한 '초고수들'을 구심점으로 세를 확장해 나간다면 충분히 제압할 수 있는 상황이었다.

그러나 지금 제안자의 말에는 분명 북부까지 진격한다는 말이 있었다. 그것만큼은 위험하다. 철혈방에 덤비는 것만큼은 결코 동참할 수 없는 일이다.

일곱 명의 눈이 서로 교차하며 암묵적 중지가 모아졌다. 그런 후 가장 신중한 성격의 청사방주 두곡이 조심스레 입을 열었다.

"말씀은 잘 들었습니다. 만민표국에서 저희에게 보여준 놀라운 전력이라면 북부까지는 어렵다 해도 충분히 동, 서부까지는 세를 펼쳐 나갈 수 있겠지요. 그러나 문제는 역시 북부의 철혈방 중경 분타입니다. 만일 만민표국에서 저희를 제압할 때처럼 각 방파로 쳐들어가 무차별 공격으로 항복을 받아내는 식의 세력 확장을 해간다면 그들을 자극하지 아니할 수 없습니다. 저희는 언제든지 제안하신 분의 큰 뜻에 동참할 준비가 되어 있습니다만, 지금 같은 방식을 유지하며 철혈방의 영역까지 넘보실 작정이라면…… 조금 곤란합니다. 그것만은 정말 자신이 없습니다. 부디 노여워하지 마시고 힘없는 자들의 고충을 헤아려 주십시오."

일곱 명은 두근두근하며 상석에 앉은 자의 눈치를 살폈다.

만일 제안자가 정말 성질이 더러운 놈이라면 여기서 바로 죽은 목숨이 될 수도 있었다. 그러나 일곱 명은 혼자가 아닌 대식구를 거느리고 있는 방회의 우두머리, 제아무리 삼류 흑도방파의 두목이지만 데리고 있는 식구들을 생각해서라도 이란격석(以卵擊石) 격인 철혈방에 대한 도전에 결코 동참할 수 없었다. 설사 그로 인해 지금 이 자리에서 목숨을 잃는다고 해도 말이다.

잠시 팽팽한 긴장감이 감도는 침묵이 흘렀다.

상석의 제안자의 입이 다시 열렸다.

"그런 걱정은 하지 않아도 되오. 말은 그렇게 했지만 지금 철혈방을 칠 생각은 추호도 없소. 그보다 가장 먼저 해결해야 할 시급한 문제가 있기 때문이오."

"그게 무엇인지요?"

"북부는 고사하고 동부, 서부의 난립한 세력들을 흡수하기 위해서는 인력도 인력이지만 보다 필요한 것이 바로 금력이오. 바로 돈이 최우선 과제란 말이지."

그 말에 일곱 우두머리는 찔끔한 표정을 지었다. 철혈방을 칠 생각이 없다는 말은 반갑기 그지없었으나 그 뒤의 얘기가 돈 달라는 식으로 비춰지는 것 같았기 때문이다. 그 또한 달갑지 않기는 철혈방 치자는 말에 못하지 않은 얘기였다.

두곡이 떠듬거리며 말했다.

"아뢰옵기 황송하오나 동, 서부에 난립한 세력들을 규합하는 데 필요한 자금이라면 저희보다는 상단을 하나 고르서서 결탁하는 것이……."

제안자는 그의 말을 끊었다.

"돈 달라는 얘기 안 할 테니 그리 긴장할 것 없소. 다만, 이곳 중경에 오니 아주 재미있는 얘기가 한 가지 들리더군. 어쩌면 우리의 고민이 단박에 해결될 듯도 보이는 이야기 하나가."

'그런 얘기가 있었나?

　일곱 우두머리가 중경의 민담 중에 돈 될 만한 얘기를 떠올리려 애쓰는 사이, 제안자가 답을 말했다.

　"중경제일갑부란 사람이 전 재산의 반을 걸고 아들의 흉수를 잡아달라는 청부를 걸었다던데, 상당히 재미있는 얘기 아니오?"

　그 말을 들은 일곱 우두머리의 표정은 아까보다 더욱 곤혹스러워졌다.

　막광이 조심스레 말했다.

　"아뢰옵기 황송하오나, 그 건은 벌써 육 개월이 지나도록 흉수의 정체조차 못 밝히고 있습니다. 알 만한 사람 사이에서는 갑부 목완에게 원한이 있는 자가 실력있는 살수를 보내어 쥐도 새도 모르게 아들을 죽인 것이 틀림없다고……."

　"글쎄, 그건 직접 알아봐야 알겠소."

　비관적인 응답에도 불구하고 제안자의 목소리에는 망설임이 없었다.

　"그대들을 이렇게 오라 한 것은 그 사안 때문이오. 중경제일갑부 재산의 절반이라면 우리가 벌이고자 하는 사업에 댈 돈을 충당하고도 많이 남을 액수이기에, 흉수를 발견하지 못하면 만들어서라도 잡아내야 할 판이오. 그래서 말인데, 여러분이 이제부터 힘을 좀 써주어야겠소."

　"어, 어떻게 말인지요?"

　"정보! 그 목완이란 자의 모든 정보가 필요하오. 여러분 모두는 중경 토박이 방파들이니 그와 관련된 별별 정보를 다 수집해 올 수 있으리라 믿소. 실 한오라기만한 정보라도 모두 물어오길 바라오. 여러분의 노력 여하에 따라 중경제패라는 우리의 원대한 꿈의 실현 여부가 결정될 것이오!"

　제안자의 목소리는 엄포의 기색을 띠었으나 여전히 일곱 명은 난색을 표하고 있었다.

　그들은 이곳 중경에서 그간 목완 사건의 진행 사항을 낱낱이 보고 들었기 때문에 이 사건을 풀기가 지극히 어렵다는 것을 알고 있었다. 이미 많고 많은 사람들이 나서서 풀지 못한 난제였기에 자신들이 지금 나서봐야 큰 결실을 얻기 어려운 사건이었다.

　그러나 제안자가 덧붙인 말이 그들의 발을 움직이게 만들었다.

　"뭐, 결국 목완의 사건을 해결하지 못한다 하면 하는 수 없소. 금력 문제는 여러분의 손을 좀 더 빌리는 수밖에. 한 방파에서 못해도 일만 냥씩은 징수되어야 하니 각오는 좀 해야 할 거요."

　공갈 협박에 다름 아닌 말이었다. 이 자리에 모인 그 어느 방파도 일만 냥이나 되는 거금을 갹출해 낼 여력은 없었다. 가지고 있는 전답과 상점 운영권을 모두 내놔도 훨씬 못 미칠 정도의 큰 금액이었다.

　결국 일곱 방파는 망하지 않기 위해서라도 목완의 정보 수집에 목숨을 걸고 나설 수밖에 없었다.

제9장

목수가 연장을 가리지 않듯, 영웅도 사람을 가리지 않는다

목수가 연장을 가리지 않듯,
영웅도 사람을 가리지 않는다

세상만사가 늘 그렇듯, 사람이 세운 계획대로 흘러가지가 않는 법이
많았다.

이번 경우도 딱 그 말이 맞아 들어가고 있었다.

함토리가 끌고 온다던 지원군이 도착하자마자 전 인원이 대파산으
로 출동하려던 참이었지만 애석하게도 도착한 함토리와 동행한 것은
꾀죄죄한 노인 달랑 한 명뿐이었다.

게다가 함토리는 도착한 직후 곧바로 맹정우의 계획에 딴죽을 걸었
다.

"나참, 어처구니가 없어도 이 정도로 없을 수도 있군 그래. 무림맹
소속 마교 잔당 추적대가 살수 단체가 되었다, 이건가? 자네 정녕 제정
신인가?"

"말씀이 심하십니다. 대주에게 제정신이냐뇨. 청부 업체로 가장하

여 사업을 벌이다 같은 계통의 흑월회와 마주친다, 충분히 실현 가능한 계획이라 생각지 않으십니까?"

함토리는 맹렬히 고개를 저었다.

"전혀, 절대 실현 가능하다고 보지 않네. 우선 첫 번째로 벌이겠다는 일부터 마음에 들지 않아. 갑부가 구한다는 영약을 산채를 습격하여 찾아오겠다니, 이게 어딜 봐서 살수 단체가 해야 할 일인가?"

"워낙 유명한 청부이고 하니 명성을 알릴 좋은 기회이고 또 중요한 정보를 얻었기 때문에……."

함토리는 코웃음을 쳤다.

"내가 자네 속을 모를 줄 알고? 상금이 어마어마하게 걸린 일이니 추적대 임무를 빙자하여 한몫 잡아보겠다는 수작 아닌가?"

함토리의 날카로운 지적에 맹정우는 뜨끔할 수밖에 없었다.

그는 다급히 자세를 낮추고 목소리도 낮췄다.

"저기… 좀 작게 얘기하시면 안 되겠습니까? 저쪽에 계신 노사님 친구 분 다 듣겠습니다."

함토리가 데려온 그의 친구는 옆방에서 여장을 풀고 있었다.

"그렇게 왜 남이 들으면 안 될 부끄러운 짓을 한단 말인가? 게다가 우리의 전력을 고려하고 일을 계획해야 할 것 아닌가? 제아무리 고수급이라 해도 스무 명도 채 안 되는 인원으로 산왕채같이 만만찮은 전력의 녹림채를 치겠다는 게 말이 된다고 생각하나?"

준엄한 질책에 머리만 긁적이던 맹정우는 갑자기 생각난 듯 반격을 개시했다.

"그것은 노사님도 상당한 책임이 있습니다. 애당초 추적대 구성할 때도 소수 정예가 좋다고 극구 우겨대며 대원 숫자를 줄여놓은 게 누굽니까? 그리고 장강에서 대원들이 떼죽음당한 뒤에 최강의 지원군을 데려오겠다고 호언장담하며 뛰쳐나가신 게 누구죠? 그런데 지원군이라고 데려온 게 고작 저쪽 방의 비루먹은 나귀를 연상시키는 친구 분 한 명입니까?"

맹정우의 목소리가 높아지자 이번에는 함토리가 놀란 얼굴로 그를 만류했다.

"이보게! 옆방에 소리 들리겠네! 목소리 좀 낮추게!"

"그러게 왜 남이 들으면 안 될 부끄러운 상황을 만드십니까? 장담하신 대로 지원군을 잔뜩 데려오셨으면 이런 얘기 안 하죠."

맹정우가 자신이 한 좀 전의 지적을 고대로 받아치자 함토리의 얼굴이 붉으락푸르락해졌다.

원래 그의 계획은 친구를 데려오는 길에 죽은 대원들의 자리를 메워 줄 맹의 지원군을 같이 데려와 생색을 내려던 심산이었다. 그러나 그 쪽의 여정이 갑자기 늦어지는 바람에 할 수 없이 둘만 먼저 출발했고, 또 중간에 만나려던 혜공과 이대금강까지 무슨 일이 생겼는지 약속 장소에 나오지 않아 동행을 못했는데, 그 탓에 맹정우에게 반격의 빌미를 주고 만 것이다.

"이봐, 노부가 데려온 친구를 우습게 보지 말라고. 그의 가세로 추적 대의 전력이 최소 절반은 상승했다고 봐야 할 걸세. 애초에 말한 대로 탁월한 일신의 무공과 더불어 노련함, 통찰력, 판단력을 고루 갖춘, 그 야말로 이 추적대 업무에 딱 맞아떨어지는 무인이다, 이걸세."

"그래요? 무슨 강남오걸이니 강북칠웅이니 하는 중에 한자리 차지하고 있기라도 한가 보죠?"

"아니, 뭐… 그런 것은 아니고……."

"그럼 뭡니까? 무슨 근거로 추적대에 최적합의 인물이라고 강변하시나요?"

함토리는 잠시 고민하더니 외쳤다.

"경공이 뛰어나지!"

맹정우는 코웃음을 쳤다.

"경공이 뛰어나다라… 연락책으로 쓰기에는 관절염이 걱정되는 나이로 보이는데요?"

"경공만 뛰어난 것이 아닐세. 이 친구가 장성 쪽에서는 모르는 사람이 없을 정도인데, 예전에 혈랑대와 화산파, 무림맹 연합이 혈투를 벌였던 것은 자네도 알고 있지? 혈랑대는 기마술을 이용한 기동력이 뛰어나 무림맹 진영이 싸움에 상당히 애를 먹었는데, 당시 전투에서 큰 공을 세웠었지. 승리에 결정적 역할을 했었다고나 할까? 뛰어난 신법을 바탕으로 기동전(起動戰)에서 탁월한 능력을 보여주는 무사일세. 그러니 마교 잔당을 쫓아다니는 추적대에 더할 나위 없는 인물 아닌가?"

그때 마침 문을 두드리는 소리가 났다.

"들어오세요."

방문을 열고 들어온 사람은 함토리 못지않게 꾀죄죄한 노인이었다. 맹정우는 그를 보는 순간 어쩔 수 없이 유유상종(類類相從)이란 사자성어를 떠올려야 했다. 함토리의 장담처럼 번득이는 통찰력과 일당백의 무공 실력을 갖춘 무인이라고는 도저히 상상이 가질 않았다.

어쨌거나 장유유서이니 맹정우가 일어서서 먼저 포권을 취했다.

"먼길 오시느라 수고하셨습니다. 맹정우라 합니다."

노인이 답례했다.

"인사가 늦었소이다. 노부는 간담(干潭)이라 하오. 움직이면서 싸우는 데 약간 재주가 있어서 강호의 친구들이 기동전사(起動戰士)라고 부르지요."

"기동전사 간담이라, 멋진 별호로군요."

예의상 한 얘기였지만 노인은 무척 기뻐했다.

"고맙소. 대주께서 인품이 아주 훌륭하시구려."

이리하여 반가반가 함토리, 기동전사 간담이 새로이 합류한 추적대는 맹정우와 함토리의 치열한 갑론을박 끝에 결국 대파산으로의 출동 준비를 마쳤다.

그런데 대파산으로 막 출발하려는 순간, 혜공에게서 날아온 급전이 또다시 맹정우의 발목을 잡았다.

호북 무산을 탐색 중이던 추적대에서 귀령곡의 실마리를 잡은 것으로 추정. 빈승과 이대금강은 그쪽으로 향하고 있음. 타 지역 지원군도 오고 있으나 지역적으로 가까운 중경 추적대에서도 삼 조 정도 지원을 바람.

"아하, 이것 때문에 우리와 마주치지 못한 거로군. 당장 그리로 출동 해야겠네!"

옳다구나 싶은 함토리의 신명나는 외침이었다.

"이런 제기……."

맹정우는 침음성을 흘릴 수밖에 없었다.

무산에 갖다 오면 황산에서 오는 중인 녹림의 두 고수가 추적대보다 먼저 대파산으로 들어가게 될 것이다. 그렇게 되면 후도가 만령진액을 복용할 것이니 최대 삼만 냥까지 주겠다는 어마어마한 액수의 청부 하나가 그냥 공중으로 날아가는 것이었다.

귀령곡을 발견한 것도 아니고 '실마리를 잡은 것으로 추정' 하는 곳에 가느라 놓치기에는 너무 아까운 청부였다.

"가만, 삼 조면 열다섯 아냐?"

무림맹 소속 무사들은 다섯 명씩 한 조를 이루고 다섯 개 조가 하나로 묶인 것이 향, 그 위로 당, 이런 식의 구성이었다. 친구인 최운이 향주라 맹정우도 그 구성을 알고 있었다.

현재 추적대는 막 도착한 함토리와 간담까지 합쳐서 총 열일곱 명이었다. 삼 조쯤 오라 했으니 몽땅 나설 필요는 없지 않은가?

맹정우는 책상을 땅 하고 쳤다.

"이렇게 합시다! 삼 조 지원하라 했으니 그렇게 하면 되는 거지! 노사께서 열다섯 명을 인솔하여 그쪽으로 가주십시오. 저는 대원 한 명을 데리고 대파산으로 가보겠습니다."

함토리가 떨떠름한 표정으로 말했다.

"정말 그리할 건가? 설마 단둘이서 산왕채를 칠 작정은 아니겠지?"

'못할 건 또 뭐겠어? 그깟 산적 놈들 천신도로 싹 그냥…….'

맹정우의 생각이라도 읽은 듯 함토리가 만류했다.

"제발 부탁이니 아서게. 대파산 산왕채는 녹림 전체를 통틀어 다섯 손가락 안에 드는 막강한 산채일세. 자네가 아무리 뛰어난 고수라 해도 호랑이 소굴로 쳐들어가 싸우는 것은 무모한 일이야. 그러니 우리가 무산 쪽 일을 마치고 갈 때까지는 그저 주변에서 정보만 수집하고 있게. 알겠나?"

맹정우가 돈 욕심에 무모한 짓이나 하지 않을까 걱정된 함토리는 결국 예방 조치까지 하고 나서야 대원들을 데리고 무산으로 출발했다.

"어서 출발하자구! 대파산 산적 놈들을 일망타진하고 경천객의 이름을 세상에 떨치는 거다!"

들떠서 방방 뛰는 방구병을 보며 맹정우는 기나긴 한숨을 내뿜었다.

홀로 남아 대주를 보필할 최고의 대원을 남겨주겠다는 함토리의 말만 믿고 있었는데, 설마 저놈을 보조자로 남겨두고 떠날 줄은 몰랐다. 벌써 육 개월이나 익히고 있는 기초적인 비홍도법조차 제대로 구사 못 하는 놈을 데리고서 어떻게 산채 습격을 할 수 있단 말인가!

하긴 위험할 수 있는 산채 습격을 거의 포기하게 만들었으니 어쩌면 대주를 보필하는 최고의 대원이란 말이 맞을 수도 있겠다는 생각이 들었다.

'그냥 왕수나 구하러 갈까?'

만령진액 건은 포기할까를 심각하게 고민하는 맹정우였다.

*   *   *

산장 밑에 금을 쌓아놓고 산다는 왕추봉이 사는 곳은 성도 북쪽에 위치한 적산(赤山)이란 곳이었다.

적산에는 말 그대로 붉은빛이 감도는 산봉우리가 하나 있었다. 그리 높지 않은 봉우리의 중턱에는 커다란 장원이 들어서 있었는데, 그것이 바로 만금산장이었다.

그곳의 주인인 왕추봉은 오 년 전부터 만령진액(滿靈眞液)이란 영약을 구하려 애쓰고 있었다.

대외적으로는 그의 지병인 호흡 곤란을 고치기 위해 꼭 필요한 약품이기에 구하는 것이라고 공포해 놓고 있었으나 실상 그 만령진액이라는 것은 어마어마한 효능을 자랑하는 정력제였다.

산장에 있는 수백 간의 방 중에 절반은 첩실들의 방이라는 왕추봉의 호색 취미를 감당하기 위해 꼭 필요한 물품이기 때문에 그토록 열심히 구하고 있는 것이었다.

왕추봉은 그의 뛰어난 금전 감각만큼이나 절륜한 정력으로 젊을 적부터 유명했다. 그러나 잘 나갈 때 너무 낭비를 한 탓인지 오십 줄이 갓 넘은 요 근래 현격하게 힘이 떨어지고 있었다.

특히 무리하게 일을 치르다가 힘이 부친 나머지 호흡이 지나치게 거칠어져 복상사의 위험마저 따르게 되자 도저히 안 되겠다고 생각한 왕추봉은 측근들을 총동원하여 뛰어난 효능의 정력제를 모으기 시작했다.

개부터 시작해서 뱀, 자라, 토룡(土龍:지렁이) 등 일반적으로 알려진 보양식들을 비롯하여 온갖 의원들이 제조한 힘쓰는 데 좋다는 약재들을 모두 섭렵했으나 나날이 떨어지는 정력을 제대로 보충해 주지 못했고, 결국 무림인들이 열을 올리는 영약에까지 손을 뻗치게 되었다.

수하들이 중원 천지를 이 잡듯 뒤지고 다녀 얻어온 천년하수오니, 공청석유니 하는 것들까지 받아 먹어보았으나 이런 영약들은 직접 캐내지 않고서야 그 진위를 확인하기 어려운 약재들인지라 대부분이 가짜여서 큰 효능을 보지 못했다.

그러던 중 왕추봉은 한 의원으로부터 중요한 정보를 얻게 된다.

음양의 기운이 완벽하게 조화된 높이 천 장 이상의 대산(大山)의 심처에서 얻어낼 수 있다는 만령진액이란 영약은 무림인이 일정량을 섭취하면 능히 수십 년의 공력을 얻을 수가 있는 데다가 알려지지 않은 커다란 효능이 있다는 것이었다.

이 만령진액은 주로 산중 깊숙한 곳에 위치한 음기가 성한 동굴에서 발생하는데, 음양의 조화를 맞추기 위해 이 액체로 주변의 양기가 집약된다고 한다. 그래서 그 지대의 양기가 강하게 축적되므로 성인 남성이 이것을 섭취하면 그 엄청난 양기의 흡수로 인해 무병장수는 물론 성기에 수레바퀴를 끼고 돌렸다는 전설로 유명한 진나라의 노애에 버금가는 정력을 얻을 수 있다는 것이었다.

특히 이 액체는 그 어떤 영약보다도 사람의 체액과 완벽히 융화가 가능하여 일단 먹고 나면 그 즉시 효과가 일어나기에 영약의 진위를 쉽게 판별할 수 있다는 얘기였다.

이 얘기를 듣고 눈이 뒤집힌 왕추봉은 즉시 수하들을 소집하여 만령진액을 구해오라는 명령을 내렸고, 부하들은 또다시 심산유곡을 헤매고 다니며 이 영약을 구하려 갖은 애를 썼다.

그러나 우선 천 장 높이의 산을 찾기부터 어려웠고, 또 막상 찾아도 음양의 조화가 완벽한 조건이나 음기가 성한 심처를 찾기도 쉽지가 않았다.

중국을 통일한 진시황조차도 불로장생의 비약을 찾기 위해 수십 년을 허비하고도 결국 목적을 다하지 못했는데, 제아무리 왕추봉이 돈이 많아도 만령진액 같은 귀한 영약을 단시간에 얻기는 어려울 듯 보였다.

그런데 암울하던 상황에서 한 가닥 서광이 비추이기 시작했다. 한 도인이 장백산 쪽에서 만령진액을 상당량 구했다는 소문이 어렵사리 그의 귀에까지 들어왔던 것이다.

부랴부랴 도인의 위치를 수소문하여 마침내 그 도인이 무산의 한 도관에 적을 두고 있다는 것을 알아낸 그의 측근들은 다급히 그를 만나기 위해 그곳으로 향했다. 그러나 도착할 즈음 비보를 접하고 만다.

비슷한 시기, 사천 대파산 산왕채의 두령 비발두 후도는 수하들 몇 명을 거느리고 무산의 친구를 만나러 갔다 오는 중이었다. 친구 역시 산적인지라 당연히 산에서 만났다가 돌아오는 중이었는데, 하필 그 도인의 도관이 바로 그의 친구가 차지하고 있는 산에 있었던 것이 화근이었다.

지닌 바 외공에 비해 내공이 좀 달린 관계로 평소 공력을 증진하는 영약에 지대한 관심을 가지고 있던 후도는 도관을 지나치다가 친구가 지나가는 말로 근처에 연단술(練丹術)을 행하는 도관이 있다는 얘기를 한 것을 우연히 떠올린다.

혹시나 쓸 만한 것이 있지 않을까 생각한 후도는 수하들을 끌고 도관에 들어가 영약을 내놓으라고 한바탕 소동을 벌이고, 때마침 장백산에서 귀환한 도인 일행과 마주쳐서 그들이 모아온 약재를 싸그리 빼앗았다.

한데 세상 물정 모르는 도인이 영약이라면 만령진액 하나로 만족하고 나머지 약재는 연단에 쓸 것이니 놔두고 가달라고 부탁을 한 것이 더 큰 사단을 일으키게 만들었다.

만령진액이 대단한 영약이라는 것을 눈치챈 후도는 자신이 영약을 얻었다는 말이 나돌지 못하도록 살인멸구를 결심하고 팔로 목을 뽑는다는(臂拔頭) 그의 별호대로 도인들의 목을 죄다 뽑아버리는 끔찍한 만행을 저지른 후 도관을 불태워 버린다.

후도 패거리가 모두 떠난 후 뒤늦게 도착한 왕추봉의 측근들은 땅을 치고 안타까워한 뒤 흉수를 알아내고자 비밀리에 조사를 시작했다.

사천에서 유명한 후도가 최근 그 산에 왔다 갔다는 정보를 얻기는 어려운 일이 아니었다. 유독 목을 뽑아낸 시체가 많다는 것도 그를 향한 의구심을 부채질했다.

결정적으로 사천으로 귀환 후 황산에 전갈을 보내어 녹림맹 본채의 내가고수 두 명을 초빙했다는 정보를 얻게 되자 그가 범인이라는 것을 확신할 수 있었다.

왕추봉 같은 일반인과는 달리 무림인은 영약을 얻었다고 해서 곧바로 그것을 섭취할 수는 없었다. 그랬다가는 효능의 십분지 일도 채 얻지 못한다. 명문정파에서 정심한 내공 공부를 배운 사람이라면 그 공부를 바탕으로 혼자서도 영약의 효능을 충실히 섭렵할 수 있다.

그러나 후도같이 사파 출신이어서 속성으로 무공을 익힌 자는 뛰어난 내가공력을 가진 고수가 섭취 과정에서 끊임없이 보조를 해주어야 제대로 된 영약 섭취가 가능한 것이니, 이런 요인들을 고려해 보면 별다른 사건도 없는데 갑자기 본채의 내가고수를 그 먼 곳에서 초빙하는 이유가 뻔히 보이는 것이었다.

행여 영약을 획득했다는 소문이라도 돌까 무서워 극비리에 추진한 일이었으나 호시탐탐 그를 엿보고 있던 왕추봉 측근들의 눈을 피하지는 못했던 것.

어쨌거나 상황이 이쯤 되고 보니 왕추봉도 몸이 달기 시작했다. 후도는 녹림도당이긴 하나 외공이 워낙 뛰어나 사천 동북부에서 최강이라 칭해지는 고수이고, 산왕채도 녹림 전체를 통틀어 다섯 손가락 안에 꼽히는 강력한 전력을 보유한 산채였다. 그렇기에 용담호혈인 사천 한 구석을 차지하고 있는 것이었다.

왕추봉은 관염만을 전문적으로 취급해 온 관상이었기에 자경단 정도는 기본적으로 갖추고 있는 여타 부호들과는 달리 무림과 그다지 연을 맺지 않고 살아왔다.

　그러나 작금의 상황은 무슨 방법을 써서든 후도의 영약을 빼앗아내야 할 형세, 평소 발을 들이지 않던 무림에 도움을 요청할 수밖에 없었다.

　무림맹 비영각과 개방 분타 등에 협조를 구하여 산왕채에 대한 정보를 얻고, 또 그들을 칠 수 있는 방법을 여러 가지로 모색해 본 결과, 역시 가장 좋은 방법은 청부 살수 단체를 고용하는 길뿐이었다.

　돈으로 협상을 할까도 생각해 보았지만 후도의 영약에 대한 갈망은 자신의 정력제에 대한 갈망보다 더하면 더했지 못하지는 않을 것이란 게 세간의 평이니 섣불리 운을 띄웠다가 경각심만 일으키게 되지 않을까 두려웠다.

　결국 그는 황산에서 오는 시간이 있는 녹림맹의 고수가 도착하기 전에 후도를 소리 소문 없이 척살하고 만령진액을 빼앗아오기로 결정했다. 그리고는 비밀리에 청부 살수를 물색하기 시작하는데…….

　만금산장의 총관 안적심은 객이 도착했다는 부하의 보고를 받고 자리를 이동했다.

　그가 지금 있는 곳은 대파산에서 오 리쯤 떨어진 곳에 위치한 허름한 객잔. 외진 데 있는 데다가 외양도 볼품이 없어 아무도 찾지 않을 것 같은 이 객잔은 지금 만금산장에서 물색하고 있는 청부 살수와 접선하기 위한 장소로 이용되고 있었다.

　안적심의 얼굴에는 초조감이 서려 있었다.

　황산에서 오고 있는 녹림의 두 고수가 의외로 빠른 행보를 보이고 있다는 소식이 들어왔기 때문이었다.

　이대로라면 열흘 안에 이곳까지 도달할 상황. 게다가 설상가상으로 사천에 들어설 무렵 미행하던 부하들이 그들의 종적을 놓쳐 버렸다. 그러니 언제 그들이 도착할지 알 수 없는 상황이었다.

가장 유능한 청부 살수 단체였던 귀령곡이 잠적한 뒤로 쓸 만한 청부 살수를 구하기가 어려운 것이 현 세태였다. 만금산장은 후도를 죽이기 위해 그나마 강남에서 제일 유명한 혈각, 그리고 최근 이 근방에서 뜨고 있는 흑월회와 접촉했다.

혈각은 주로 안휘, 강서 등 강남의 동부 지역에서 활동을 하고 있기에 그들을 동원하려면 다소 시간이 걸렸다. 그래서 흑월회와 접촉하고 있는 상황이었는데 갑자기 무슨 일인지 만민표국 표행 습격 사건 전후로 그들의 종적이 묘연해져 버렸다.

연락이 두절되니 청부를 진행할 재간이 없어져 버린 만금산장은 부랴부랴 혈각으로 방향을 선회했다. 결국 혈각이 청부 접수를 했으나 한 가지 문제는 시간이 너무 촉박했다. 후도를 칠 혈각의 주력이 이곳 대파산까지 오는 시간과 황산의 두 고수가 도착하는 데 걸릴 시간이 거의 비슷해 보였다.

'그런데… 지금 같아서는 오히려 두 고수가 먼저 도착하겠어.'

안적심의 초조감은 극에 달한 상태였다. 최소한 종적이라도 놓치지 않은 상태라면 다른 대책을 강구할 수도 있겠는데, 행적이 묘연하니 진로를 방해하는 식의 수를 쓸 수도 없었다.

지금 찾아왔다는 객은 혈각의 연락책일 것이다.

이곳은 혈각과의 접선을 위하여 차려놓은 곳이라서 이곳의 정체를 아는 것은 만금산장 외에는 그들뿐이었다.

부하의 안내를 받으며 그의 집무실로 들어온 두 객은 꽤 젊은 청년들이었다. 입가에 칼자국이 난 놈 하나, 그리고 못생긴 땅꼬마 한 명이었다.

"혈각에서 왔나? 주력은 언제 도착한다던가?"

그의 질문에 들려온 대답은 예상을 빗나가는 것이었다.

"저희는 혈각에서 온 것이 아닙니다."

"뭣이?"

안적심은 대경실색하여 부하에게 외쳤다.

"어떻게 된 것이냐? 신분 확인을 하지 않았나?"

부하는 당황한 얼굴로 대꾸했다.

"살수 단체라길래 당연히 혈각인 줄 알고……."

하긴 혈각 외에는 이곳의 위치를 아는 자가 없으니 그럴 만도 했다. 그러면 이놈들은 대관절 어떻게 여길 알았단 말인가?

"정체가 뭔가?"

당황한 마음을 추스르며 안적심이 묻는 말이었다.

"저희는 무정혈(無情血)입니다."

"무정혈? 살수 단체인가?"

"그렇습니다."

"들어본 기억이 없는걸?"

"개파한 지 얼마 안 됐습니다."

"좋아. 그건 그렇다 치고, 대관절 여기는 어떻게 알았나?"

안적심으로서는 그것이 가장 궁금할 수밖에 없었다.

칼자국난 살수로 변장하고 있는 맹정우는 회심의 미소를 지었다.

이곳을 알게 된 것은 비영각의 강력한 정보력 덕택이었다. 만금산장이 산왕채를 주시하고 있다는 보고서에 이곳의 위치가 나와 있었던 것이다.

"저희가 비록 신생 청부 살수 단체이긴 하오나 정보력만큼은 그 어디와도 뒤지지 않는다고 생각합니다. 만금산장에서 산왕채를 노리는 이유까지 파악하고 있습니다. 어떻습니까? 이곳까지 찾아온 재간을 봐서라도 저희에게 한 번 기회를 줘보심이?"

안적심은 침중한 표정으로 고민했다.

과연 이들을 믿어야 할까.

"좋아. 한 가지만 알려주면 청부를 하도록 하지. 만금산장이 산왕채를 노리는 것을 어떻게 알았나?"

안적심으로서는 그것이 가장 걱정되는 부분이었다. 산왕채는 녹림맹 휘하 산채였다. 제아무리 왕추봉이 관상이라 해도 녹림맹을 함부로 자극해서 좋을 것이 없었다. 그래서 후도의 암살 시도는 극비리에 진행하고 있었는데, 이렇게 듣도 보도 못한 놈들이 그 정보를 주워듣고 올 정도라면 기밀이 새어 나갔다는 얘기가 아닌가.

"안심하십시오. 저희의 정보망이 워낙 광대한 탓에 이 건을 유추해 낸 것이니까요."

맹정우는 후도의 현무관 습격 사건, 만금산장의 산왕채에 대한 주시, 황산의 두 고수의 이동 등의 정보를 바탕으로 후도의 만령진액 습득을 추론한 과정을 쭉 설명했다.

"흐음, 그렇게 많은 정보를 취득했다니, 정말 신생 청부 단체치고는 대단한 능력이군."

안적심은 적이 감탄한 얼굴로 말했다.

"좋아! 어차피 지금 상황은 누구에게라도 기대야 할 만큼 절박하네. 자네들이 이렇게 온 것은 어찌 보면 천운이라고 할 수도 있겠어. 한번 맡겨보기로 하지."

안적심은 드디어 청부 거래를 수락했다.

"감사합니다. 무정혈의 비정함을 보여 드리죠."

"좋아. 그럼 바로 청부에 착수해 주게. 시간이 없네."

"예? 저희 동료들이 좀 더 와야 일을 시작할 수 있는데……."

맹정우의 말에 안적심은 표정을 구겼다.

"무슨 소리인가? 더 지체할 것이면 자네들에게 청부할 까닭이 없네. 어차피 열흘 후면 처음 의뢰한 혈각의 살수들이 도착하게 되니까. 그 전에, 무엇보다도 황산 두 고수가 도착하기 전에 살행이 시작되어야 하네!"

그 말에 맹정우와 방구병의 얼굴도 심각하게 구겨졌다.

제10장

영웅은 예상치 못한 위기가 닥쳤을 때 놀라운 임기응변을 발휘한다

　맹정우와 방구병은 대파산 초입에 위치한 작은 객잔의 이층 전망 좋은 객방에 사흘째 기거하고 있었다.

　"정말 큰일이잖아. 벌써 사흘이 지났으니 혈각이 도착할 시간이 이레밖에 남지 않았다는 것인데… 그 안에 우리 추적대가 도착하지 않으면 날 샌 것 아냐."

　"그것도 그렇지만, 그 두 고수란 놈이 먼저 도착할 것 같다는데 그놈들을 막지 못하면 정말 끝장이다. 놈들이 도착하는 대로 후도란 놈이 영약 섭취에 들어갈 테니."

　맹정우는 말하면서도 창밖의 대파산으로 통하는 길을 주시하는 것을 잊지 않았다.

　방구병이 안타까운 표정으로 말했다.

　"두 놈이 여기를 지나간다는 법도 없는 게 문제 아니냐. 대파산으로 들어서는 길이 한두 곳도 아니고… 우리는 그놈들 인상착의도 모르고…….”

“그나마 여기가 가장 사람이 많이 다니는 길이고, 차림새는 만금산장에서 대략 가르쳐 줬잖아. 태산호란 놈은 저기 들어오는 놈처럼 대감도 하나를 등 뒤에 차고 있고, 적발귀란 놈은 그 옆엣놈처럼 머리에 붉은 기가 감도는 것이…… 헉!”

맹정우는 말하다 말고 헛바람을 토해냈다.

지금 막 객잔 일층으로 들어서고 있는 두 사내의 차림새가 만금산장에서 가르쳐 준 두 고수의 행색과 정확히 일치했던 것이다.

“겨우 사흘 되었을 뿐인데…… 아무리 빨라도 팔구 일은 지나서 도착할 거라더니…….”

방구병의 뇌까림이었다.

상황은 심각했다. 이들이 대파산으로 오르기만 하면 금방 산왕채의 산적들과 마주칠 것이고, 그렇게 되면 더 이상 손쓸 방법이 없었다.

“별수없다, 그전에 족치는 수밖에.”

맹정우는 작심한 듯 천신도를 빼 들었다.

그때 방문을 열고 일층을 살피던 방구병이 다시 외쳤다.

“어어… 쟤들 벌써 나간다! 밥 먹으러 들어온 게 아닌 모양인데?”

“이런 제기! 예열도 안 끝났는데! 쫓아가!”

둘은 다급히 객방을 뛰쳐나왔다.

적발귀와 태산호로 추정되는 사내는 벌써 산으로 올라가는 오솔길로 들어서고 있었다.

객잔 밖으로 쫓아 나온 둘은 들킬세라 조심스레 뒤를 밟았다. 그러나 놈들이 더 올라가기 전에 막지 않으면 곤란하다. 만일 뒤늦게 저지하려다가 산왕채 졸개들의 눈에 띄기라도 하면 계획했던 모든 게 수포로 돌아가고 만다.

길옆 풀숲에 몸을 숨기고 고수들을 쫓아가던 맹정우는 작심한 듯 말했다.

"별수없다, 구병아. 비상사태이니 작전2로 들어가자."

방구병은 울상이 되었다.

"정말 그래야 돼? 저 적발귀란 놈은 사람 죽이는 걸 즐기는 것으로 유명한 놈이라고. 태산호란 놈도 그 못지않은 살귀이고. 그런데 나 혼자서 저놈들을 가로막으라고?"

적발귀와 태산호는 둘 다 과거 명문정파의 제자들이었다. 그래서 기초가 탄탄한 탓에 녹림에서 좀처럼 보기 드문 정심한 내공을 갖추고 있었다.

녹림 제일의 쾌검수로 유명한 적발귀는 원래 모산파의 제자였는데, 사형의 부인과 통정하다가 그 광경을 사형에게 들키고 말았다. 당시 그 사형보다 훨씬 무공이 뛰어났던 그는 당황한 나머지 사형과 부인을 모두 죽여 버렸다. 그리고 나서 시체를 유기하여 증거를 인멸하려 했지만 머리에 튄 피를 미처 닦아내지 못하여 범행이 발각되고 말았다. 그로 인해 파문은 물론이고 모산파의 공적이 되었지만 녹림으로 긴급히 적을 옮겨 명을 유지하고, 그 이후 녹림의 부하들을 이끌고 모산파를 습격, 제자들의 절반을 살해하고 봉문까지 시켜 버리는 만행을 저질렀다. 첫 살인 이후 머리와 수염 등에 튄 피를 닦지 않는 버릇이 생겨서 적발귀란 별호가 붙은, 악명 높은 살귀였다.

태산호는 장백파의 제자였는데, 이자는 성정이 괴팍하고 폭력을 자제하지 못해 장백파에서 파문당한 후 녹림에 몸을 의탁한 경우였다.

조금이라도 성질이 났다 하면 집채만한 대감도를 휘둘러 화나게 한 상대의 허리를 끊어내는 것으로 유명했는데, 그의 악명 역시 적발귀 못지않았다.

이러한 흉명을 떨치고 있는 자들을 지금 방구병이 혼자 저지해야 할 판국이었다.

맹정우가 나서려면 천신도의 은빛 도기가 빨리 나와야 되는데, 그러려면 공력을 주입할 시간이 더 필요했다. 그 시간을 방구병이 벌어야 했다.

"걱정 마. 작전대로만 하면 죽지는 않을 거야."

맹정우의 위로는 전혀 도움이 되지 않았다.

둘은 객잔에 기거하면서 여러 가지 상황에 대한 대안을 마련해 놓았었는데, 지금 실행하려는 작전은 가장 극단적인 경우를 대비해 짜둔 것이었다.

내용은 간단하다. 갑작스레 강적과 맞서야 할 경우 방구병 홀로 적을 상대하여 맹정우가 천신도를 예열할 시간을 벌어준다.

육 개월 넘게 익히고 있는 비홍도법 한 가지조차 제대로 구사하지 못하는 방구병이지만 둘은 나름대로 시간을 끌 수 있는 방법을 강구해냈다.

'그러나 과연 그 작전이 현실적이냐 하는 것이 문제지.'

방구병은 정말 자신이 없었지만 뒤에서 등을 떠미니 울며 겨자 먹기로 나섰다.

뒤에서 맹정우가 외쳤다.

"힘을 내라, 경천객! 너의 활약에 강호의 미래가 걸려 있다!"

'강호의 미래가 아니라 네놈 미래가 걸려 있겠지.'

속으로는 비아냥거렸지만 '경천객'이란 단어가 귀에 들어오자 힘이 조금 솟았다.

'좋아! 명문의 이름을 더럽힌 살귀 놈들에게 진정한 경천객의 위력을 보여주마!'

작심한 방구병은 모습을 숨기고 있던 숲에서 나와 성큼성큼 걷기 시작했다.

앞서 가는 두 고수를 큰 걸음으로 쫓아간 방구병은 우렁차게 외쳤다.

"어이! 거기 앞에 가는 두 놈!"

성큼성큼 걷고 있던 두 고수의 발이 약속이라도 한 듯 멈춰졌다.

적발귀와 태산호는 천천히 몸을 돌렸다.

뒤에 웬 땅꼬마 하나가 씩씩하게 서 있는 것이 보였다.

적발귀가 음산한 목소리로 말했다.

"꼬마야, 설마 우리를 부른 것이냐?"

방구병은 늠름한 표정을 지으려 애쓰며 고개를 끄덕였다.

"그렇다! 네놈들 꼬락서니를 보고 있자니 강호에서 마주치면 반드시 처단해야 할 살귀 놈들 중에 두 놈의 이름이 떠올라서 말이다."

적발귀와 태산호는 마주 보며 허허 웃을 수밖에 없었다.

강호에 살명을 떨친 이래 이렇게 맹랑한 놈은 처음 마주쳤기에.

"네놈, 우리가 누군지 알긴 알고 까부는 거냐?"

평상시라면 두말할 것 없이 칼이 튀어나왔을 그들이었지만 워낙 예상치 못한 상황이기에 신기하여 묻는 말이었다. 혹시 딴 놈이랑 착각해서 이 꼬마가 까부는 것이 아닌가 하여.

그러나 방구병은 당당했다.

"사문을 더럽힌 것도 모자라 배신하고 사형제에게 칼을 꽂은 패륜아 적발귀! 그저 기분 나쁘다는 이유만으로 사람 목숨을 함부로 취하는 살인귀 태산호! 오늘 이 경천객께서 너희 두 악한을 하늘을 대신하여 징벌하겠다!"

외침과 함께 방구병은 힘차게 칼을 뽑아 둘을 향해 겨누었다.

당당한 그 모습은 그야말로 천상천하 유아독존! 영락없는 대협객의 풍모를 풍겨내고 있었다.

'자아도취에 완벽히 사로잡혔군. 저 정도면 금세 쓰러지지는 않겠는데.'

숨어서 이 광경을 지켜보던 맹정우는 적이 안심했다. 워낙 영웅의 환상에 젖어 사는 녀석인지라 그럴듯한 말 몇 마디를 던지다 보니 자신이 진짜 영웅이라도 된 양 착각에 빠진 모양이었다. 최소한 상대의 기세에 눌려 칼 한 번 못 휘둘러 보고 쓰러질 것 같지는 않았다.

어이없어하는 표정으로 방구병의 꼬락서니를 지켜보던 두 고수는 슬슬 살기를 풍겨내기 시작했다.

"어린 놈이 강호의 쓴맛을 너무 모르는구나. 자리라도 펴고 앉아 천천히 교훈을 들려주고 싶다만 애석하게도 우리가 시간이 없다. 금방 죽여주마."

태산호가 한 발 앞으로 나섰다.

그러자 방구병은 한손을 내밀며 외쳤다.

"잠깐! 네놈의 순번은 두 번째다! 난 저 사문을 배신하고 사형제들의 피를 머금은 패륜아부터 처치하고 싶다. 그러니 기다려라."

태산호는 어처구니없다는 듯 헛웃음을 날렸다.

"클클클, 정말 하룻강아지 범 무서운 줄 모른다는 말이 딱 들어맞는 놈이로구나. 네놈이 감히 상대를 고를 자격이 있다고 생각하느냐?"

그는 등 뒤에 차고 있던 대감도를 천천히 빼내었다. 그때, 그의 어깨를 잡는 손이 있었다.

"응?"

뒤돌아보는 태산호에게 적발귀가 말했다.

"놈은 나한테 맡기지."

"왜? 저 하룻강아지의 말을 나보고 들으라고?"

"조금 참아주게. 아까부터 사문이 어쩌고 하는 말을 듣고 있자니 살심이 치솟아 가만있을 수가 없군. 놈을 육시를 하지 않으면 딴 놈이라도 죽여야 할 판국인데, 우리가 오늘 앞으로 만날 놈은 이놈 말고는 산왕채 아이들밖에 없으니 걔들을 죽일 수야 없잖아?"

말하는 적발귀의 눈에서는 살광이 이글거리고 있었다.

친구의 심정을 헤아린 태산호는 훗 하고 웃으며 그에게 길을 양보했다.

적발귀는 흉소를 흘리며 방구병에게로 다가갔다.

"꼬마야, 말로 나를 이렇게 흥분시키는 놈을 만난 것도 참으로 오랜만이구나. 가야 할 길이 바쁘긴 하지만 그 보답을 안 해줄 수야 없지. 천천히, 아주 천천히 죽여주마. 사지가 하나하나 뽑히고, 칠공이 하나하나 피를 내뿜다가 그 피가 모두 마를 때까지 너는 죽지는 않을 거야……."

위세 당당하던 방구병이었지만 그 끔찍한 말에 찔끔할 수밖에 없었다.

그는 마음을 가다듬으려 애썼다.

'오직 하나만 생각하자. 칼을 높이 올리고…… 오로지 방산폭우(防

傘暴雨)! 방산폭우만 하는 거다!'

칼을 잡은 그의 손이 머리 위까지 치켜 올라갔다.

그 순간, 삼 장 앞에서 걸어오던 적발귀의 신형이 흐릿해진다 싶더니 폭풍 같은 기세가 얼굴 쪽으로 다가왔다.

챙!

한차례 충돌음이 울린 후, 연검을 빼 들고 우뚝 멈춰 선 적발귀는 이 장 뒤로 후퇴한 방구병을 노려보고 있었다.

생각 외로 땅꼬마가 자신의 일격을 막아냈기 때문이었다.

검과 도가 충돌하는 순간 그 힘에 떠밀려 뒤로 물러난 방구병은 칼을 잡은 두 손을 머리 위까지 들어 올려서 도극은 아래로 향하게 한 채 빙빙 돌리고 있었다. 그 형상이 마치 우산을 쓴 것 같았는데, 자세를 구부정하게 낮추고 있어서 회전하는 칼이 상체를 거의 감싸고 있었다.

방구병은 적발귀가 달려드는 순간부터 이 방어세를 취했고, 목으로 파고드는 적발귀의 연검을 제대로 막아냈던 것이다.

"제법 한 수가 있구나."

적발귀는 칭찬인지 비아냥인지 모호한 말을 내뱉으며 다시 방구병을 향해 다가가기 시작했다.

방구병은 자세를 낮춘 채로 칼을 뺑뺑이 돌리는 것을 멈추지 않았다.

그의 이 방어세는 비홍도법의 방산폭우라는 초식이었는데, 머리와 상체를 보호하기 위한 최적의 초식이었다. 공격으로의 전환이 늦는 단점이 있지만 어차피 공격할 실력은 안 되고 그저 시간만 끌면 되는 방구병 입장에서는 더할 나위가 없는 초식이었다.

적발귀는 그에게로 다가서며 말했다.

“그렇게 열심히 머리 위에서만 돌리면 아래가 비지 않나?”

‘않나?’ 라는 말이 끝나기가 무섭게 적발귀의 연검이 방구병의 허리 쪽으로 파고들었다.

“웃!”

방구병은 신음성을 내지르며 뒤로 비틀비틀 물러섰다.

공격을 가했던 적발귀는 그를 쫓지 않았다. 눈이 휘둥그레져서 자신의 연검과 방구병의 허리 어림을 번갈아 보고 있을 뿐이었다.

“어, 어떻게 된 거지?”

분명 허리를 베는 감촉까지 있었는데 꼬마의 옆구리에서는 피가 조금도 나지 않고 있었다!

뒤에서 태산호의 목소리가 들려왔다.

“데리고 노는 것도 좋지만 빨리 끝내라고. 해가 지기 전에는 올라가야지.”

적발귀는 슬슬 열이 오르기 시작했다.

“이 땅꼬마야, 다시 한 번 버텨봐라!”

그의 신형이 득달같이 방구병에게로 쏘아져 나갔다.

방구병은 여전히 열심히 뺑뺑이를 돌리고 있었다.

적발귀의 연검이 칼이 도는 회전 반경 바로 아래, 방구병의 아랫배를 정확히 찔렀다.

그러나 이번에도 살을 꿰뚫는 감촉 대신 허무하게 튀어나오며 이지러지는 연검의 느낌만 손에 걸릴 뿐이었다. 게다가 연검이 갑자기 구부러지는 통에 회전하고 있는 방구병의 칼에 오른팔이 베일 뻔하기까지 했다.

적발귀의 얼굴이 붉게 달아오르며 연이은 공격이 시전되었다.

그러나 머리 쪽으로 가는 공격은 회전하는 칼에 걸리고, 가슴이나 허리로 가는 공격은 놈의 몸뚱어리가 금강불괴라도 되는 양 허무하게 튀어나왔다.

분을 참지 못한 적발귀의 연검이 그의 공세에 밀려 후퇴하고 있는 방구병의 발목으로 향했다.

쏘아진 연검이 막 발목을 꿰뚫으려 하는 찰나, 방구병의 신형이 갑자기 꺼져 버렸다.

"아니?"

적발귀만 놀란 것이 아니라 뒤에서 지켜보던 태산호까지도 놀라고 말았다.

땅꼬마는 일 장쯤 떨어진 곳으로 이동해서 뺑뺑이를 돌리고 있었는데, 그의 움직임을 둘 다 정확히 보지 못한 것이었다.

"이제 보니 한 수가 정말 있긴 있는 놈이로구나."

바위에 등을 기대고 둘의 싸움을 구경하고 있던 태산호가 몸을 일으켰다.

땅꼬마의 방금 전 몸놀림은 분명 예사 놈이 보여줄 수 있는 움직임이 아니었다. 무슨 목적인지는 몰라도 지금까지 놈의 괴이한 행실로 볼 때 뭔가 의도가 숨어 있는 듯 보였다.

"가까이 오지 마라! 이놈은 내가 처리한다!"

적발귀가 날카롭게 외쳤지만 태산호는 걸음을 멈추지 않았다.

"뭔가 수상한 놈이야. 꿍꿍이가 있는 것 같으니 협공을 해서라도 빨리 잡아야겠어."

"오지 말라니까!"

적발귀는 신경질적으로 외치며 다시 방구병에게 달려들었다.

연검이 머리, 목, 가슴, 배를 차례로 파고들었다. 그러나 방구병은 뺑뺑이 돌리고 있는 칼과 가슴과 배로 튕겨 내었다.

튕겨 나간 연검이 허벅지 쪽으로 향하자, 또다시 방구병의 신형이 꺼졌다.

보이지 않을 정도의 빠른 움직임을 보인 방구병의 신형이 적발귀가 있는 곳에서 조금 떨어진 위치에 멈춰 서는 순간, 어느새 다가온 태산호의 대감도가 공기를 가르며 날아들었다.

'빌어먹을!'

방구병은 속으로 비명을 내질렀다.

그의 방어 전술을 상중하로 나누어보면,

맨 위쪽, 머리와 목 부분은 뺑뺑이 돌리는 칼에 의한 방산폭우식으로의 방어. 중간 부분, 가슴과 몸통은 맹정우에게서 빌린 폭풍번의 깃발이 옷 속에서 그를 감싸고 있었고, 하체, 다리 부분에 공격이 가해질 경우에는 유일하게 제대로 구사할 수 있는 신법, 맹정우에게서 배운 단지보를 이용해 피하는 것이었다.

그가 태산호를 마다하고 애초에 적발귀를 지목한 이유는 간단했다. 적발귀의 낭창낭창한 연검은 폭풍번의 깃발로 감싸고 있는 몸뚱이가 견뎌낼 수 있었기 때문이다.

반면 엄청한 힘이 실린 태산호의 대감도가 몸뚱이를 직격하면 제아무리 폭풍번이 감싸고 있다고 해도 갈빗대와 내장이 남아날 리 없었다. 그렇기에 그보다는 적발귀를 더 자극시켜 상대로 택한 것이었는데, 비겁한 놈들이 협공을 가해올 줄이야!

"에잇!"

방구병은 최대한 자세를 낮추며 날아오는 대감도를 뺑뺑이로 받아냈다.

콰직!

대감도와 충돌하는 순간, 방구병은 힘에 밀려 엉덩방아를 찧었고, 그의 칼은 마치 엿가락 비틀어지듯 구부러져 버렸다.

다행히도 칼은 완전히 부러지지 않았다. 방구병은 재빨리 일어서서 다시 뺑뺑이를 돌렸다.

"이놈!"

적발귀의 연검이 매섭게 허벅지께로 날아왔다.

아까의 방어로 응용력이 생긴 방구병은 얼른 자세를 낮춰 날아오는 연검을 아랫배로 받아 튕겨냈다.

"크크크, 그것도 공격이라고 하는 거냐? 네놈의 검은 등긁개로 배를 긁는 것 같구나!"

여유가 생긴 방구병이 비아냥대기까지 하자 적발귀의 얼굴은 그의 머리카락만큼 붉게 달아올랐다.

"노옴! 죽여 버리겠다!"

적발귀의 공격이 무차별로 전개되었지만 중(重)보다는 쾌(快)에 치우친 그의 공격은 하체에 공격이 닿지 않도록 자세를 잔뜩 낮추고 방어하는 방구병에게 큰 피해를 주지 못했다.

"비켜!"

적발귀의 공세가 잠깐 멈춘 틈을 타 태산호의 대감도가 날아왔다. 그는 아까부터 공격을 벼르고 있었지만 적발귀가 워낙 흥분하여 난리 치는 통에 끼어들 틈을 찾지 못하고 있었던 것이다.

방구병은 재빨리 단지보를 시전, 뒤로 후퇴하며 외쳤다.

"역시 패악한 놈들이라 비겁하기까지 하구나! 일 대 일로 해서는 자신이 없나 보지!"

미칠 듯이 흥분한 적발귀가 발악적으로 태산호에게 외쳤다.

"나서지 말라니까! 안 그러면 네놈도 죽여 버릴 테다!"

태산호는 어이가 없어 걸음을 멈추었고, 적발귀는 뺑뺑이를 돌리며 달아나고 있는 방구병을 미칠듯한 기세로 쫓아갔다.

태산호는 그 광경을 보며 뇌까렸다.

"멍청한 자식, 제 성질을 못 이겨 칼 맞아 죽을 놈이로군."

"누가 말이오?"

"누구긴 누구야. 적발귀 놈……!"

태산호는 뒤에서 들려온 말에 무심코 대꾸하다가 다급히 고개를 돌렸다.

대체 누가 자신도 모르게 등 뒤로 이렇게 가까이 접근한 것일까?

한편, 뺑뺑이 돌리며 달아나던 방구병은 점차 달리는 속도가 감퇴되었다.

"헥! 헥! 죽겠다, 죽겠어!"

사실 공력도 크게 달리는 그가 고명한 수법인 단지보를 시전할 수 있는 횟수는 제한되어 있었다. 기껏해야 서너 번이 한계였다.

그런데 벌써 세 번이나 그것을 시전한 데다가 뺑뺑이 돌리는 것도 기력이 만만치 않게 소비되는 일이었다.

"꼬마, 기필코 네놈을 갈아 마시겠다."

극도의 분노로 인해 냉랭해진 음성이 그의 귀에 파고들었다.

어느새 다가온 적발귀의 일격이 방구병의 머리 위로 내리 찍혔다.

뺑뺑이와 연검이 다시 충돌하는 순간,

콰직!

구부러지고 비틀려 있던 방구병의 칼이 마침내 반 토막 나버렸다.

"흐흐흐, 어디 한번 계속 돌려보지 그래."

적발귀는 먹잇감을 막다른 곳에 몰아넣은 승냥이 같은 눈빛으로 방구병을 보며 다가섰다.

"죽어!"

연검이 서릿발 같은 기세로 방구병에게 날아들었다.

방구병은 목으로 날아드는 빛을 보고는 황급히 몸을 낮췄다.

머리 위를 지나치는 듯 보이던 연검은 그의 움직임을 따라 급강하했고, 그의 정수리를 쪼갤 듯 내리찍었다.

"에잇!"

안 되겠다 싶은 방구병은 재빨리 뒤로 몸을 뉘었다. 마치 철판교를 펼치는 듯한 누운 자세로 연검을 맞이한 것이다.

퍽!

내리 찍힌 연검은 방구병의 배를 강타했지만 옷 속의 폭풍번에 가로막혀 살을 가르지는 못했다.

"이, 이 새끼가!"

흥분한 적발귀가 누워버린 방구병의 목을 향해 연검을 내리찍었으나 방구병은 재빨리 몸을 뒤집으며 등으로 검을 튕겨냈다.

검격을 다른 것도 아닌 몸뚱어리로 방어하는 고금을 통틀어 보기 드문 기사를 펼쳐 내는 방구병이었다.

그러나 결국 한계가 오고 말았다. 머리가 터질 듯이 흥분하여 길길이 날뛰던 적발귀가 말을 듣지 않는 연검을 패대기쳐 버린 것이다.

그리고는 너 죽고 나 죽자며 맨몸으로 달겨드니, 방구병은 갑자기 방어할 방법이 없어져 버렸다.

퍽퍽퍽퍽퍽!

공방의 자세고 뭐고 없이 무작정 대여섯 대쯤 후려친 후에야 적발귀는 비로소 제정신을 되찾았다. 연검은 잘도 막아내던 땅꼬마가 그의 주먹은 단 한 대도 막지 못한 채 얻어맞고 쓰러져 버린 때문이었다.

"크… 흐흐흐! 이놈! 무슨 재주를 피웠는지 연검은 잘도 막더니, 맨주먹은 하나도 못 막는 게냐? 어디 한번 아까처럼 나불대 봐라!"

적발귀는 광소를 흘리며 쓰러진 방구병의 옆구리를 있는 힘껏 걷어찼다.

"컥!"

방구병은 옆구리를 부여잡고 대굴대굴 굴렀다.

"아직 멀었다! 아까 말했었지, 네놈의 사지를 하나하나 뽑겠다고. 그리고 칠공을 모두 뚫어 피를 다 뽑아내는 거다. 그 피가 마를 때까지 네놈은 절대……."

적발귀는 더 이상 말을 잇지 못했다. 그는 천천히 고개를 내려 자신의 하복부를 바라보았다. 검은 칼 하나가 배를 뚫고 나와 있는 것이 보였다.

땅꼬마를 응징하는 것에만 정신이 팔려서 누가 다가오고 있는지도 몰랐던 적발귀는 허무하게 그의 친구 뒤를 따라가고 말았다.

"괜찮냐?"

"아구구구! 네놈 눈에는 이게 괜찮은 걸로 보여?"

방구병은 맹정우의 부축을 받아 일어나면서 죽는 소리를 했다.

"대체 왜 이리 늦은 거야?"

“네놈 잘 버티고 있는지 신경 쓰다 보니 외려 정신 집중이 더 안 되더라고. 그래서 예열이 좀 늦었고, 이놈 말고 또 한 놈은 제법 버티더라. 그놈 처리하고 오느라 조금 늦었지.”

둘은 격전의 흔적을 모두 지우고 죽은 두 고수의 시체도 흔적없이 파묻었다.

그리고 객잔으로 돌아가 무산에 간 추적대가 도착하길 기다렸다. 그러나 아흐레가 지나도록 추적대는 오지 않았다. 이제 하루 뒤면 혈각이 만금산장 접선 장소에 도착한다는 날이었다.

결국 기다리다 못한 둘은 비상시를 대비해 세워둔 세 번째 작전을 꺼내들었다.

*　　　*　　　*

“형님, 꿩이 한 마리 옵니다.”

나무 그늘에 반쯤 누운 자세로 맞은편 산봉우리에 걸려 있는 구름을 멍하니 응시하던 사전(士全)은 부하 산적의 부름에 자세를 계속 유지한 채 심드렁하게 대꾸했다.

“오, 그래? 알아서 처리해.”

“근데… 말코인 모양입니다.”

“말코? 노계냐 영계냐?”

“노계입니다.”

“노계면 일단 잡아 족쳐 봐야지. 영계말코는 잡아봐야 살도 없고 털다가 행여 죽기라도 하면 괜히 찜찜한 게 재수도 없다만, 노계면 부적 판 돈이라도 꼬불쳐 놓고 다니기 마련이거든.”

부하는 고개를 꾸벅 숙이고 행동 개시를 하러 나갔다.

그와 산왕채 소속 산적 열 명은 지금 대파산 남쪽의 목 좋은 고갯길에서 지나가는 행인에게 통행세를 받는, 산적으로서 지극히 기본적인 임무를 실행 중이었다.

산왕채 서열에서 얼추 열 손가락 안에 꼽히는 사전인지라 모처럼 순번이 돌아 이런 임무에 투입이 되었지만, 이곳 일이야 밑에 애들이 다 알아서 처리해도 무방한 자리인지라 그저 시간만 때우다 귀환하면 되는, 그런 형편이었다.

지금만 해도 노도사 한 명에게 부적 값이나 몇 푼 뜯어내면 끝날 상황인지라 밤새 노름한 탓에 잔뜩 밀린 잠이나 마저 자야겠다고 돌아눕는 터였다. 그러나 갑자기 들려온 익숙한 비명, 아무리 긍정적으로 생각하려 애를 써봐도 노인의 비명이라기에는 너무도 젊고 귀에 익은 목소리였다. 아니, 목소리들이었다.

그는 옆에 풀어놓고 있던 대감도를 들고 즉시 벌떡 일어났다.

부리나케 나무숲에서 뛰어나와 보니 벌써 네댓 명의 수하가 자빠져 있었고, 나머지 놈들은 웬 노도사 하나와 대치하고 있었는데, 얼굴 표정을 보아하니 겁에 잔뜩 질려 있는 것이 이미 도사의 무용에 주눅이 든 모양이었다.

"뭐야? 무슨 일이야?"

그가 다가가자 부하들이 반색을 했다.

"저 말코한테 몽땅 당했습니다. 형님이 힘 좀 써주셔야겠습니다."

"그으래?"

사전은 한껏 거드름을 피우며 한 발 앞으로 나섰다. 노도사들은 꿍쳐 놓은 돈이 꽤 많은 경우가 비일비재하여 비교적 짭짤한 고객이다.

그러나 보통 그 나이 먹을 때까지 도를 닦다 보면 호신술을 익히고 있
는 경우가 많아 어린 아해들이 겁없이 덤볐다가 쓴맛을 보는 경우가
종종 있었다.

'그러나 이 몸은 철없는 아해들과는 차원이 다른 고수이지.'

그래도 명색이 산왕채의 서열 육위! 사천을 주름잡는 고수인 큰형님
에게서 붕조권(鵬鳥拳) 세 초식을 전수받은 몸이었다. 고로 그 역시도
큰형님의 뒤를 이어 장차 사천을 주름잡을 청운의 꿈을 품고 있는 잠
룡(潛龍)! 어설픈 도인호신술이나 몇 가지 익히고 있을 노도사쯤이야
일수에 격퇴하여 어린 동생들에게 위엄을 세울 작은 기회 그 이상도
그 이하도 아니었다.

과연 고수는 고수를 알아본다고 노도사도 그의 위용에 겁을 먹었는
지 화친을 시도하는 모양이었다.

"이보시오. 보아하니 당신이 우두머리인가 본데, 노도는 싸우고픈
마음이 조금도 없소. 단지 이 봉우리에 길한 기운이 보여 여기까지 올
라왔을 뿐, 저 이들이 다짜고짜 덤비지만 않았어도 이렇게 손을 쓰지는
않았을 거요. 산 아래에서 듣자 하니 길한 기운이 흥한 연못이 이 근처
에 있다던데, 그곳이 어딘 지나 알려주시구려. 내 길 안내비도 드리겠
소."

보아하니 도사는 도인들이 수행을 위해 많이 찾는다는 이 근처의 청
연지(淸蓮池)를 찾아온 듯했다. 그러나 감히 잠룡의 똘마니들을 건드린
대가도 치르지 않은 채 입 싹 닦고 그냥 지나가겠다는 게 말이 되는 소
리인가?

"고작 안내비 몇 푼으로 잠룡의 분노를 잠재우려 하다니, 간이 부은
말코로구나. 일단 몸에 칼침을 몇 대 놓은 다음 남은 얘기를 마저 하자

꾸나."

나름대로 멋있게 보이려 애쓰며 주절거림을 마친 사전은 위풍당당
하게 대감도를 도사를 향해 내리찍었다.

퍽!

위풍당당하게 노도사의 머리를 향해 떨어지던 대감도는 퍽 소리와
함께 주인의 손에서 하늘 높이 솟구쳐 산봉우리 모양을 그려내며 저
멀리로 날아가 버렸다.

"아이구, 손이야……."

도사의 발에 걸어채인 오른손을 부여잡고 끙끙대던 사전은 부하들
의 실망한 눈초리가 의식되자 아픔을 억지로 참으며 벌떡 일어섰다.

"멍청한 노친네가 꺼내지 않으려 했던 나의 성명절기를 발휘하게 만
드는구나. 장차 사천을 넘어서 천하에 그 위용을 떨칠 비장의 비기를
받아라! 붕조권!"

일갈하며 달리는 그의 두 팔은 천하를 두 날개에 품는다는 붕조처럼
활짝 펴졌다가 노도사가 사정권 안에 들어오자 먹이를 잡는 새처럼 오
므라졌다.

퍽퍽퍽!

오므라들던 두 팔은 노도사의 일장에 다시금 활짝 펴졌고, 매의 눈
같이 빛나던 그의 눈빛은 일권에 아득해졌으며, 공중으로 솟구쳤던 그
의 신형은 일각에 중심을 잃고 바닥에 곤두박질쳐졌다.

"형님!"

산적들이 대굴대굴 굴러오는 그들의 형을 붙잡았다.

넋이 나간 사전은 부축을 받으며 홍알거렸다.

"이 멍청한 놈들… 뭣들 하고 있어… 전부 공격……!"

산적들은 그 명령에 다시금 달려들었으나, 노도사가 갑자기 기묘한 자세로 팔을 구부렸다 펴자 모두 부드러운 기운에 휩쓸려 하늘로 일 장씩 치솟았다가 떨어지고 말았다.

'고, 고수로구나!'

이 놀라운 신위에 기가 팍 죽어버린 산적들은 모두 잘못했다며 노도사에게 고개를 조아렸다.

"쯧쯧쯧, 나라를 위해 한창 힘을 써야 할 젊은 동량(棟梁)들이 산중에 틀어박혀 이런 짓거리나 하고 있어서야……."

혀를 차던 노도사는 다시금 연못의 위치를 물었고, 사전이 기죽은 목소리로 대답했다.

"요 위로 조금만 올라가시면 청연지라는 곳이 나옵니다. 아마 찾으시는 곳이 거기일 겝니다."

"고맙소. 근데……."

왠지 갈 생각을 안 하고 뜸을 들이던 노도사가 다시 입을 열었다.

"여러분들 산채가 혹시 어느 쪽이오?"

이미 기가 죽을 대로 죽은 사전은 순순히 맞은편 봉우리를 가리키며 말했다.

"저쪽 봉우리에 있습니다."

"흐음……."

잠시 그쪽을 바라보며 골똘히 생각에 잠겨 있던 노도사가 다시금 말했다.

"혹시, 산채의 식구 중에 누군가가 영약 같은 것을 얻지 않았소이까?"

"예? 아니, 그것을 어떻게……?"

사전은 깜짝 놀라 반문했다.

후도가 섬서성에서 만령진액을 구해온 것을 아는 사람은 자신을 포함하여 당시 동행했던 산채 식구 몇 명뿐이었다. 만령진액을 탈취한 후 관련자들을 몽땅 살인멸구했기 때문에 그 이상 아는 사람이 있을 리가 없었다.

"아까부터 저쪽에서 아주 순수한 양의 기운이 발생하고 있음을 느낄 수 있었소. 저 정도의 순도라면 전설상의 독각화린망(獨角火鱗蟒)의 내단이나 높이 천 장 이상의 음양의 기운이 조화된 영산에서만 얻을 수 있다는 만령진액 정도나 되어야 가능할 듯싶어서 한 말이오."

"헉!"

사전은 신음성을 토해냈다.

도사는 영약의 이름까지 정확히 알아맞히고 있었다. 아까 부하들을 공중으로 띄울 때부터 알아보긴 했으나 보통 도력이 깊은 도사가 아닌 모양이었다. 자칫 잘못했다면 고수를 몰라보고 큰 실수를 할 뻔했구나 하고 생각하니 머리가 아찔했다.

"쯧쯧, 그런데 아쉽구나. 보아하니 그 기운이 꺾이기 시작할 날이 얼마 남지 않았어. 커다란 기연을 얻었으나 인연이 완전치 않다면 그 빛을 다하지 못하겠구나! 무량수불……."

도사는 탄식 어린 도호를 읊조리며 청연지 쪽으로 걸어 올라가기 시작했다.

사전은 자신들에게 별다른 징계를 내리지 않고 떠나가는 도사를 바라보며 안도의 한숨을 내쉬었다. 그때 옆에 있던 부하가 말했다.

"저기… 채주께서 영약을 얻어왔다고 하던데, 저 도사가 그 얘기 한 거 아닙니까?"

"응, 그렇다. 귀신도 때려잡을 재주를 가지고 있더군. 하마터면 오늘 고수를 몰라보아 명줄이 다할 뻔했어."

"근데, 기운이 꺾인다 어쩐다 하던데… 좀 더 물어봤어야 하지 않을까요?"

"응?"

그저 고수가 벌 내리지 않고 떠나기만 바라고 있었던 탓에 미처 신경 쓰지 않았었는데, 부하의 말을 듣고 보니 마지막에 뭔가 굉장히 아쉽다는 투로 말하고 간 것 같긴 했다.

"그러고 보니 그게 무슨 뜻인지 좀 더 물어볼 걸 그랬나?"

"그럼요. 밑져야 본전 아닙니까? 행여 좋은 정보라도 얻어 채주 눈에 드시기라도 한다면 누가 압니까, 붕조권 몇 초식이라도 더 얻을 수 있을지……."

"그렇겠지?"

가만히 생각해 보니 이대로 있을 때가 아니었다. 괜히 쫓아갔다가 노도사가 아까 까분 죄 추궁하는 것을 깜박 잊었다며 몇 대 때리기라도 하면 어쩔까 겁이 나기도 했으나 선인의 풍모가 엿보이는 노도사의 아까 행태로 보아 뒤늦은 응징은 크게 우려하지 않아도 될 듯했다.

부하 말대로 밑져야 본전이니 한번 물어나 봐야겠다는 생각이 들자 사전은 부리나케 노도사의 뒤를 따랐다.

"도사님, 도사님!"

축지법이라도 시전하여 상당히 멀리 갔으면 어쩔까 걱정했었는데, 의외로 노도사는 그다지 멀지 않은 곳에서 걸어가고 있었다. 발걸음도 마치 누구를 기다리는 듯이 굉장히 느렸다.

사전이 부랴부랴 쫓아가며 부르자, 노도사는 걸음을 멈추고 뒤를 돌

아보았다. 그런데 왠지 그 돌아보는 얼굴이 헤어진 손자라도 만나는
듯 무척 반가워하는 표정이었다.

그러나 마음 급한 사전은 그것을 신경 쓸 겨를이 없었다.

"도사님! 잠시 걸음을 멈춰주십시오!"

"또 무슨 일이신가?"

"아까 말씀하신 것 말입니다. 그게 무슨 뜻입니까?"

"응? 노도가 무슨 말을 했던가?"

"거 있잖습니까. 기운이 꺾여 기연이 쇠한다고 했던가, 뭐 그러셨는
데……."

"아, 아, 그거."

노도사는 그제야 무슨 말인지 알겠다는 듯 고개를 끄덕였다.

"그래, 그럼 자네 산채에 영약을 얻은 이가 있긴 있나 보지?"

사전은 힘차게 고개를 끄덕였다.

"그렇습니다! 말씀하신 대로 만령진액을 얻어온 상태입니다!"

"그걸 구한 지 얼마나 되셨나?"

"글쎄요… 호광성에서 가져온 지 대략 한 달쯤 지났으니……."

"그래? 거참 이상하군. 만령진액이란 것은 청정한 양기의 집결체로,
그와 보조를 맞추는 음기가 성한 지역을 벗어나면 점차 그 기운을 잃
기 시작하네. 처음에는 그 잃는 기운이 미미하나, 본래 지역을 벗어난
지 넉 달이 지나면 오 일에 일 할씩 그 효력을 잃게 된다네. 노도가 느
끼기에는 벌써 그 기운이 소멸할 기미가 보이기 시작하는 것이 넉 달
이 다 되었다고 느꼈는데, 자네 말에 의하면 구한 지 한 달밖에 안 되
었다니, 아마도 노도가 능력이 부족하여 기운을 잘못 읽었나 보군. 신
경 쓰지 말게나."

사전은 눈을 크게 뜨며 침을 꼴딱 삼켰다. 그리고 다급히 노도사의 손을 잡아끌었다.

"그게 아닙니다! 여기서 이러실 게 아니라 산채로 좀 가주십시오! 진인의 조언을 마저 들어야 할 분이 계십니다!"

노도사는 탐탁지 않은 표정으로 몸을 뺐다.

"허허, 지금 수행을 하러 가는 길인데……."

그러나 사전은 붙잡은 손을 완강히 놓지 않았다.

"그러지 마시고 길을 잃은 중생에게 가르침을 주십시오. 후사는 확실히 하겠습니다."

"허허… 이러면 안 되는데……."

말은 그리 하면서도 노도사의 발은 이미 사전을 따라가고 있었다.

대파산 산왕채.

"아니, 그런 신묘한 능력의 도사님이 있단 말이냐?"

믿기 어렵다는 표정을 짓고 있는 채주 후도의 반문에 사전은 힘차게 고개를 끄덕였다.

"그렇다니까요! 만령진액을 가지고 있다는 걸 아는 것도 모자라 그 기운의 승하고 쇠함까지 읽고 있더라구요. 만령진액의 효력이 제대로 발휘되는 기간이 딱 넉 달이라고 합니다. 그런데 우리가 그것을 무산에서 말코의 목을 자르고 뺏어온 것이 한 달 전, 그 말코가 장백산에서 채취해 거기까지 온 날짜까지 어림짐작해 보자면 한 넉 달쯤 될 것이니 거의 정확한 거 아니우?"

"그렇군……."

후도는 침을 꼴딱 삼켰다.

장백산 근처에서 섬서성까지 도사 걸음이면 대략 다섯 달 거리였다. 그러나 만령진액에 유효 기간이 있다는 듣도 보도 못한 얘기가 사실이라면, 당연히 그 도사도 그 사실을 알고 배와 마차 등 빠른 교통수단을 이용했을 것이다. 그러나 아무리 빨라도 최소 두 달, 도사가 돈이 별로 없어 서민들이 애용하는 교통수단을 이용했을 것을 감안하면 얼추 세 달이 정확히 떨어진다.

벌써 네 달이 꽉 찼다면 며칠 내에 효력이 일 할은 감소될 거라는 얘긴데, 황산에서 부른 본채의 내가고수가 이곳까지 예정대로 온다고 가정할 때 이십 일 가까이 더 있어야 도착한다. 만일 도사의 얘기가 사실이라면 본채의 고수가 도착할 때쯤이면 진액의 효력은 절반으로 떨어진다는 얘기가 된다.

"염병할! 그럼 대체 어떻게 해야 하지? 사천에 동지는 없고 적들만 잔뜩 깔려 있는데 대관절 어디서 일 갑자 공력의 내가고수를 구한단 말이냐!"

눈 시퍼렇게 뜨고 가진 영약을 반 이상 버리게 생긴 후도는 열통을 터뜨렸다.

사전이 은밀한 목소리로 그를 달랬다.

"형님도 참, 산왕채의 제갈공명인 이 사 동생이 있는데 무슨 걱정이십니까? 이미 다 방법을 간구해 놓았습니다."

사전이 산왕채의 떠버리라는 것은 익히 알고 있었으나 제갈공명이란 얘기는 처음 들어본 후도였지만 물에 빠진 사람 지푸라기라도 잡는 심정으로 그의 말에 귀를 기울였다.

"제가 이미 여기까지 오는 동안 화려한 언변으로 도사님을 반쯤 녹여놓은 상태입니다. 그 신묘한 노도사의 도움을 받을 수만 있다면 지금 당장이라도 만령진액을 섭취할 수가 있을 텐데 뭐가 걱정이십니까?"

"뭐야! 그럼 그 도사가 내가고수란 말이냐?"

"그러믄요. 손짓 한 번에 우리 애들 대여섯 놈이 공중으로 삼 장쯤 떴다 떨어지더군요. 그런 사람이 고수 아니면 누가 고수겠습니까?"

"그런데 그런 고인이 산적 부탁을 들어줄까?"

"아따 형님도, 제가 이미 다 포섭을 해놨다니까요? 형님은 제가 시키는 대로만 하면 됩니다."

사전은 말을 하다 말고 후도에게로 몸을 기울였다. 후도가 귀를 대자 사전은 낮은 목소리로 읊조리기 시작했다.

자신을 풍령도인(風靈道人)이라고 밝힌 노도사는 접견실로 보이는 큰방에 홀로 앉아 있었다.

갑자기 문이 열리더니 우람한 덩치에 험상궂게 생긴 사내가 들어왔다. 바로 후도였다.

"이렇게 고명하신 진인을 저희 산채에 모시게 되니 참으로 영광입니다!"

후도가 벽력같은 목소리로 포권을 하며 나름대로 예의를 차리자 풍령도인은 계면쩍어하며 인사를 받았다.

"저희 동생에게 말씀 전해 들었습니다. 만령진액의 약효가 떨어져가는 것을 안타까워하셨다구요."

"그렇소이다. 자고로 사람이 사람을 만나 인연을 쌓는 것도 하늘이 정해주는 것이듯, 사람과 영약이 만나는 것도 하늘이 정해준 연이 있기 때문인데, 그것이 완성되지 못하고 사그라질 운명인 듯하여 안타까워한 소리 한 것뿐이외다.”

“그렇다면 그 인연이 완성될 수 있도록 진인께서 좀 도와주십시오!”

후도의 말투가 사정조로 돌아섰다.

풍령도인은 난색을 하며 손사래를 쳤다.

“노도는 능력도 많이 떨어질뿐더러, 그대를 돕는 것이 올바른 것인지 확신할 수가 없소. 다른 사람을 알아보시오.”

완곡한 거절이었지만 후도는 물러서지 않았다.

“오면서 제 동생에게 충분히 들으셨을 텐데요. 저희는 단순한 녹림도당이 아닌 의적입니다, 의적! 탐관오리나 졸부에게서 돈을 빼앗아 가난한 백성을 구제하는 데에 힘을 쏟고 있습니다! 한번 하산하셔서 근처 아무 마을에나 들어가 산왕채에 관해 물어보십시오! 나쁘게 말하는 곳이 한 곳이라도 있는가!”

이 근처 촌락은 모두 산왕채의 관할 구역인지라 겁이 나서라도 나쁜 말을 못할 것이라는 건 당연한 얘기였으나 노도사는 세상 물정 모르는 도사다 보니 그 말이 솔깃한 모양이었다.

“그게 정말이오? 그렇다면 왜 노도에게 부하들이 덤벼들었던 거요?”

날카로운 지적이었으나 이미 후도에게는 사전이 가르쳐 준 변명거리가 준비되어 있었다.

“요 근래 이 근처에서 혹세무민(惑世誣民)하고 있는 가짜 도사들이 들끓고 있습니다. 무지몽매한 백성에게 가짜 부적을 팔아 돈을 빼앗는 아주 악질적인 놈들이 설친다는 민원이 자주 접수되고 있는 터인데, 의적 산왕채가 어찌 가만있을 수 있겠습니까! 그래서 이 근처를 지나가는 도사 복장을 하고 있는 자들은 일단 붙잡아서 검문 검색을 하고 있는 형편인데 늘 예의는 갖추고 조사를 하라고 누누이 교육했건만 젊은 애들이 의기에 불타다 보니 진인을 보고 좀 흥분했던 모양입니다. 그것은 제가 충심으로 사죄를 드립니다."

"허허, 그런 일이……."

혀를 차던 풍령도인은 후도를 유심히 바라보았다.

"하긴 관상을 보아하니 많은 고생을 하는 중에도 정신은 늘 올곧은 목표를 향하고 있다는 느낌을 받게 하는구려. 이제 보니 대단히 좋은 인상의 소유자시로군."

"그, 그렇습니까?"

갑작스러운 노도사의 칭찬에 후도의 표정이 헤벌레해졌다. 자기 인상 좋다는데야 싫어할 사람이 누가 있을까. 더구나 이미 신묘한 능력을 보여준 노도사가 하는 말이니 더욱 신빙성이 있어 보였다.

'하긴 내가 온갖 고생을 하면서도 장차 사천성을 넘어 중원을 호령하는 녹림의 총표파자가 되겠다는 꿈만은 결코 잊지 않고 살아왔지!'

새삼 자신의 고난에 찬(?) 삶을 돌아보며 감개무량해하는 후도였다.

"그 목표가 올바른 신념이라면 더할 나위 없겠소. 그렇다면 노도도 발벗고 나서 그대를 도와줄 수 있지. 정녕 의적이 맞소이까?"

이미 정확하기 이를 데 없는(?) 관상 능력을 보여준 풍령도인에게 껌벅 넘어간 후도는 어떻게 해서든지 노도사의 도움을 받겠다는 신념에 찬 목소리로 대답했다.

"그러믄입쇼! 제 별호가 뭔지 아십니까? 빈한한 자에게 은혜를 베푼다고 하여 로빈(露貧)입니다, 로빈! 사천성 북부에서 의적 로빈 후도 하면 울던 아이도 울음을 뚝! 아니지 참, 웃던 탐관오리도 웃음을 뚝 그치고 마루 밑에 들어가 벌벌 떤답니다. 혹세무민하는 자들을 징벌하고 도탄에 빠진 백성을 구제하는 삶에 투신하는 것이 저의 유일한 신념!

그러기 위해서는 지금보다는 좀 더 큰 힘이 필요하고 그렇기에 하늘이 이 만령진액을 저에게 선사한 것이라 믿습니다! 진인께서 하늘의 뜻을 읽으실 수 있다면 부족한 저를 도와주십시오! 그것이 하늘을 위하고 백성을 위하는 길입니다!"

어떻게 해서든지 도움을 얻기 위해 나쁜 머리에서 필사적으로 있지도 않은 별호와 신념까지 짜낸 후도의 노력에 감복을 한 것인지, 풍령도인은 천천히 고개를 끄덕였다.

"듣고 보니 그러는 것이 하늘이 노도를 이곳까지 이끈 까닭인 것 같구려. 그럼 한번 미력하나마 힘을 써봅시다."

마침내 노도사의 허락이 떨어지자 후도는 침을 튀겨가며 흥분했다.

"오오, 정녕 그리해 주시는 것입니까!"

쇠뿔도 단김에 빼랬다고, 행여 한시라도 늦으면 약효가 떨어질까 두려운 후도는 풍령도인의 허락을 받은 즉시 그를 자신의 연공실로 안내했다.

후도는 연공실 내의 비밀 서랍에서 은갑 하나를 꺼내어 풍령도인의 앞에 놓았다. 그리고는 열쇠로 갑을 연 후 자개병 하나를 꺼냈다.

후도가 살짝 마개를 열자 그윽한 향기가 연공실을 가득 채웠다.

눈을 감고 잠시 향내를 맡던 풍령도인이 다시 후도를 바라보며 말했다.

"그 자개병 안에 어느 정도의 진액이 들어 있는 것이오?"

"이 병 안을 꽉 채울 정도입니다. 이 정도면 얼마 정도의 공력 증진을 이룰 수 있을까요?"

"흐음……."

풍령도인은 내심 놀랐다. 자개병은 크다고 할 수는 없었으나 손바닥 두 개 정도의 크기, 작다고도 할 수 없는 용량이었다.

도사의 수염이 덮인 입가에 살짝 미소가 어렸다.

"그 정도면 능히 반 갑자, 잘만 흡수한다면 일 갑자에 가까운 공력을 얻을 수 있겠구려."

"이, 일 갑자요!"

후도의 부릅뜬 두 눈의 눈동자가 튀어나올 듯 요동을 쳤다.

탄탄한 외공을 갖춘 그의 무위에 일 갑자의 내공력이 더해진다면 능히 사천오수를 넘어설 실력을 갖출 수 있고, 녹림 총표파자와도 한번 해볼 만한 능력을 갖게 되는 것이었다.

"다, 당장 복용할 수 있을까요?"

후도의 다급한 물음에 풍령도인은 푸근한 미소로 화답했다.

"왜 아니겠소? 노도가 힘닿는 대로 도와줄 터이니 만령진액의 섭취를 시작해 봅시다."

두 사람은 연공실 바닥에 마주 보고 앉았다.

"우선 가부좌를 튼 후 현재 익히고 있는 호흡법으로 십이 주천을 하여 몸 안의 탁기를 모두 발산하시오. 그런 다음에야 섭취가 가능할 것이오."

"알겠습니다."

후도는 침착하게 마음을 가다듬고 소싯적에 우연히 한 도인에게 주워 익힌 종남비전이라는 태을신공(太乙神功)을 운기했다.

실제로 종남파에 태을신공이 있기는 했으나 그가 익힌 것이 정말 종남파의 비기인지는 직접 종남 도인들을 만나 대질을 해보지 않았으니 알 길은 없었다. 다만 십여 년간 수련했는데도 큰 성과가 없는 것으로 보아 이름은 태을신공인지 몰라도 종남비전인지는 익히고 있는 그 자신조차 의심이 가는 대목이었다.

어쨌거나 정말로 간만에 그는 호흡법에 집중하기 시작했다. 사천의 야산에서 놀던 산적 나부랭이에서 전 강호를 호령하는 무인으로 탈바꿈할 기회가 찾아온 터, 털끝만큼이라도 호흡이 흐트러져서는 안 된다는 다짐이 절로 되었다.

정신을 가다듬고 한 호흡을 들이켰다. 기도를 타고 단전으로 향해간 기는 태을신공의 구결에 따라 왼쪽으로 올라가 기문혈을 지나 유문혈, 거궐혈에서 꺾어져 중완혈을 지나 다시 기해혈로… 신공을 익힌 지 십여 년이 지났지만 이렇게 열심히 집중한 적은 이번이 처음이었다.

태을신공을 익혀왔어도 내공 증진에 큰 효과가 없자 헛것을 익혔다고 한탄해 온 후도였지만 늘 지금처럼만 집중했다면 벌써 사천을 떵떵거리는 고수가 되었을 것이었다.

그러나 습관이란 무서운 것, 네 번째 주천에 들어서기 시작하면서 슬슬 잡생각이 들어오기 시작했다.

그를 들뜨게 만드는 것은 바로 그의 무릎 위에 올려져 있는 은갑, 그 은갑 속의 자개병 안에 담겨진 만령진액이었다. 후도의 머리 속에 그것을 섭취한 이후의 미래가 떠오르기 시작했다.

이제 진인의 도움으로 이것만 섭취하고 나면 우선 구역 다툼으로 껄끄럽던 근처의 무쌍방(無雙幫) 패거리부터 쓸어버려야겠다. 방주인 당랑도(螳螂刀) 이근연이란 놈은 원래 두 주먹거리였으니 한 주먹에 해치우고 나머지 조직은 쓸 만한 놈들이니 바로 흡수해 버려야지.

그리고 나서 흑수(黑水)의 장가방 놈들까지 쓸어버리고 나면 사천

북부는 완전히 평정하게 된다. 그런 연후 성도로 진출한다면 철혈방이나 당문 등에서도 의식하기 시작하겠지. 근데 내가 제아무리 실력이 높아진다고 해도 철혈도제는 고사하고 무상(武上) 안량은 이길 수 있을까. 역시 아무리 강해져도 철혈방은 건드리면 안 돼. 그렇다면 쇠약해진 당문이 접수하고 있는 성도의 나머지 구역을 우리가 쓸어버리는 거다.

성도의 당문 지분까지만 먹어버리고 나면 명실상부하게 철혈방과 더불어 사천을 양분하는 세력이 될 것이고, 그때쯤 되면 녹림에서도 기린아가 나왔다며 힘을 팍팍 실어주겠지. 잘하면 차기 총표파자로 발돋움할 기회도… 근데 이상하군. 눈앞에 앉아 계시던 도사님이 언제 사라지신 걸까. 측간에라도 가셨나?

후도의 생각이 여기까지 미쳤을 때, 뭔가가 그의 후두부를 강타했다. 사천을 양분해 철혈도제와 어깨를 나란히 하는 강자가 돼보겠다는 그의 야심만만한 꿈은 아득히 꺼져 가는 의식과 함께 멀리 멀리 사라져 버렸다.

*　　　　*　　　　*

대파산이 한눈에 들어오는 한 객잔의 이층 창문 앞 탁자에 앉아 창밖을 열심히 바라보고 있던 방구병은 저 멀리서 달려오고 있는 점이 점점 커지며 사람의 형상을 갖추기 시작하자 몸을 벌떡 일으켰다.
"왔구나!"
그는 부리나케 객잔 문밖으로 나갔다. 맹정우가 바랑 하나를 짊어진 채 신나게 뛰어오고 있는 것이 보였다.

마침내 숨을 헐떡이며 맹정우가 객잔 앞까지 도착하자 방구병은 다급히 물었다.

"어떻게 됐냐? 그건 구했어?"

맹정우는 가쁜 숨을 고르며 핀잔을 주었다.

"보통 이럴 때는 '어디 안 다쳤냐'고 걱정스럽게 물어보기부터 해야 하는 거 아니냐?"

"어허, 천하의 강북칠웅께서 무슨 그런 엄살을. 고작 산적 나부랭이한테 당할 걱정을 할 필요야 없지. 그건 그렇고 빨리 말해! 구했어 못 구했어?"

예나 지금이나 방구병의 최대 관심사는 언제나 영약, 비급 쪽이었다.

"이런 걸 친구라고… 일단 방에 들어가서 얘기하자."

맹정우가 객잔문으로 향하자 방구병이 쫓아오며 물었다.

"근데 여기서 지체해도 괜찮나? 대파산에서 멀지 않은 곳인데 행여 놈들이 쫓아오면……."

맹정우는 피식 웃으며 대꾸했다.

"걱정 놔라. 연공실에서 놈을 처리한 후 밖으로 나오면서 얘기해 뒀지. 저대로 삼 일 정도는 무념무상의 상태에서 행공을 해야 하니 아무도 연공실 근처로 접근하지도 말고, 채주를 부를 생각도 하지 말라고. 게다가 나올 당시는 호호백발의 노도사였다가 지금은 이런 절세미남자로 변모되어 있는데 지들이 어떻게 찾겠느냐?"

맹정우의 말에 방구병은 주변을 두리번거렸다.

"으잉? 절세미남자가 대체 어디 있단 말이야?"

그 말로 인해 결국 이층으로 올라갈 때는 맹정우에게 머리채를 잡힌 채 끌려 올라가는 방구병이었다.

맹정우는 객방으로 들어선 후 바랑을 끌렀다. 바랑 안에서는 흰머리 가발과 수염, 그리고 풍령도인이 입고 있던 저고리가 나왔다.

"만령진액은 이 안에 있지."

맹정우는 저고리 속을 뒤적거렸다.

"아이고, 이런!"

맹정우는 탄성을 질렀다.

자개병을 꺼내니 병 입구에서 진액이 뚝뚝 떨어지고 있었다. 마개를 꼭 막지 않고 품에 넣었다가 바랑 안에서 새어 나온 모양이었다.

다급히 마개를 막았으나 꽤 새어 나온 것인지, 저고리를 들어 펼쳐 보니 가슴팍 쪽이 촉촉이 젖어 있었다.

"왜 그래? 그거 혹시 만령진액이 새어 나온 거야?"

방구병의 물음에 맹정우는 인상을 찡그리며 고개를 끄덕였다.

"젠장. 양에 따라 보수를 받기로 했는데 엄청난 손해로군. 이거 어쩌지? 도로 짜낼 수도 없고."

"어쩌긴 어째, 이 멍청한 놈아, 빨리 먹어야지!"

말과 동시에 맹정우의 손에서 저고리를 뺏어낸 방구병은 갑자기 젖은 부위를 입에 대고 쪽쪽 빨기 시작했다.

맹정우는 깜짝 놀라 고함쳤다.

"얌마! 뭘 하는 거야!"

방구병은 행여 빼앗길까 두려운 듯 방문을 박차고 나가며 외쳤다.

"이미 새어 나온 거, 엎질러진 물이다! 기왕 버릴 거면 이 몸이 보신 좀 하마!"

사람 심리란 것은 참으로 묘한 것이다. 방구병이 그냥 제자리에서 입에 대고 빨기만 했다면 맹정우는 그의 말마따나 이왕 버린 거 그러려니 하고 씩 웃고 지나갔을지도 몰랐다.

그러나 일단 자신이 가져온 것을 다른 놈이 빼앗아 가지고 도망가자 강렬한 소유욕이 일기 시작했다.

맹정우는 재빨리 일보장천을 시전하여 복도로 도망가는 방구병의 뒤를 쫓았다.

"이리 내!"

맹정우는 금세 따라붙어 방구병의 뒤통수를 때려 자빠트린 후 옷을 빼앗아 자신이 빨아대기 시작했다.

"이 나쁜 새끼!"

쓰러졌던 방구병이 벌떡 일어나 욕을 하며 달려들었다. 다행히(?) 만령진액이 비교적 많이 새어 나와 옷의 넓은 부위를 적신 후인지라 맹정우가 빠는 아래쪽에 달려들어 그도 같이 빨 수 있었다.

둘은 옷 하나를 사이에 두고 거의 얼굴을 맞댄 자세에서 정신없이 만령진액을 빨아댔다.

여기서 한 가지 문제가 발생하는데, 갑자기 우당탕거리며 두 청년이 이층 복도로 뛰쳐나오더니 한데 엉겨붙어 가지고 거의 입을 맞대고 있는 모습—저고리는 엉겨붙은 두 사람의 몸에 가려져 잘 보이지도 않았다—은 주목을 끌기에 충분한 장면이라는 것이었다.

객잔의 이층은 일층에서 계단으로 올라가면 난간이 쳐진 복도가 객방이 붙어 있는 벽을 빙 둘러친 구조였다. 그러므로 이 구조에서는 아래층에서 고개만 들면 이층 복도를 훤히 올려다볼 수 있었고, 따라서 일층에서 식사 중이던 손님들은 보기에 따라서는 오해를 다분히 살 수 있는 이 광경을 처음부터 끝까지 똑똑히 바라볼 수 있었다.

손님들은 불쾌한 표정으로 얼굴을 맞대고 있는 두 사람을 손가락질하며 욕을 하기 시작했다.

"말세로군, 말세야."

"벌건 대낮에 대놓고 남색질을 하다니. 저런 인간 말종들이 있나."

"불알 찬 놈 둘이서 대낮부터 객방 안으로 기어들어 가 문 꼭 잠글 때부터 알아봤다."

"주인장, 뭐 해! 개잡종들 당장 내쫓고 소금 뿌려!"

맹정우와 방구병은 벌게진 얼굴로 객방 안에 앉아 있었다.

좀 전의 객잔에서는 엉뚱한 오해로 쫓겨나와 할 수 없이 길을 청했던 그들이건만, 우발적인 상황이 발생하는 바람에 또다시 다른 객잔의 방을 빌려 들어설 수밖에 없었다.

"확실한데."

"음, 확실하군."

둘은 감탄을 금치 못하고 있었다.

만령진액이 진짜라는 것을 몸으로 확인한 상태였다.

저고리에 묻어 있던 진액을 남김없이 빨아댄 정확히 일각 후, 길을 걷던 둘의 하복부에 갑자기 힘이 들어가기 시작했던 것이다.

만령진액이 희대의 정력제라는 것을 입증하듯, 한번 우뚝 선 둘의 물건은 수그러들 생각을 하지 않았고, 차마 그 상태에서 길을 재촉할 수 없던 두 사람은 어기적거리며 걷다가 가장 처음 눈에 띈 객잔에 다시금 방을 잡을 수밖에 없었다.

"이거 참, 이왕 방을 잡으려면 주루에 잡았어야 하는데, 그래야 기녀를 불러서 물건을 진정시키지."

맹정우가 입맛을 다시자 가부좌를 튼 채 앉아 있던 방구병이 웃기지도 않다는 듯 외쳤다.

"멍청한 놈! 그게 영약을 섭취한 무림인이 할 소리냐! 지금 상황에서 함부로 정력을 낭비했다간 모처럼 흡수한 기운을 모두 잃게 되는 것이다! 너도 빨리 가부좌를 틀고 호흡법을 시행하여 얻은 정기를 단전으로 갈무리해라!"

"어쭈리?"

방구병의 말이 그럴듯했는지 맹정우도 자세를 잡고 심법을 운행하기 시작했다.

과연 하단전 쪽을 뜨겁게 만드는 기운이 느껴졌다. 바로 만령진액의 기운!

맹정우는 보석에서 얻은 내공심법의 심결에 따라 천천히 호흡을 일주천시켰다. 뜨거운 기운은 주천하는 경로에 따라 그의 몸 구석구석을 돌며 진기를 더욱 북돋워 주었다.

"후우―"

맹정우는 긴 숨을 토하며 호흡을 마쳤다. 영약을 얻기는 했으나 실상 옷에 묻은 진액을 빨아낸 정도기에 그리 많은 양을 섭취한 것도 아니었다. 그래서 그런지 십이 주천을 하자 아랫배 쪽에 몰려 있던 기운은 모두 몸 전체로 흡수되어 더 이상 진기를 돌릴 필요도 없었다.

맹정우는 가부좌 자세에서 다리를 풀고 일어났다. 한데 그의 물건이 여전히 우뚝 서 있는 게 아닌가!

"아아, 이게 정말 대단한 정력제이긴 한가 보군. 가라앉히려면 시간 좀 걸리겠는데?"

감탄하며 방구병 쪽을 바라보니 아니나 다를까, 방구병은 가부좌를 튼 채 꾸벅꾸벅 졸고 있었다. 예전부터 신공 수련을 한답시고 가부좌 틀고 앉아 있다 조는 모습 보이는 것이 하루 이틀도 아니었지만 꼰 다리 한가운데 부푼 물건을 간직한 채 조는 모습은 더 더욱 가관이었다.

몇 대 때려 깨울까 하다가 마음을 고쳐먹은 맹정우는 자개병을 다시 꺼냈다.

그리고 방구병의 짐을 뒤적여 유리병 하나를 꺼냈다.

유리병에는 칸칸이 빗금이 쳐져 있었는데, 바로 만금산장의 총관인 안적심에게서 받아온 물건이었다.

만령진액의 포상 내역은 이랬다. 유리병의 맨 위 빗금까지 진액을 채워오면 은자 이만 냥을 준다. 촘촘히 새겨진 빗금은 병 바닥까지 총 스무 개. 눈금 하나에 은자 천 냥씩인 셈이었다. 그리고 진액의 효능이 확실하다고 느껴질 경우 상금을 좀 더 준다는 식이었다.

"좋아, 어디……."

맹정우는 자개병을 열었다. 그윽한 향기가 객방 전체에 퍼지자 졸고 있던 방구병이 화들짝 놀라 깨어났다.

"어, 이게 무슨 냄새지… 어! 이 자식! 그걸 혹시 혼자 먹으려고……!"

"멍청아, 내가 너냐? 양을 재려고 하는 거니 조용히 해."

맹정우는 조심조심 자개병을 기울여 진액을 유리병에 따랐다. 광채가 나는 누런빛의 액체가 병 안으로 천천히 흘러 들어갔다.

졸졸졸―

그는 두근거리며 올라가는 눈금을 눈여겨보았다. 한 개, 두 개, 네

개, 여덟 개, 열한 개—

"이런 제기! 열세 칸뿐이잖아!"

자개병을 아무리 탈탈 털어도 그 이상은 나오지 않았다.

정말 아까웠다. 자개병과 유리병의 크기는 거의 비슷했다. 자개병이 약간 큰 것으로 보아 흘리지만 않았어도 이만 냥이 넘는 액수를 받을 수가 있었는데, 부주의한 실수로 인해 칠천 냥 이상이 날아간 것이다.

"크으……."

맹정우는 앓는 소리를 내며 고개를 수그리고 얼굴을 감쌌다.

그 옆에서 텅 빈 자개병을 쪽쪽 빨아대던 방구병이 그를 위로했다.

"그래도 그 정도가 어디냐, 만 삼천 냥이면 크게 한몫 잡은 건데 뭐."

방구병의 말이 전혀 위안이 되지 않는 듯 맹정우는 억울한 표정으로 중얼거렸다.

"제기랄, 고작 요깟 눈금 몇 개를 못 채워서 칠천 냥을 못 받다니… 눈금 하나만 해도……."

유리병을 부여잡고 분통을 터뜨리던 맹정우는 갑자기 말을 멈췄다. 그리고는 다시 한 번 자세히 눈금을 들여다보았다.

진액은 정확히 열세 번째 눈금에 걸려 있는 것은 아니었다. 열셋보다는 높고 열넷보다는 조금 못 미치는 정도.

"가만……."

맹정우의 잔머리가 초고속으로 회전하기 시작했다.

이 약은 그 기운을 내공심법으로 몽땅 몸 안에 흡수한 다음에도 물건을 세워 일으킬 정도로 강력한 정력제다. 그렇다면 이물질을 약간 섞는다 해도 결코 왕추봉은 약효를 의심하지 않을 것이다. 최소 반 칸만 올려도 천 냥이다. 목숨을 걸고 약을 구해왔는데 이물질 약간 섞어 준다고 해도 큰 죄는 아니지 않나? 돈을 가택 지하에 썩을 정도로 쌓아 놓고 산다는 위인이니 몇 푼 더 챙긴다고 해서 살림에 별다른 타격이 오지도 않을 테고, 죄의식을 느낄 필요도 없을 듯했다.

좋아, 그렇다면 무엇을 섞어야 티가 나지 않을까. 물? 아니지, 아까 흘러내리는 점성으로 보아 이 액체는 수(水)보다는 유(油)에 가깝다. 물을 넣고 흔들어 섞었다가 행여 나중에 다시 물이 분리되어 쏙 위로 떠오른다던가 한다면 꼬리를 잡힐 염려가 있다. 그렇다면 기름? 밑의 주방에 내려가서 돼지기름이라도 얻어볼까? 그것도 안 돼. 함부로 아무거나 섞었다가 행여 약효가 떨어지기라도 한다면… 결코 부작용이 없을 뭔가가 있어야 할 텐데…….

지금까지 이 약에 대해 얻은 정보를 떠올려 보자. 깊은 산속의 음기가 성한 지역에서 발생… 양기가 충만하고… 인간 체내의 액체 성분과 완전히 융화되는 천고의 약재… 그래! 바로 그거야! 체내의 액체!

"카아악! 퉤!"
맹정우는 갑자기 가래침을 끌어 모으더니 유리병에다가 뱉었다.
"너! 너, 너 뭐 하는 거야!"
깜짝 놀란 방구병이 내지른 비명의 울림이 채 꺼지기도 전에, 유리병 안으로 들어간 맹정우의 가래침은 치이익 하며 녹아들기 시작했다.
"음, 역시……."
맹정우는 만족한 표정을 지었다. 체액과의 완벽한 융화란 말은 헛소리가 아니었다. 의원이 말한 체액의 뜻은 물론 그런 게 아니었겠지만 어쨌든 만령진액과 색깔도 비슷한 가래침은 진액 속에 완전히 녹아들어 가 흔적도 남지 않았다.

"눈금이 올라갔어!"

열세 칸과 열네 칸 사이에 걸려 있던 진액은 열네 칸까지 눈금이 올라간 상태가 되었다.

"너도 빨리 가래를 끌어 모아라!"

"응? 대체 무슨 소리야?"

맹정우는 그런 지저분한 짓 못하겠다는 방구병을 두들겨 가며 가래를 모았다. 그러나 감기도 들지 않은 두 사람이 가래가 그리 많이 나올 리가 없었다.

열심히 가래를 모아 뱉어봤지만 눈금은 여전히 열네 칸에서 크게 벗어나질 않고 있었다.

"이제 그만 하자. 천 냥 더 벌었으니 됐네."

방구병이 사정을 했으나 맹정우는 고개를 가로저었다.

"제길, 쓰지 않으려 했던 방법이지만 하는 수 없다. 다른 걸 채워 넣는 수밖에."

"응? 또 뭘?"

"인간의 체액과 완벽하게 융화되는 영약이라 했으니, 인간의 또 다른 체액을 넣는 수밖에 없지 않냐."

"또 다른 체액? 그게 뭐야?"

잠시 어리둥절해하며 맹정우의 말뜻을 유추하던 방구병은 불현듯 떠오른 생각에 경악을 금치 못했다.

"헉! 그렇다면 서, 설마……."

"산왕채 놈들이 쫓아올지도 모를 이 상황에서 이렇게 물건 뻣뻣해진 상태로 여기 오래 머물러 있을 수도 없지 않냐. 가뿐히 가라앉히고 가려면 필연적으로 해야 할 일이니 그러는 김에⋯⋯."

"이 간악하고 더럽기까지 한 놈⋯⋯."

방구병은 신음성을 내며 뇌까렸지만 그 역시 한편으로는 왠지 재미있겠다는 생각이 들고 있었다.

결국 둘은 유리병을 든 채 번갈아 측간으로 향했다. 맹정우가 먼저, 차마 그의 것이 섞인 것을 훔쳐먹을 수야 없는 방구병이 나중에.

"오오, 이것이 바로!"

왕추봉은 맹정우가 건넨 유리병을 손에 들고 감격해 마지않았다.

"병이 꽉 찼군! 후도란 놈이 그토록 많은 진액을 얻었단 말인가!"

"그렇습니다. 그것을 손실없이 빼앗아 오느라 고생깨나 했답니다."

얼굴빛 하나 변하지 않고 구라를 치는 맹정우를 보며 옆에 앉아 있던 방구병을 혀를 차야 했다.

"오오, 그렇구려! 내 보상은 정말 확실히 하겠소!"

왕추봉이 지나치게 흥분하자 옆에 있던 총관 안적심이 그를 만류했다.

"대인, 진정하시고 일단 시험을 해보셔야 합니다."

"음, 그렇지. 일단 먹어보기만 하면 효력이 즉각 나타난다고 했었지?"

왕추봉은 기대감 가득한 얼굴로 병 뚜껑을 땄다.

그윽한 향기가 접견실을 가득 메웠다.

왕추봉은 코를 벌름거리며 그 향내를 마음껏 맡았다.

"흐음, 정말 좋은 향기! 이것이 바로 영약의 향취로구려! 이 향긋한 밤꽃 향이라니!"

원래 향내가 진하긴 했으나 밤꽃 향과는 거리가 있었다.

'나중에 섞인 이물질의 향내로군.'

방구병은 터져 나오는 웃음을 억지로 참았다. 아까부터 비어져 나오는 것을 꾹꾹 누르고 있었으나 왕추봉이 그걸 먹는 모습을 눈앞에서 보기라도 한다면 도저히 터지는 폭소를 참지 못할 듯했다.

다행히 이런 방구병의 마음을 읽기라도 한 것처럼, 왕추봉은 병을 들고 별실로 들어갔다.

아무리 흥분했어도 왕 대인의 체통상 정력제를 뭇사람의 앞에서 시음할 수는 없는 노릇이니까.

그러나 일각 후, 체통이고 뭐고 다 잊어버린 왕 대인의 탄성이 만금산장을 들었다 놓았다.

"오오오! 선다, 서! 드디어 이 년 만에 정말 제대로 서고 말았다! 이 놀라운 효능이라니! 당장 우리 애기들(첩들) 불러! 아니지, 참! 손님들 돈부터 드리고 만찬을 준비하라!"

제11장
영웅의 결과와 범인의 결과는 본질적 차이가 있을 수밖에 없다

만민표국으로 막 귀환한 함토리 이하 추적대원들의 얼굴에는 피곤한 기색이 역력했다.

무산까지 신속하게 이동하여 그쪽 추적대에 합류, 동분서주했으나 큰 소득이 없었다.

귀령곡의 하위 조직이 숨어 있다는 장소에 관한 정보가 입수되었기에 정보가 가리킨 위치 근방을 이 잡듯 뒤지고 다녔지만 결국 아무것도 찾지 못했던 것이다.

"죄송합니다. 정확하지도 않은 정보를 가지고 굳이 이곳 추적대에까지 연락을 넣는 것이 아니었는데……."

무산에서 합류한 혜공의 사과에 함토리는 손을 저었다.

"아닐세. 정보의 진위야 직접 확인해 봐야 알 수 있는 것이고, 지리적으로 볼 때 우리가 가장 가까웠으니 당연한 행동이었네."

그는 잠시 휴식을 취하러 들어가는 대원들을 걱정스러운 눈초리로
바라보았다.

"그나저나 걱정이군. 지난 한 달간 거의 쉬지 않고 움직인 탓에 대
원들이 많이 지친 상태야. 곧바로 대파산으로 출발해야 할 텐데……
이런 상태라면 그곳까지 신속하게 이동하기가 어렵겠는걸."

그러나 그의 걱정은 기우였다. 대원들을 맞이하던 상관호연이 뜻밖
의 얘기를 했기 때문이다.

"대주님 벌써 도착하셨어요. 어제 아침에 도착하셨는걸요?"

"응?"

함토리는 깜짝 놀랐다. 설마 둘이서 사건 해결을 보고 왔단 말인가?

그러나 곧 무슨 일이 벌어졌을지 감이 잡혔다. 필경 주변을 기웃거
리는 사이 황산의 녹림채 고수들이 도착했을 거고, 손쓸 새도 없이 상
황이 종료되었겠지. 그래서 만사 포기하고 귀환한 것일 거고.

"가서 놀려나 줘야겠군."

대원들에게 휴식을 명한 다음 함토리는 맹정우를 찾아 나섰다. 상관
호연에게 행방을 물으니 어제저녁 천금루에 간 뒤로 아직껏 돌아오지
않고 있다고 했다.

'흐흐, 일이 안 풀려서 술로 풀고 있나 본데?'

그러나 천금루에 도착해 보니 그가 예상했던 분위기와는 사뭇 달랐
다.

"부어! 마셔!"

맹정우와 방구병이 있다는 특실로 안내되는 중에 벌써 떠들썩한 고
함이 함토리의 귀를 때렸다.

"저거 방 소협 목소린데?"

함토리는 고개를 갸웃거렸다. 일의 실패로 쌓인 화를 풀고자 외쳐 대는 술주정치고는 너무 목소리가 흥겨웠기 때문이었다.

특실 문을 열고 들어가 보니 안의 상태는 더욱 가관이었다.

방구병이 술병을 꼬나 잡고 식탁 위에 올라가 고래고래 고함을 치고 있었다.

"나 경천객이야, 경천객! 응? 알아들어? 천하를 경기를 일으키게 만 드는 경천객이라고! 적발귀와 태산호가 어떤 놈들인지 너희들이 알기 나 하냔 말이다! 그런 놈들을 이 경천객께서 떡 주무르듯 희롱하다가 쓰러뜨렸다, 이거야! 알어?"

밑에서 그의 말을 듣고 있던 세 명의 기녀는 지친 기색으로, 그러나 열심히 고개를 끄덕이며 합창했다.

"예, 예, 알아요, 공자님. 공자님이 천하를 울리는 협객이시고, 마두 둘을 단칼에 해치웠다고 어젯밤부터 내내 말씀하셨잖아요."

"네까짓 것들이 알긴 뭘 안다는 거야! 당장 이 사실을 무림맹 홍보부 에 알려서 온 천하에 공포를 해야 해!"

함토리는 끝없이 술주정을 하고 있는 방구병에게서 시선을 떼어 맹 정우를 찾았다. 이상하게도 맹정우의 모습은 보이지 않았는데, 방구병 의 고래고래 내지르는 술주정을 뚫고 가느다란 신음성이 그의 귀에 포 착되었다.

"아— 아아아아—"

여인의 신음성은 특실 한구석의 휘장이 쳐진 곳에서 나고 있었다.

안 봐도 무슨 일이 벌어지고 있는지 알아챈 함토리는 크게 헛기침을 했다.

"케헴!"

　그러고도 주정과 신음성이 끊기지 않자 결국 함토리는 헛기침에 내
공을 실어 내뿜는 기행을 시도해야 했다.
　"케헤헤헴!"
　내공이 실린 그의 헛기침이 쩌렁쩌렁하게 특실을 울렸다.

　일 다경 정도의 시간이 흐른 후, 기녀들이 사라진 특실에는 술이 다
깨지 않아 얼굴이 벌겋게 달아오른 맹정우와 방구병이 의자에 앉아서
함토리의 훈계를 듣고 있었다.
　"여긴 우리밖에 없으니 맹 소협이 대주란 사실을 잠시 잊고 한마디
하겠네. 대관절 정신이 있는 건가 없는 건가! 물론 의욕적으로 추진한
일을 제대로 시도 한 번 못해보고 물러나야 했던 심정이 어땠을지 내
충분히 이해할 수 있네. 또 그 심정을 달래고저 술 한잔하는 거, 누가
뭐라 하겠나? 그러나 그것도 정도껏 해야지, 과유불급이란 말도 모르
나? 나머지 대원들은 숨 쉴 틈도 없이 무산까지 달려가 잠 한숨 제대로
못　자고 보름씩이나 그곳을 이 잡듯 뒤지고 다녔네. 또 그 일이 끝난
후 자네들을 돕기 위해 피곤도 마다한 채 쉬지 않고 이곳까지 내달렸
고. 그런데 자네들은 이게 뭔가? 밤을 새고도 모자라 아침까지 부어라
마셔라 흥청망청. 게다가 이 주루의 술값, 여자 값은 누가 지불하는 건
가? 만민표국에 신세 좀 지워놨으니 이제 보답 좀 받겠다, 이런 심산인
가? 이게 무림맹 산하 추적대주란 사람이 해야 할 태도냐, 이 말일세!"
　함토리의 준엄한 질책은 둘의 술이 다 깰 때까지 그치지 않을 태세
였다. 그러나 맹정우가 탁자 아래에서 주머니 하나를 꺼내어 식탁에
올려놓는 순간, 그는 입을 다물 수밖에 없었다. 입이 벌려진 주머니 안
에서 금원보, 은원보가 물밀듯이 쏟아져 나왔기 때문이었다.

＊　　　＊　　　＊

추적대원 열다섯 명이 무산에서 허탕만 치고 돌아온 데 반해, 고작 두 명이었던 맹정우와 방구병이 얻어온 소득은 대단히 컸다.

우선 사천의 삼대난제 중 하나를 풀어낸 것이 살수 단체 무정혈이라는 것을 강호에 널리 알리는 효과를 보았고, 금전적 이익도 있었다. 그러나 뭐니 뭐니 해도 흑월회와의 접촉 경로를 알아낸 것이 가장 큰 소득이었다.

"그건 어떻게 알게 되셨습니까?"

"우리가 가기 전에 흑월회와 잠시 접촉했었다고 하더군요. 그래서 넌지시 접선 방법을 물었더니 선선히 가르쳐 주더군요."

만금산장에서 가르쳐 준 흑월회와의 접선하는 방법은 이랬다.

중경 북쪽 외곽에는 옛 고관대작의 무덤인 커다란 봉분이 하나 있다. 봉분 앞에는 명패가 올려진 기둥이 있는데, 그 기둥에다가 검은 달이 그려진 종이를 붙여놓으면 된다는 것이다.

어둑어둑해질 때쯤 종이를 붙여놓으면 삼경이 지날 즈음 흑월회의 살수가 나타난다고 했다.

"그런데 나타날지 안 나타날지는 확신할 수가 없습니다."

맹정우의 말에 함토리가 의아한 표정으로 물었다.

"어째서 그렇습니까?"

"원래 만금산장에서는 흑월회에게 청탁을 하려 했답니다. 그런데 그 놈들이 먼저 연락을 끊어버렸다고 하더군요. 그런데 그 시기가 미묘한 것이, 바로 만민표국이 습격당한 때거든요."

"과연… 무슨 뜻인지 알겠습니다. 대주께서는 만민표국 습격 이후 흑월회의 활동이 급격히 줄어든 것을 지적하고 싶으신 거로군요?"

함토리가 평소답지 않게 맹정우에게 존칭을 쓰고 있는 것은 주변에 대원들이 있기 때문이었다. 사적인 자리에서는 허물없이 대하는 사이였지만 회의석상 같은 공적인 자리에서는 깍듯이 대주 대접을 하고 있었다.

듣고 있던 단엽이 말했다.

"타당하신 지적입니다. 석 달간 아홉 건의 크고 작은 살인 청부를 성공시키며 활발한 살행을 하던 것과는 달리 마지막 살행인 만민표국 건 이후로는 두 달이 지나도록 흑월회의 활동이 눈에 띄지 않고 있습니다. 뭔가 이유가 있을 거라 사료됩니다."

맹정우가 다시 목소리를 높였다.

"이유야 어쨌든 적이 움직이질 않으니 좀 더 자극을 줘야 할 듯싶습니다. 고로! 무정혈의 명성을 더욱 만방에 떨칠 필요가 있습니다."

적이 움직이지도 않고 있는데 군이 가짜 단체의 명성을 더 크게 알려야 할 필요가 있을까 의심하는 대원들—특히 함토리—도 몇몇 있었으나 지금 현재 추적대에서의 맹정우의 권위는 상당히 올라간 상태였다.

열다섯의 대원이 허탕 치는 동안 거의 혼자서 사천 삼대난제 중에 하나를 해결하고 흑월회의 중대한 정보까지 얻어내는 탁월한 능력을 보여주었기 때문이다.

그의 발언 하나하나가 예전과는 달리 대원들에게 상당한 무게감을 주고 있어서 함부로 반론을 꺼낼 분위기가 아니었다.

"그런고로! 흑월회에 대한 추적과 아울러 제가 골라낸 무정혈을 알리기 좋은 몇 가지 청부를 동시 다발적으로 이행해야 할 것입니다."

맹정우는 대원들을 각 청부에 맞는 인원으로 쪼개어서 분산시켰다.

방구병은 쌍룡회 무사 한 명을 대동하고 사천당문이 원한다는 왕수를 찾기 위해 호광성으로 떠났고, 나머지 대원들은 일단 알아낸 흑월회의 접선 방법을 이용, 그들을 찾아본 후 나머지 청부에 임하기로 결정했다.

＊　　　＊　　　＊

휘이이이―

음산한 겨울바람이 인적없는 봉분을 쓸고 지나갔다.

옛 주인의 영화를 상징하는 듯 봉분은 웬만한 왕릉에 버금가는 크기를 자랑하고 있었으나, 오랫동안 관리를 하지 않았는지 무성한 잡초가 무덤을 뒤덮고 있었고, 무덤 앞의 현판은 빛이 바랜 채 지나가는 바람에 떨어질 듯 흔들거리고 있었다.

한데 현판을 받쳐 주고 있는 붉은색 기둥에는 종이가 하나 붙어 있었다.

검은 원이 그려진 종이. 풀을 발라 단단히 붙인 듯 기둥에 찰싹 달라붙어서 제법 세게 부는 바람에도 미동도 하지 않았다.

땅거미가 완전히 지고, 일경, 이경을 알리는 북소리가 차례로 울렸다가 사라져 버렸다.

하늘의 그믐달이 무덤 바로 위에 걸릴 즈음, 삼경을 알리는 북소리가 둥둥둥 울렸다.

그러자 마치 약속이라도 한 듯 무덤 주위에 여러 개의 그림자가 나타났다.

영웅의 결과와 범인의 결과는 본질적 차이가 있을 수밖에 없다　285

무덤의 좌측에서 나온 인영들은 기둥 앞으로 다가섰다. 열 명 남짓한 사람이 모여 있었으나 깜깜한 밤임에도 등불 하나 들고 있는 사람이 없었다.

사람들은 아무 말 없이 침묵을 지키고 있었다.

침묵을 깨는 소리는 그들에게서가 아닌, 기둥 뒤에서 들려왔다.

"흑월을 부른 자가 누구인가?"

성별과 나이를 알 수 없는 카랑카랑한 목소리였다.

기둥 앞에 모인 사람들 중 맨 앞에 선 자가 답했다.

"천비장(天飛莊)에서 왔소."

"대상은 누구인가?"

청부 대상을 말하라는 얘기였다.

"무릉(武隆)의 신검보(神劍堡)."

"전멸을 원하나?"

"아니오! 그럴 필요 없소. 궤멸에 가까운 타격만 입히면 되오. 다만! 한 가지는 반드시 지켜주어야 하오."

"뭔가?"

"절대 보주를 죽여서는 안 되오. 만일 이것을 어긴다면 청부는 무효로 하겠소."

카랑카랑한 목소리는 잠시 말이 없었다.

"특이한 청부 요건이로군. 어떤 조건이든 조건이 붙으면 가격은 추가된다."

"좋소. 그 조건만 이행한다면 돈이 얼마가 더 들어도 좋소."

"신검보는 을중급(乙中級). 전멸이 아니니 다섯 장, 조건이 붙으니 거기 한 장 추가."

“알겠소. 그렇게 지불하리다.”

“좋소, 청부가 접수되었소.”

청부가 접수되자 카랑카랑한 목소리는 말투가 존대로 바뀌었다.

“청부 기간은 언제까지로 원하오?”

“빠르면 빠를수록 좋소.”

카랑카랑한 목소리는 더 이상 아무 말이 없었다.

기둥 앞에 섰던 자들은 흑월이 그려진 종이를 기둥에서 떼어낸 후 왔던 방향으로 돌아가기 시작했다.

한편, 그들이 출발함과 동시에 봉분 뒤에 숨어 있던 추적대원 다섯 명도 분주해지기 시작했다.

“어떻게 된 걸까요? 흑월회 놈은 목소리만 들리고 모습이 보이질 않으니…….”

단엽의 의문에 함토리가 나직이 대답했다.

“아마도 지둔술(地遁術)을 쓰는 모양이야. 여보게, 담, 들리나?”

간담은 땅바닥에 귀를 바싹 대고 있었다.

“음, 미세하나마 들리는군. 북쪽으로 가고 있는 모양이야. 쫓아갈 수 있겠는걸?”

“그럼 가야지!”

출발하려는 함토리를 맹정우가 막았다.

“잠깐만. 대원들을 둘로 나누어야겠습니다.”

“아니, 왜?”

“이런 천재일우의 기회를 놓칠 작정입니까? 천비장이라면 중경제일 갑부라는 목완의 장원 아닙니까?”

"그런데?"

"그런데라뇨. 삼대난제 중에 하나인 목완의 사건까지 풀어낼 수 있는 절호의 기회인데."

"그러나 지금은 일단 흑월회를 쫓는 일에만 전념해야……."

"어허! 홀로 삼대난제 중에 하나를 풀어낸 이 대주를 믿으십쇼. 여러 명 쫓아가 봐야 들키기만 쉽습니다. 가장 발이 빠른 저와 간 노사가 흑월회 놈들을 쫓을 테니 세 분은 저 천비장 사람들을 쫓아가세요! 그럼 가시죠, 간 노사님!"

맹정우는 함토리가 뭐라 반론을 펼칠 새도 없이 간담을 끌고서 북쪽으로 부리나케 사라져 버렸다.

자리에 남은 함토리와 단엽, 이비향은 멍하니 둘이 사라지는 광경을 쳐다보고만 있었다.

"저… 함 노사님, 어떻게 하죠?"

이비향이 머뭇거리며 묻자 함토리는 못마땅한 얼굴로 대꾸했다.

"어쩌긴 뭘 어쩌나! 대주가 까라면 까고, 구르라면 굴러야지."

결국 셋은 천비장의 인물들이 사라진 쪽으로 발길을 돌렸다.

천비장의 인물들은 발걸음이나 움직임을 보아하니 무공을 익힌 인물이 많지 않았고, 그나마 익힌 자들도 수위가 뛰어난 편이 아니라서 세 사람은 편안히 뒤를 밟을 수 있었다.

뒤를 밟으며 단엽이 말했다.

"그나저나 정말 공교롭군요. 하필 우리가 이곳을 찾은 날 거래가 이루어지다니."

무산 쪽 추적대가 돌아온 것이 바로 어제였다.

만금산장에서 얻은 정보대로 이곳 봉분에서 흑월회를 찾기 위해 추적대에서는 신법이 뛰어난 대원 다섯 명이 뽑혔다.

그렇게 뽑힌 맹정우 이하 다섯 명은 저녁 무렵 이곳에 도착했다.

원래 이들의 계획은 직접 흑월이 그려진 종이를 기둥에 붙여놓고 청부자로 가장하여 흑월회와 접선하려는 것이었다. 그런데 뜻밖에도 종이를 붙이러 기둥에 다가가니 벌써 누군가가 붙인 흑월이 보였고, 오늘 밤 접선이 있겠다 싶은 예감에 봉분 뒤에 숨어서 내내 잠복하고 있었던 것이다.

과연 삼경이 되자 흑월의 청부가 이루어졌고, 하필 청부자가 맹정우가 염두에 두고 있는 사안과 관련이 있었다.

'이렇게 갈라진 게 과연 득이 될지 실이 될지⋯⋯.'

함토리는 불안한 마음으로 캄캄한 밤하늘을 올려다보았다.

한편, 맹정우와 간담은 지둔술을 펼치는 상대를 조심스레 쫓아가고 있었다.

간담이 앞서서 쫓고 있었는데, 그는 땅에 귀를 대고 상대의 움직임을 파악한 다음 전진하고, 또 몇 걸음 걷다가 전진하고를 반복했다.

그러기를 일각여, 마침내 쫓고 있는 대상이 모습을 드러냈다.

땅이 구불구불 요동을 치며 솟구치더니 퍽 하고 벌어지며 안에서 사람이 튀어나왔다.

'두더지가 따로 없군.'

맹정우가 그렇게 생각할 무렵, 땅에서 나온 자는 재빠르게 고개를 돌리며 주위를 살폈다.

그의 시선이 맹정우와 간담이 있는 곳으로 향했지만 둘을 발견하지 못한 듯, 곧 다른 곳으로 시선을 돌렸다.

땅에서 나온 자는 주변을 다 살핀 후 몸을 털며 걷기 시작했다. 그러나 몇 발자국 못가서 걸음을 멈추었다. 정지한 그는 전방의 어느 한곳을 잠시 동안 뚫어져라 쳐다보더니 갑자기 몸을 날려 달아나기 시작했다. 경신법을 시전하는 듯 엄청난 속도로 쏘아져 나갔다.

"눈치챘나 보군! 우리도 뛰세!"

간담이 외치며 먼저 달려나갔다. 달아나는 살수의 뛰는 속도는 쾌속하기 그지없어 모습을 숨기고 따라가는 것이 도저히 불가능해 보였기 때문이었다.

간담이 달려나가자 맹정우도 일보장천을 시전하며 그 뒤를 쫓았다.

바람이 윙윙거리며 그의 귀를 스치고 지나갔다. 간담은 함토리의 소개처럼 놀랍도록 빠른 경신술의 소유자여서 그를 따르자니 맹정우도 죽을힘을 다해야 했다.

간담도 자신의 옆으로 바싹 따라붙는 맹정우를 보며 감탄을 금치 못했다.

근 십 년 내에 자신과 이렇게 어깨를 나란히 하고 달리는 무인을 본 기억이 없었기 때문이다.

앞서 가는 흑월회의 살수도 대단히 빠른 신법을 구사하고 있었지만 추적대에서 가장 뛰어난 경신술을 가진 두 사람에게 차츰 따라잡히기 시작했다.

쫓기는 자와 쫓는 자의 거리가 불과 오 장 정도로 좁혀졌을 즈음, 살수의 입에서 기이한 휘파람 소리가 새어 나왔다.

그 후 반 각쯤 더 달렸을까? 쫓는 자들이 삼 장을 더 따라붙어 이제 손만 뻗으면 닿을 수 있을 거리에 근접했을 때쯤이었다.

간담이 경호성을 내며 검을 뽑았다.

“조심하게!”

그 말이 떨어짐과 동시에 길옆에서 뭔가가 번개처럼 튀어나왔다.

챙!

옆에서 튀어나온 자가 휘두른 칼이 간담의 검과 부딪치며 불똥을 튀겼고, 그로 인해 간담의 발이 묶인 사이 맹정우는 단독으로 달아나는 놈을 쫓기 시작했다.

달아나는 살수는 기이한 휘파람을 한 번 더 불었다. 그러자 잠시 후 또다시 길옆에서 그림자 하나가 튀어나왔다.

맹정우는 한 번 겪어본 경험이 있기에 놀라지 않고 천신도를 빼내어 튀어나오는 놈에게 휘둘렀다.

콰직!

천신도와 맞부딪친 괴영의 칼은 단박에 부러져 버렸다.

병장기 다루는 것이 그리 뛰어나지는 않은 맹정우였으나 일 갑자를 훌쩍 뛰어넘은 공력과 천신도의 예기가 합쳐지니 웬만한 병장기가 맞받아 칠 수 있는 수준이 아니었다.

일격에 상대의 병기를 부숴 버린 맹정우는 재빨리 이격을 가했으나 상대는 뒤로 펄쩍 뛰며 그의 공격을 피했다.

맹정우가 발을 박차며 다시 달려들자, 상대는 손을 확 떨쳐 냈다.

미세하게 공기를 가르는 파공음이 맹정우의 귀에 들어왔다.

‘암기로구나!’

제아무리 고수라 해도 이런 깜깜한 밤중에 날아오는 암기세례를 견뎌낼 재간은 없었다.

맹정우는 단지보를 시전하여 급격히 몸을 측면으로 이동시켰다.

암기는 모두 피했으나 그로 인해 지체하는 틈에 괴영은 뒤돌아 달아나기 시작했다.

맹정우가 다시 쫓아갔으나, 또 암기가 날아들며 그의 길목을 막았다. 다시 단지보를 시전하며 암기의 경로에서 벗어나는 사이, 괴영은 울창한 숲 속으로 들어가 버렸다.

가뜩이나 어두운데 달빛도 비치지 않고 적의 움직임도 읽기 어려운 숲 속으로 쫓아 들어가는 것은 무모한 짓이었다.

맹정우는 별수없이 발길을 돌렸다.

맨 처음 쫓던 놈은 흔적도 보이지 않았다. 놈이 달아나던 방향으로 더 쫓아가야 하나를 고민하는 사이, 뒤에서 발소리가 들려왔다.

고개를 돌려보니 간담으로 보이는 그림자가 다가오고 있었다.

"노사, 여깁니다."

간담도 맹정우를 알아본 듯 다가왔다.

"맹 소협, 앞서 간 놈은 놓쳤나?"

간담도 함토리처럼 공석에서만 존칭을 하고 있었다. 머리가 새하얀 노인네들이 대주님 대주님 하는 것이 듣기 거북해 맹정우가 먼저 그렇게 하자고 부탁한 때문이었다.

"예, 또 한 놈이 암습을 해오는 바람에…… 노사님한테 덤벼든 놈은 못 잡았습니까?"

간담이 들고 있던 것을 내밀어 보였다. 그것은 면도(緬刀) 하나를 꽉 쥐고 있는 팔이었다.

"팔을 자르셨군요? 팔 외에 나머지 부위는?"

"애석하게도 달아났네. 막 잡으려던 차에 또 한 놈이 튀어나와서 암기를 뿌리더라고. 그래서 그놈을 잡으려 하니까 팔 잘린 놈이 또 독을 뿌리는 거야. 가뜩이나 캄캄한데 독하고 암기를 한꺼번에 상대하려니 참 어렵더구먼. 그래서 놓쳤지."

간담은 더 어려운 상황에 처했던 모양이었다.

"제가 살수랑 싸워본 적이 아직 없어서 그런데, 원래 다 이렇게 실력이 뛰어납니까? 맞부딪친 놈들이 하나같이 실력이 예사롭지 않던걸요."

"나도 놀랐네. 살수란 무공 실력보다는 암살 능력의 고하에 따라 성패가 좌우되는 것이기 때문에 뛰어난 살수라도 무공이 높지 않은 경우가 많다네. 그런데 이 흑월회 놈들의 실력은 정말 예사롭지 않군. 웬만한 일급 고수를 능가할 정도야. 확실히 무림맹에서 마교 잔당의 혐의를 둘 만하다는 생각이 드네."

둘은 비록 놓치긴 했으나 처음 쫓던 놈이 달아나던 방향으로 가보는 것이 좋겠다고 결정했다. 두 사람은 빠른 신법을 구사하며 쭉 이어진 길을 따라 계속 전진했다.

한참을 전진하여 야트막한 언덕을 하나 넘자 커다란 벌판이 나왔다.

벌판을 한참 걷자 저 멀리 지평선에 야산이 하나 보였고, 그 앞에 건물 같은 것이 군데군데 서 있는 게 보였다.

좀 더 걸어가는 사이, 야산 방향에서 다가오는 불빛이 눈에 띄었다.

불빛이 점차 가까워지자 횃불을 들고 있는 세 사람이라는 것을 식별할 수 있었다.

두 사람이 좀 더 다가서자 횃불을 들고 있는 한 사람이 외쳤다.

"그 자리에 서시오!"

두 사람은 멈춰 섰고, 횃불 든 사내들은 둘의 얼굴 쪽을 비추며 다가왔다.

"당신들 뭐요? 왜 이곳에 들어온 거요?"

간담이 대답했다.

"지나가는 길손인데 길을 잃어서… 이곳이 어딥니까?"

처음 말을 걸었던 날카롭게 생긴 사내가 퉁명스레 대답했다.

"여긴 사유지요. 중경을 찾아가는 거라면 반대로 왔소. 어서 나가시오!"

"사유지? 실례지만 누구 소유인지?"

"실례인 걸 알면 질문하지 마시오. 함부로 주인 허락 없이 침입한 객에게 예의를 지키는 것은 잠시뿐이오. 좋게 말할 때 꺼지쇼."

빨리 떠나지 않으면 가만두지 않겠다는 뜻 같았다. 횃불을 든 나머지 둘이 그 말에 동조하듯 한 발짝 앞으로 다가섰다. 여차하면 손을 쓰겠다는 듯이.

간담은 말하는 사내를 보지 않고 다가서는 둘의 발 모양을 눈여겨보았다. 그러더니 맹정우에게 말했다.

"맹 공자, 영 잘못 들어온 모양이니 어서 나가세!"

간담의 말은 빨리 움직이라는 듯 재촉하는 투였다.

"예, 그러죠."

대답과 함께 맹정우는 몸을 돌렸다. 그 순간, 몸을 돌리는 중심 발을 바로 옆에 붙어 있던 간담이 살짝 걸어버렸다.

"어… 어어어!"

전혀 예상치 못한 일인지라 맹정우는 중심을 잡지 못하고 뒤로 넘어졌는데, 공교롭게도 바로 뒤에서 반쯤 몸을 틀고 있던 횃불 든 사내를 덮치고 말았다.

꽈당!

맹정우는 보기 좋게 나동그라졌지만 횃불 든 사내는 창졸간에도 재빨리 몸을 날려 넘어지는 그를 피했다.

넘어진 맹정우가 정신을 차리기도 전에 간담이 다가오며 말했다.

"허허, 맹 공자! 나이가 몇인데 아직 걸음마를 떼지 못한 겐가!"

맹정우는 기가 막힌 얼굴로 외쳤다.

"아니… 끅!"

'아니' 다음의 '노사님이 걸어 넘어뜨렸지 않습니까!' 라는 외침은 목에 걸려 밖으로 나오지 못했다. 다가온 간담이 몸을 굽혀 부축하는 척하면서 멱살을 꽉 틀어잡았기 때문인데, 어찌나 세게 잡았는지 기도가 꽉 막혀 목소리는 고사하고 숨도 쉬기가 어려웠다.

세 사내는 넘어진 맹정우의 등만 보였기에 간담의 수작은 전혀 알아챌 수가 없었다.

간담은 멱살을 계속 조인 채로 맹정우를 일으킨 후 '이것 참 죄송하게 됐소이다!' 하며 몸을 돌렸다.

그는 맹정우를 부축하듯이 바싹 붙어서 멱살을 계속 잡은 채 질질 끌고 가며 한참을 걸었다.

간담은 횃불의 빛이 등 뒤에서 사라짐을 느끼고서야 맹정우에게서 떨어졌고, 멱살도 비로소 풀어내었다.

"헉— 허어어억—"

노래진 얼굴의 맹정우는 가쁜 숨을 몰아쉬며 밤 공기를 들이켰다.

아찔한 순간이었다. 적도 아니고 같은 편에게 교살될 뻔하다니!

"대체 이게 무슨 짓입니까!"

맹정우가 벌컥 화를 내자 간담은 미안해하는 표정으로 말했다.

"정말 미안하이. 뭘 좀 알아낼 게 있어서 말일세."

"얼마나 대단한 것을 알아내느라고 대주의 생명까지 위태롭게 한 겁니까?"

"이 친구 과장은… 자네 같은 고수가 숨 좀 잠깐 멈췄다고 죽기야
하겠나?"

"잠깐이라뇨! 제가 노사님이 조르고 있던 시간만큼 지금 졸라 드려
볼까요?"

"아니, 뭐 굳이 그럴 것까지야……."
맹정우의 화가 풀린 한참 후에야 간담은 해명을 할 수 있었다.
"아까 마주친 놈들의 기도가 영 예사롭지 않아서 말일세."
"그랬나요?"

"음, 그저 일반적인 장원의 호위 무사라기에는 걸음걸이라든지 몸의
움직임이랄까, 그런 것이 명문에서 제대로 배운 태가 나더라고. 그래
서 어느 방파 소속의 놈들인지 알고 싶었지."

"아까 흑월회 놈들하고 한패거리는 아닐까요?"

"그럴 가능성도 배제할 순 없지. 그러나 흑월회 놈들의 무공은 어떤
류의 무공인지 내가 파악할 수 없었네. 그 반면 아까의 녀석들은 한 가
지 실험으로 알아챌 수가 있었지."

맹정우는 그제야 알겠다는 듯 말했다.

"그 실험의 재료로 쓰인 게 접니까?"

"재료랄 것까지야. 그저 실험의 협조자였다고 생각하게. 아무튼 자
네가 쓰러지는 순간 그걸 피하는 횃불 든 녀석의 움직임, 발 모양을 보
고 똑똑히 알 수 있었지. 녀석이 시전한 것은 철혈방의 보법인 삼태성
보(三台星步)였네."

"철혈방이요?"

"그래, 천하일패를 바라보는 세력이 왜 그런 허허벌판에 부하들을

뇌두고 있는지 무척 궁금해지더군."

"중경 분타가 이 근처 아닙니까? 확장 작업이라도 하고 있는 게 아닐까요?"

"그 초원과 바위밖에 없는 황량한 지역에 말인가?"

"아니면 유목 사업으로 진출할 포부를 갖고 있다던가."

간담은 희한하다는 눈초리로 맹정우를 보며 말했다.

"어째 그렇게 상상하는 쪽이 장사꾼 같은가? 명색이 강호에서 가장 잘 나간다는 청년 무인이 말일세. 이 경우 당연히 철혈방 놈들이 뭔가 흉계를 꾸민다, 그런 식으로 생각이 나가야 되는 것 아닌가?"

"그, 그런가요?"

아직 장사꾼 태를 벗어내지 못한 게 사실인지라 정곡을 찔린 맹정우는 뒤통수를 긁적였다.

결국 흑월회의 종적을 놓친 셈이 된 둘은 어깨가 축 처진 채로 왔던 길을 되걸어갔다.

한참을 걸어 출발했던 봉분 근처에 왔을 때, 맹정우가 문득 생각난 듯 말했다.

"그런데 처음에 땅을 뚫고 나온 놈 말입니다, 어떻게 우리가 쫓는 줄 알았을까요?"

그의 말을 듣고서 간담도 고개를 갸웃거렸다.

"그러고 보니… 주변을 살필 때만 해도 분명 우리의 낌새를 알아채지 못했었는데… 좀 수상하긴 하군. 아까 그 장소로 한번 가보세나!"

둘은 흑월회 살수가 땅을 뚫고 나온 지점으로 향했다.

그 자리에 도착한 후 간담은 화섭자로 불을 켜서 주변을 밝힌 후 그 근처를 꼼꼼히 살피기 시작했다.

"뭐가 남아 있을까요? 동료가 숨어 있다가 우리를 보고 전음으로 알려줬다던가, 그랬다면……."

"아니, 그랬을 리는 없어. 당시 놈을 제외하고 사람의 낌새는 전혀 없었네."

맹정우의 가정에 간담은 확신에 찬 어조로 반박했다.

'개코도 아닐진대 사람의 낌새가 없었는지 어찌 저리 확신할 수가 있을까?'

궁금한 맹정우였지만 비교적 노인 공경 사상이 투철한 그였기에 말없이 간담을 따라 주변을 살폈다.

그러기를 한참, 마침내 간담이 뭔가를 발견했다.

흑화(黑話)로 보이는 기이하게 생긴 표식이 한 나무에 새겨져 있었다.

간담은 긁힌 부분에 코를 대고 냄새를 맡았다.

"칼로 새긴 지 얼마 되지 않은 흔적이야. 놈은 아마 이걸 보고 우리가 뒤쫓고 있는 것을 눈치챘겠지."

맹정우는 또다시 머리를 굴려 가정을 하나 짜냈다.

"또 다른 누군가가 봉분에서부터 우리 행동을 주시하고 있었던 건 아닐까요? 땅속에 있었던 놈에게 그걸 미리 알릴 도리가 없었기에, 땅 밖으로 나오는 위치에다가 추적자를 조심하라고 표식을 해놨다던가?"

"자네 가정이 맞으면 좋겠네만……."

간담은 말꼬리를 흐렸다. 그는 뭔가 더 말하려다 말고 입을 꾹 다물었다.

제12장

영웅은 혼란해하는 무리를 바른길로 인도한다

맹정우와 간담이 만민표국으로 귀환하니 천비장으로 갔던 사람들은 벌써 도착해 있었다.

모두 함께 흑월회를 쫓았으면 놓치지 않았을 거라고 함토리가 핀잔을 주자 노사님의 느려터진 다리로는 그 빠른 놈의 그림자도 밟지 못했을 거라고 맹정우가 받아치는 바람에 한참 설왕설래가 이어진 후에야 다음 대책을 위한 논의가 시작될 수 있었다.

천비장에 갔던 대원들이 얻어온 정보는 많지 않았다.

천비장으로 귀환한 자들 중에 한 명이 그저 목완의 거처로 추정되는 건물에 들어가자 몸이 가벼운 이비향이 따라 들어갔었다.

건물로 들어선 자는 불이 켜져 있는 방 앞에 멈춰 서서 청부가 성사되었다는 보고를 했다.

방 안의 인물은 청부 내용을 재차 확인했다. 특히 신검보 보주에게

절대 손을 대지 말라는 사항을 확실히 주지시켰느냐고 여러 차례 확인
하는 모습을 보였다고 한다.

"그렇다면 그 집 아들을 죽인 범인이 신검보에 있다는 말일까?"

간담의 말에 함토리가 이의를 제기했다.

"그렇게 보기만도 어렵지. 청부는 그저 신검보에 타격을 입히는 것
만을 의뢰했을 뿐, 직접적으로 누구를 지적해 죽여달라고 하지 않았으
니 말일세. 외려 보주는 절대 죽이지 말라는 기묘한 부탁까지 했고."

간담은 인상을 찌푸렸다.

"어렵군. 내가 뒤늦게 합류해서 그런데, 사건의 내막을 누가 상세히
좀 설명해 주겠소?"

간담 말고도 대원들 대다수가 이 사건의 내용을 잘 모르고 있었다.

비영각 소속이기도 하고 사천에 살고 있었기에 사건을 익히 알고 있
던 단엽이 나섰다.

사건의 내막은 대략 이렇다. 목완은 부인과 사별하고 외동아들 하나
를 키우고 있었는데, 이 아들은 불행히도 반신불수였다. 목완은 아들
을 낫게 하려고 용하다는 의원을 수도 없이 불러 아들을 진료하게 했
는데, 다녀간 의원들은 하나같이 정상인처럼 회복하기는 어렵다는 판
정만을 반복했다.

그러던 어느 날, 목완은 아들의 기분 전환을 시켜주려 중경과 인접
한 장강 쪽으로 나들이를 나섰다. 그들은 장강이 내려다보이는 전망
좋은 객잔에 투숙했는데, 아들에게 뱃놀이를 시켜주려고 목완이 배를
빌리러 갔다 온 사이 객방 안에서 기다리고 있던 아들이 목 졸린 시체
로 변해 있었다는 것이다. 목완은 절망했고, 범인을 잡기 위해 갖은 애

를 썼지만 끝내 누군지 알아낼 수 없었다.

여기까지는 딱히 유명해질 게 없는 사건이었지만 목완이 얼마 후 공포한 선언이 사건을 단박에 사천에서 가장 유명한 난제 중 하나로 만들어 버렸다.

아들의 흉수를 죽여 목을 가져오는 자에게는 전 재산의 반을 주겠다!

중경제일갑부라 칭해지는 목완이 가진 재산의 절반이라면 중경 중심가의 노른자위 땅을 다 사고도 남을 정도의 액수라는 게 세간의 평이었다. 곧 재산을 탐낸 각양각색의 사람들이 벌 떼처럼 몰려들었다. 그러나 어느 누구도 범인을 알아낼 수 없었다.

당시 두 부자가 투숙했던 객잔은 사건이 발생한 지 반년이 지난 아직까지도 흉수의 흔적을 발견하려는 사람들도 북적였지만 사람들은 털 끝만큼의 증거도 발견할 수 없었다.

목완의 아들을 노릴 가능성이 있는 자들은 의외로 많았다. 목완은 중경에 정착한 지 십 년이 채 안 되어 고리대금업으로 제일 갑부 자리까지 올라간 사람이었다. 그 때문에 그를 증오하는 적은 차고 넘칠 정도로 많았다.

그러나 사건 당시의 객잔에는 그들 부자와 식솔들 외에는 단 한 명의 손님도 없었다. 천비장에서 전세를 내고 사용하고 있었기 때문이다.

결국 사건을 조사한 대다수의 사람들이 내린 결론은 목완을 증오하던 누군가가 뛰어난 살수를 보내어 흔적도 없이 아들을 죽였을 거라는 것이었다.

단엽의 설명이 끝나자, 맹정우는 대원들에게 말했다.

"이 사건에 관심 가지는 것을 못마땅하게 여겼던 일부 몰지각한 대원도 있었습니다만, 이제는 우리와 떼려야 뗄 수 없는 사건이 되고 말았습니다. 흑월회에서 천비장의 청부를 맡은 이상 신검보를 언제라도 칠 것이 자명하니까요."

맹정우가 가리킨 '일부 몰지각한 대원'인 함토리가 인상을 구기는 가운데 맹정우의 설명이 계속되었다.

"그러니 우리는 신검보란 곳을 지금부터 주시해야 합니다. 당장 다수의 대원들이 그곳으로 가서 흑월회의 접근을 감시해야 하고, 또 이 사건과 신검보가 무슨 연관이 있는지까지 유추할 수 있다면 더할 나위 없겠지요."

단엽이 반론을 제기했다.

"그러나 천비장과 접선하는 순간을 우리에게 들킨 흑월회가 과연 선뜻 신검보를 치려고 나설까요?"

대답은 간담이 했다.

"단 소협, 지금 말은 반대를 위한 반대 같지 않소? 우리 입장에서는 지푸라기라도 잡아야 하는 심정이오. 놈들이 신검보를 칠지 안 칠지는 몰라도 거기가 아니면 놈들의 흔적을 찾기란 난망한 상황 아니오? 방법이 그것밖에 없는데 안 올 수도 있단 말을 해서 뭐 하겠소?"

단엽이 황망히 고개를 숙였다.

"제가 실언을 했습니다. 죄송합니다."

논의는 신검보를 주시하며 흑월회의 움직임을 기다리는 쪽으로 결론이 났다.

다음날, 날이 밝자 추적대는 전원 신검보가 위치한 무릉으로 출발할 준비를 시작했다.

다만 함토리만이 간담과 잠시 대화를 나누더니 만민표국에 남아 얼마 후 도착할 무림맹의 지원군을 인솔하겠다며 맹정우에게 허락을 구했다.

맹정우는 당연히 허락했고, 함토리 홀로 남은 가운데 추적대 열네 명을 실은 마차 넉 대가 힘차게 무릉으로 출발했다.

마차 창밖으로 비치는 저 멀리 남쪽을 바라보며 맹정우는 득의 어린 미소를 지었다.

'무릉이라… 그야말로 하늘이 나를 돕는구나. 돈벼락의 서광이 드디어 비치고 있어.'

이미 만령진액 건으로 한몫 단단히 잡은 상태였지만 대박은 이제부터였다.

맹정우는 방구병과 사대청부에 대해 처음 대화를 나눴을 때를 잠시 떠올렸다.

"삼대난제는 그렇다 치고, 마지막에 네가 끼워 넣었다는 네 번째 청부는 대체 뭐냐?"

"보고서 맨 뒤쪽에 접어놓은 부분을 봐라."

방구병은 시키는 대로 했다.

사천 동향 보고서의 뒤쪽은 민간에 관련된 시시콜콜한 내용으로 거의 채워져 있었는데, 접힌 부분에는 이런 내용이 써 있었다.

사천 동남부 무릉에서 오십 리쯤 남쪽으로 내려간 곳에 위치한 탕평촌에서는 인접한 대흥산에 이무기가 출몰한다는 소문이 자자하다.

귀주로 가는 지름길인 이 산은 늘 안개가 자욱이 끼는 탓에 홀로 산행을 하다가 실종되는 사람이 많았는데, 마을 주민들은 이 실종자들이 길을 잃은 것이 아니라 이무기에게 잡아 먹혔다고 믿고 있다.

이러한 실종 사건이 잦아지면서 마을의 특산품인 면포를 사가는 귀주상인들의 발길이 점점 줄어들자 생계가 어려워진 마을 사람들은 특단의 대책을 내놓았다. 누구든지 대흥산의 이무기를 잡아주는 용사에게는 향후 십 년간 마을에서 생산되는 재화의 오분지 일을 상금으로 주겠다고 선포한 것이다. 그러나 마을에서 생산되는 재화라고 해봐야 일 년에 면포 백여 필이 고작인지라 용감하게 대흥산으로 뛰어드는 용사는 아직 없는 실정이다.

여기까지 읽은 방구병은 코웃음을 치며 보고서를 집어 던졌다.

"뭐냐, 대체. 이건 전설따라 십팔만 리 수준의 야사 아니냐. 이걸 삼대난제와 동등한 수준으로 끼워 넣겠다고? 이무기가 있고 없고는 둘째 치고 상금 수준도 택도 없잖아."

맹정우는 방구병의 비아냥에 눈썹 하나 까딱하지 않았다. 되려 안타까운 듯 말했다.

"네놈은 정말 그 보고서를 읽으며 아무것도 느끼는 게 없단 말이냐?"

방구병은 고개를 갸웃거렸다.

"전혀 없는걸. 아! 하나 생각나는 거 있군. 포목 장수 할 때 절실히 느꼈던 거지만 사천 동부에서 생산되는 면포가 전국을 통틀어 가장 질이 안 좋다는 거 정도? 그 싸구려 면포를 십 년 동안 기다려 차곡차곡

쌓아봐야 돈 몇 푼 건질 수나 있을까?"

맹정우는 코웃음을 쳤다.

"예나 지금이나 네놈 머리 안 돌아가는 것은 똑같구나. 그래, 네 말대로 사천 동부의 면포는 질이 형편없지. 대신 그곳에서 나는 것 중에 질이 정말 좋은 게 한 가지 있다. 질도 좋은 데다가 주변 지역에서 잘 나오지 않아 값어치가 시세의 몇 곱절로 뛰어오르는 품목이. 그걸 모르겠냐?"

방구병은 맹정우의 말뜻을 파악하려 인상을 쓰며 고민했다.

"질이 좋아? 주변 지역에서는 나지 않고 값이 몇 곱절이라… 아! 소금?"

맹정우는 미소를 띤 채 고개를 끄덕였다.

"그래, 바로 소금이지. 사천 동남부에는 염정(鹽井)이 많이 발생한다. 그리고 바로 옆의 호광성은 대표적인 담식(淡食) 지역, 그 아래 귀주 역시 소금이 부족한 산지이다. 그러니 소금은 다른 곳의 시세보다 훨씬 높은 가격이 매겨질 수밖에 없지."

소금은 국가의 전매품이다. 그렇기에 왕추봉 같은 허가받은 관상이 아닌 다음에야 함부로 사고팔 수도 없다. 그러나 국가의 관리만으로는 소매 물량이 충족되지 않기 때문에 밀염이 각지에서 성행하고 있었다.

특히 자연 염정이 땅속에서 분출되기라도 하면 국가에 알리기보다 쉬쉬하며 사염을 채취하여 밀수하는 것이 일반적인 세태였다. 들키면 국법에 의해 죽임을 당하지만 워낙 높은 값에 거래되기에 다소 위험하더라도 충분히 도전해 볼 만한 사업이 바로 밀염이었다.

"그런데 소금이 뭐 어쨌다는 거냐. 이 보고서에는 그 마을에 소금

나온다는 얘기는 하나도 없는데?"

"크크크, 작년 봄이지, 아마? 네놈이 무공 수련이다 뭐다 해서 깝치다 입이 돌아가는 바람에 나 혼자 표행에 껴서 호광성에 간 적 있지 않냐."

"아! 아수라파천신공을 익히다 잠시 주화입마에 들었을 때를 얘기하는 거구나!"

"주화입마는 얼어죽을……. 어쨌든 그때 끼어간 표행이 호광성 중부에서 사천으로 빠지는 바람에 얼결에 삼협까지 따라갔거든. 그러다가 면포(綿布)를 싸게 파는 곳이 있다고 해서 표행에서 따로 빠진 다음 그리로 갔었지. 그 마을이 바로……."

"탕평촌?"

"그래. 막상 도착하고 나서는 그 형편없는 면포 수준을 보고 경악을 했었지. 귀주의 산간 오지에 사는 가난뱅이들이나 사서 걸칠 수준이더군. 거래고 뭐고 때려치고 당장 떠나려 했는데, 눈길을 끄는 것이 조금 있더라 이거야."

"그게 뭐였는데?"

"형편없는 면포가 유일한 특산품인 마을치고는 어울리지 않게 사람들 얼굴에 개기름이 좔좔 흐르는 거야. 집도 모두 번듯번듯하게 지어져 있는 게 산간 마을이라기보다는 웬만한 도회지 부촌에 가깝더라고. 게다가 객잔 음식을 먹는데 이게 이만저만 맛있는 게 아닌 거야. 너도 잘 알겠지만 대체로 산간 마을 같은 데 가면 소금이 귀해서 간이 다 싱겁잖아?"

"그렇지."

"그런데 간도 딱딱 맞춰져 있는 것이 여간 신기한 게 아니었지. 그래서 점소이에게 넌지시 물었더니 요리사 솜씨가 워낙 좋아서 그런 거라 하더라고. 그런데 말하는 투가 영 미덥지 않은 게 뭔가 얼버무리는 것 같더군. 그래서 뭔가 있구나, 하는 냄새를 맡았지."

"그래서? 그게 소금이었어?"

"아따, 자식, 급하긴. 그래, 내가 마을을 둘러보는 척하면서 이리저리 쏘다녀 보니 뒷산 쪽에 사람들이 오르락내리락하는 게 보이더라고. 뭔가 쌀가마니 같은 것을 지고 이고 나르고 있었는데, 그게 산 바로 밑에 위치한 촌장네 창고로 차곡차곡 운반되더군. 그래서 산기슭 쪽으로 어슬렁거리며 가봤더니 바다도 아닌데 소금기가 공기에 배어 코를 자극하는 거야. 아마도 뒷산 기슭 어딘가에서 소금 자분정(自噴井)이라도 분출했나 보구나 하는 생각이 들더라고. 그런데 힐끔거리고 다니는 게 눈에 띄었는지 마을 사람들이 슬슬 경계의 눈초리를 보내오더군. 그래서 행여 다칠까 무서워 냉큼 마을을 떴지. 그게 바로 작년 봄의 경험이었다."

"으흠, 그랬구나……."

무심코 얘기를 듣던 방구병은 그제야 알겠다는 듯 무릎을 탁 쳤다.

"가만! 그렇다면 그 생산품의 오분지 일이란 게……."

맹정우는 의미심장한 미소를 지으며 고개를 끄덕였다.

"그래! 촌장 집에 정신없이 쌓아 나르던 밀염의 오분지 일, 그걸 십년 동안 차곡차곡 받아낸다면……."

"상상도 못할 돈이 들어올 수도 있겠구나! 다른 난제들을 훨씬 웃도는 대박을 터뜨릴 수도 있겠어!"

감탄사를 연발하던 방구병은 불현듯 떠오르는 생각이 있었다.

"가만, 그런데 문제가 하나 있잖아. 밀염이란 것은 몰래 하는 것인데 개들이 그것까지 생산품에 포함을 시킬까? 그리고 대홍산에 있는 이무기를 너 혼자 잡으려고? 다른 청부들은 그럴듯하게 둘러대서 대원들을 포함시킬 수 있겠지만 이무기 잡겠다고 설치면 절대 안 도와줄 것 같은데?"

맹정우는 별걱정을 다한다는 듯 대꾸했다.

"포함 안 시키면 관아에 신고한다고 협박하면 그만이지. 그리고 대원들 동원에 관해서는 다 생각이 있다."

"어떤 생각?"

"쯧쯧, 늘 강조하는 거지만 머리란 걸 좀 써보거라. 보고서를 다시 잘 봐! 뭔가 떠오르는 거 없어? 안개가 뒤덮인 산, 발생하는 실종자, 정체를 알 수 없는 괴수… 어디서 많이 듣던 얘기 아니냐?"

방구병이 듣고 보니 진짜 어디서 많이 듣고 보고 겪기까지 했던 얘기였다.

"아하! 형산 상황하고 똑같잖아!"

"그래, 내가 볼 때 이무기가 있을 리는 만무하고, 귀령곡 놈들이 이곳으로 도망쳐서 강시를 제조하고 있을 가능성이 충분히 있어. 그러니 이익 문제를 차치하고라도 대원들을 끌고 가볼 거리는 되는 셈이지."

방구병은 손가락을 치켜들었다.

"역시! 네놈은 다른 건 몰라도 돈에 관한 잔머리에서는 천하제일을 넘어 고금제일인이다! 다만 제발 '이익 문제는 차치하고' 같은 말도 안 되는 겸양은 내 앞에서 떨지 마라! 네놈 속 빤히 다 아는데 듣고 있기 역겹다!"

'역시 놈은 나를 너무 잘 알아서 탈이야.'

"무슨 생각을 그렇게 하세요?"

같이 마차를 타고 있는 한영영이 건네는 말이었다.

"예, 구병이 생각을 좀……."

한영영이 웃었다.

"어머, 평상시에는 그렇게 아옹다옹하시더니 역시 친구는 다른가 보네요. 걱정되시나 봐요?"

맹정우는 말도 안 된다는 듯 목소리를 높였다.

"예에? 그놈 걱정을 제가 왜 합니까? 사막에 던져 놔도 잘도 기어 나올 놈을."

한영영은 말없이 웃기만 했다.

머쓱해진 맹정우는 달리고 있는 마차의 창밖으로 고개를 내밀었다.

동녘을 밝히며 떠오르고 있는 해가 보였다.

동쪽은 방구병이 왕수를 찾기 위해 열심히 가고 있을 방향이었다.

걱정까지는 안 되도 항상 붙어 있던 놈이 안 보이니 왠지 허전하긴 했다.

'이번에 돌아오면 금나수나 마저 꼼꼼히 가르쳐 줘야겠군.'

맹정우의 상념을 싣고서 마차는 탁 트인 평원을 질주했다. 평원의 저편, 온갖 음모와 함정, 위험이 도사리고 있을 무릉을 향하여…….

『영웅탄생』 4권에서…